AF150115

Nathalie Hoffmann

Zyklonia

Wissen isst Macht

novum pro

Dieses Buch ist auch als
e-book
erhältlich.

www.novumverlag.com

Bibliografische Information
der Deutschen Nationalbibliothek:

Die Deutsche Nationalbibliothek
verzeichnet diese Publikation in
der Deutschen Nationalbibliografie.
Detaillierte bibliografische Daten
sind im Internet über
http://www.d-nb.de abrufbar.

Gedruckt in der Europäischen Union
auf umweltfreundlichem, chlor- und
säurefrei gebleichtem Papier.

© 2023 novum Verlag

ISBN 978-3-99131-895-8
Lektorat: Mag. Eva Reisinger
Umschlagfotos: Alina Prochan,
Bornin54 | Dreamstime.com
Umschlaggestaltung, Layout & Satz:
novum Verlag

www.novumverlag.com

Prolog

Seine Schritte hallen laut durch die leeren Gassen. Er huscht gehetzt über die Straßen, als würde er etwas Verbotenes tun. Die Durchsage lässt ihn kurz aufhorchen, obwohl er sie eigentlich hätte erwarten müssen: „22.00 Uhr. Sperrstunde. Jegliche Bewohner außerhalb ihrer zugeteilten Wohneinheit werden ab sofort unverzüglich festgenommen."

Ohne weiter zuzuhören geht der Mann mit schnellen Schritten an dem zentralen Platz vorbei, passiert das pompöse Monument des Gründers der GreenSC, welches sich in der Mitte des Forums befindet, und biegt schließlich am Ende des Platzes links in eine weitere Seitengasse ein.

Der trotz später Uhrzeit warme Wind lässt die Schweißtropfen auf seiner Stirn trocknen. Dennoch streicht er sich mit dem Ärmel seines Arbeitsoveralls darüber, um den schon getrockneten Schweiß abzuwischen. Eine Geste der Nervosität. Er scheint sich unwohl in seiner Haut zu fühlen; laut der Durchsage befindet er sich zu spät unerlaubt außerhalb seiner Wohneinheit, da er die letzte Magnetbahn nach der Arbeit verpasst hat.

Plötzlich lauter werdende Stimmen von weiter vorne lassen ihn aufhorchen, ohne langes Zögern drückt er sich in den Schatten des nächstgelegenen Hauses. Sein Atem geht flach und schnell. Zwei Patrouillen der Climate Police schlendern in ihren schwarzen Uniformen an ihm vorbei. Der Mann weiß genau, was mit jenen passiert, die die Regelungen missachten, und als Arbeiter ist er zusätzlich gefährdet. Wird er erwischt und kann sich nicht ausweisen und keine Bewilligung vorweisen, wird er in Verwahrung genommen, was kein wünschenswertes Schicksal ist. Er presst seinen Rücken so fest wie möglich an die raue Wand, die Hände am Körper und die Augen geschlossen. Ein kurzer Blick zurück von einer der Patrouillen würde genügen, um ihn zu entdecken. Unter seinen robusten Schuhen knirschen einzelne Steinchen und der Wind um ihn herum lässt alles erzittern. Der Geruch nach Dreck und Müll steigt dem Mann in die Nase, als er tief Luft holt und sich so wenig wie möglich bewegt. Die Patrouillen haben ihn nicht bemerkt, doch wäre er normalerweise erleichtert weitergegangen, so hat der Mann plötzlich einige Gesprächsfetzen aufgeschnappt und geht einige Schritte in ihre Richtung, um mehr zu hören.

„Da müssen wir noch so spät abends wieder in diese Hitze, als wäre es hier draußen nicht schon genug heiß. Und von dem ganzen Lärm dieser Maschine kriege ich nur Kopfschmerzen", sagt einer der beiden.

„Was soll's?", entgegnet sein Kollege und fährt sich durch seine auffallend roten Haare, „solange ich mein Stück Fleisch bekomme, mache ich sogar die Drecksarbeit des Rates und entsorge ihren Müll. Diese nostalgischen Gefühle, die immer aufkommen, und allein der Gedanke daran, dass die anderen es nicht dürfen, würde mir schon reichen, es zu essen." Er stößt ein kurzes hohes Lachen aus.

„Ach, fühlst du dich nostalgisch." Der andere lacht spöttisch auf. „Weil du früher ja immer Fleisch gegessen hast, genau. Hör auf mit deinem Nostalgie-Gesäusel und halt den Mund. Wenn jemand hört, wie du über Fleisch sprichst, kannst du deines sowieso gleich vergessen." Der Rothaarige öffnet den Mund, als möchte er seinem Kollegen etwas entgegnen, schließt ihn kurz darauf jedoch wieder, als hätte er es sich anders überlegt und konzentriert sich auf den Weg vor sich.

Fleisch. An diesem Wort haftet etwas Verdächtiges, etwas Verbotenes. Es wurde schon lange aus dem Grundwortschatz verbannt und ersetzt durch Quorn, Soja und Lupinen. Trotz schwüler Luft stellen sich die langen dunklen Haare auf dem Arm des Mannes auf und sein Körper überzieht sich mit Gänsehaut. Wirre Gedanken kreisen in seinem Kopf umher, absurde Ideen und Verschwörungstheorien. Er mahnt sich selbst, als er merkt, wie stark er plötzlich aufgewühlt ist. Es wird ein Scherz gewesen sein, nichts Weiteres, nichts Bedeutendes. Doch was, wenn doch mehr dahinter ist? Als die beiden Patrouillen beinahe schon bei der Statue angekommen sind, fasst er seinen Entschluss. Mit einer kurzen Handbewegung fährt er sich hektisch durch seine dunklen kurzgeschorenen Haare und macht kehrt. Langsam schleicht er hinter den beiden her. Sein Puls geht schnell und kleine Schweißperlen sammeln sich erneut auf seiner in

Falten gezogenen Stirn. Sein Blick ist wachsam und sein Körper bereit, jeden Moment zu reagieren, wie ein gehetztes Tier auf offenem Feld.

Er scheint Glück zu haben. Überraschenderweise begegnet er nur noch zwei anderen CPs, denen er ohne weitere Komplikationen früh genug aus dem Weg gehen kann. Es ist ihm bewusst, dass es ein gefährliches Unterfangen ist, doch ein kleiner Hoffnungsschimmer tief im Innern treibt ihn an. Die Möglichkeit, dass diese winzige Information, die er aufgeschnappt hat, sein Leben verändern könnte, scheint dem Mann Grund genug, die offiziellen Vorschriften zu missachten. Das Adrenalin, das durch seinen Körper schießt, vertreibt die vorherige präsente Nervosität, nimmt ihm die Angst und gibt ihm Kraft.

Er folgt den Patrouillen bis ins Viertel, in welchem sich die Arbeitsplätze der Privilegierten befinden. Unerwartet bleiben sie vor einer der vielen hohen Kuppeln stehen, welche von den anderen ein wenig abgelegener liegt. Der Mann zieht verwundert die Augenbrauen zusammen. Was suchen die CPs hier? Alle Lichter im Gebäude sind ausgeschaltet, um Energieverschwendung zu vermeiden. Der Wind trägt erneut die Stimmen der Uniformierten nach hinten und lässt die Blätter der vereinzelten Bäume, die regelmäßig am Straßenrand verteilt sind, rascheln. Der Mann kneift seine Augen zusammen, fixiert die Eingangstür, durch welche die beiden soeben verschwunden sind, und überlegt angestrengt. Die erdrückende Stille, die gelegentlich nur durch gepresste Atemstöße des Mannes unterbrochen wird, macht ihn erneut nervös und die schwüle Temperatur drückt ihm die Luft ab. Er öffnet den Reißverschluss seines Overalls, schließt ihn jedoch kurz darauf wieder, holt tief Luft und geht zielstrebig auf die Tür zu.

„22.19 Uhr." Die künstlich erzeugte Frauenstimme lässt den Mann aufschrecken. „Willkommen in Kuppel 284. Schließen Sie nach Betreten des Gebäudes die Tür und löschen Sie nicht benötigte Lichter." Jetzt ist es zu spät, umzudrehen, der Mann drückt die Tür hinter sich zu und bleibt einen Moment stehen. Er fragt sich, ob sein Eintreten soeben in der Zentrale registriert wurde und ob weitere CPs nun auf dem Weg hierher seien. Er zieht sich die Ärmel seines Overalls hinunter, da die gekühlte Luft des Gebäudes ihn frieren lässt. Mitten in der Bewegung fällt ihm jedoch auf, dass normalerweise keine Gebäude gekühlt werden und wenn, dann nur für spezielle Anlässe. Nicht jedoch an einem normalen

Arbeitstag und noch dazu abends und in einem verlassenen Gebäude. Was hat dies zu bedeuten?

Langsam nimmt der Gang, der dahinter liegt, Konturen an, als seine Augen sich an die Dunkelheit gewöhnen. Ein breiter Gang erstreckt sich vor ihm und er erkennt Abzweigungen weiter vorne.

Zu viel Zeit ist vergangen, seit die anderen hinein gegangen sind. Er muss sich beeilen. Er bewegt sich vorsichtig den Gang hinunter und seine Schritte hallen verräterisch laut durch das leere Gebäude. Die Wände sind gräulich und fühlen sich rau an unter seinen verschwitzten, klammen Fingern, als er sich daran abtastet, um den Weg zu finden.

„22.23 Uhr. Willkommen in Kuppel 284. Schließen Sie nach Betreten des Gebäudes die Tür und löschen Sie nicht benötigte Lichter." Ein schwacher Lichtstrahl dringt zu ihm und feste Schritte folgen. Es bleibt keine Zeit. Der Mann imitiert die bestimmte Gangart des Unbekannten hinter ihm, um keine Aufmerksamkeit zu erregen, und folgt den immer leiser werdenden Stimmen der beiden verdächtigen CPs vor ihm. Sein Atem geht laut, zu laut. Der Unbekannte hinter ihm kommt mit jeder vergehenden Sekunde näher. Der Mann biegt um die nächste Ecke und vor ihm liegt ein weiterer langer Gang. Hinter ihm geht das nächste Licht an. Die Strecke ist zu lange, um früh genug das Ende zu erreichen, und seine Arbeitsuniform ist zu hell, als dass er als Patrouille durchgehen könnte. Plötzlich empfindet er die Luft als stickig und Panik steigt in ihm auf. Seine Arbeitskleidung scheint ihm mit einem Mal zu eng. Mit zittrigen Händen fährt er über die Wände, die nun nicht mehr rau sind, sondern kühl und glatt und aus glänzendem Metall. Er presst seine Stirn dagegen und wartet darauf, dass das Licht auch in diesem Gang angeht. Durch das Metall dringt ein ihm unbekanntes Geräusch. Wie von einer Maschine, die nach und nach etwas zermalmt, langsam und stetig. Aus Neugier drückt der Mann sein Ohr dagegen und da sticht ihm weiter vorne rechts an der Wand eine Tür ins Auge. Ohne große Überlegung und Gedanken an die Schritte hinter ihm läuft er darauf zu, zieht sie auf und schlüpft im selben Moment hinein, als sich der Gang hinter ihm erhellt.

Für einen kurzen Moment nimmt die Erleichterung von ihm Besitz, so dass ihm nicht direkt auffällt, wo er sich befindet. Seine Augen sind geschlossen und er lehnt mit dem Kopf nach hinten an der Wand, als er *plötzlich wieder aufschreckt. Die Hitze, der Lärm und der verbrannte Geruch. Erst jetzt nimmt er all dies wahr. Langsam geht er nach vorne und erkennt, dass er auf einem Gerüst steht. Er bewegt sich vorsichtig vorwärts und stützt sich mit beiden Händen auf das Geländer. Die glühende Hitze des Metalls scheint er komplett zu vergessen, als er mit weit geöffneten Augen nach unten schaut. Seine Pupillen verkleinern sich und das Dunkelbraun seiner Augen sticht hervor. Er steht da, ohne sich zu rühren, ohne irgendeine Reaktion von sich zu geben, obwohl er gerade vor dem größten Beweisstück des Verrates steht. Nur eine einzelne Träne rinnt ihm über die geröteten Wangen, ob wegen der beißenden Luft oder dem, was er vor sich sieht, weiß man nicht.*

Kapitel 1

Das leise Vibrieren der Magnetbahn beruhigt mich. Das gleichmäßige Schwanken lässt mich für einen Moment alles vergessen und ich konzentriere mich auf die vielen Häuser, die am Fenster vorbeiziehen. Das meiste sind Glasbauten, jede so groß wie unser Haus mit den drei Wohneinheiten. Doch kein Wunder stehen hier solche Häuser, wir fahren gerade durch Pryzydora. Aus dem Augenwinkel sehe ich, wie meine Eltern besorgte Blicke miteinander wechseln. „Benita", sagt meine Mutter, „ist alles in Ordnung?" Ich wende mich ihr zu und möchte schon antworten, dass alles gut ist, doch das ist es ja nicht. Aber ich habe es aufgegeben, mit ihnen über meine Gefühle zu sprechen, die sie ohnehin nicht verstehen. Außerdem komme ich selbst klar mit meinen Problemen, sie brauchen sich nicht immer einzumischen. Dennoch bedrückt mich der Tag, der vor uns liegt. Heute ist Freitag, unser freier Tag, obwohl wir an diesem Tag trotzdem nicht tun und lassen können, wonach uns ist …

„Du weißt schon, Freitag", murmele ich und schaue wieder aus dem Fenster hinaus. Doch meine Mutter weiß, dass dies nicht der wahre Grund ist für mein deprimiertes Gesicht.

„Natürlich, aber sieh mich mal an, ich weiß, dass es dir nicht gut geht. Kannst du uns denn nicht vertrauen?", hakt sie nach.

„Mama, nicht hier", antworte ich und gebe ihr mit einem Kopfnicken zu den Leuten um uns herum zu verstehen, dass wir in einem vollen Zug sitzen.

„Lass es gut sein, Ramona, wir können auch später nochmals zusammensitzen", mischt sich mein Vater ein und legt beschwichtigend eine Hand auf Mutters Unterarm. Ich schenke meinem Vater ein kleines Lächeln, richte meinen Blick wieder aus dem Fenster und schließe meine Augen.

Die kühle Stimme der Lautsprecheransage für unsere Haltestelle lässt mich aufschrecken, obwohl ich sie schon unzählige Male gehört habe. Kurz darauf steht die Bahn und ich erhebe mich vom kühlen Metallstuhl. Der Lärmpegel steigt an, als alle Passagiere aufstehen, denn es müssen alle hier aussteigen. Nicht, weil es die Endstation ist oder wir hier wohnen, sondern weil wir heute verpflichtet sind, uns auf dem Nortarusplatz in Glowenzia zu versammeln. Glowenzia ist die Region, in welcher sich der Ratssitz befindet, sowie die Zentrale und unser Versammlungsplatz. Wir hingegen wohnen in Zielony, weiter nördlich.

Als ich hinter meinen Eltern aus der automatischen Tür trete, weht mir eine kühle Luft entgegen, es riecht nach Blättern und Bäumen. Ich sauge die Luft tief ein, versuche mir den Geruch einzuprägen und folge dann dem Menschenstrom. In den Slums riecht es nie so, denn dort befinden sich die Industrien, die trotz neuen Technologien die Luft verunreinigen, und auch wegen der vielen Leute, die dort wohnen, kann der Umweltstandard nicht erhalten werden. Der Platz befindet sich gleich vor der Station und besteht aus Stein in unterschiedlichen Grautönen. Wir stellen uns zu den bereits erschienenen Leuten. Es ist schon reichlich voll, ich schätze, es sind um die zehntausend Bewohner, doch hinter uns werden nochmals so viele dazu stoßen; die Arbeiter. Der Großteil der Anwesenden unterhält sich über Alltägliches, wie die Arbeit. Hie und da höre ich einige über den bevorstehenden Anlass sprechen, doch kaum jemand scheint aufgeregt, ungeduldig, geschweige denn unwohl, wie ich mich fühle. Man könnte meinen, wenn man uns betrachtet, dass wir uns hier treffen, um miteinander zu feiern, zu lachen und zu essen, denn die Stimmung ist locker und entspannt, beinahe feierlich. Nichts weist darauf hin, was später passieren wird.

Links und rechts entlang des Platzes stehen, geometrisch angeordnet, grüne Bäume, die wie einzelne Soldaten aufgereiht in der Reihe stehen, zum größtmöglichen Profit trainiert. Was bei

12

den Bäumen bedeutet, möglichst wenig Wasser zu benötigen, mehr Kohlenstoffdioxid umzuwandeln und eine längere Lebensdauer. Hinter ihnen erstrecken sich große Wiesen mit vereinzelten Wegen und Straßen. Ich liebe das viele Grün, denn wenn ich die Bilder von der Vergangenheit anschaue, sehe ich graue Städte und braune vertrocknete Landschaften. So möchte ich ganz sicher nicht leben. Doch nichts ist genau so, wie man es gerne hätte. Bei uns sind der Preis dafür die vielen CPs, die sich entlang der Bäume militärisch aufgereiht haben. Aber auf was sonst verzichten wir noch, um so leben zu können?

Mein Blick schweift von den Bäumen weiter nach rechts zu unserem Fluss, der sich überall durchzieht, außer durch die Slums. Diese befinden sich in der anderen Richtung, im Westen, und sind die größte der fünf Regionen. Unser Fluss heißt Zekar, doch weshalb, weiß ich auch nicht. Wahrscheinlich haben irgendwelche einflussreichen Leute willkürlich unserer Welt Namen, die ihnen gerade gefallen haben, verteilt. Wenn ich das fließende Wasser betrachte, fühlt es sich so an, als kämen jeden Moment vergangene Erinnerungen hoch. Doch trotzdem kann ich mich an nichts erinnern. Was könnte mir überhaupt fehlen, denn ich habe das Gefühl, ich hätte noch gar nichts wirklich erlebt in meinem Leben. Aber es ist, als wäre da etwas, knapp unter der Oberfläche, aber ich kann es nicht erfassen, geschweige denn einordnen. Am Schwierigsten finde ich, anderen Menschen die eigenen Gefühle zu erklären. Doch in diesem Fall kann ich nicht mal mir selbst helfen, mich zu verstehen. Vielleicht ist es eine Sehnsucht. Nein, doch nicht, es ist mehr als das, ein tiefes Verlangen nach … Ja, nach was?

Ganz in meinen Gedanken verloren habe ich, wie ich nun bemerke, den Palazisko angestarrt. Denn ganz vorne, teilweise durch bereits anwesende Bewohner verdeckt, steht er. Der pompöse Ratssitz. Keines der anderen Gebäude hier bei uns kann mit der unglaublichen Architektur dieses Palastes mithalten. Hauptsächlich besteht er aus Glas, das aber von außen das Licht reflektiert und wir deshalb nur eine Spiegelung unserer Welt sehen. Der Grundriss unten ist rund, dann läuft es kegelartig nach oben zusammen und gegen Ende erstreckt sich die Glaswand erneut nach außen. So sitzt auf dem Gebäude eine Art ovalförmige Kugel, die von uns als Thron bezeichnet wird. Dieser ist aber dennoch durch den Kegel mit den unteren Geschossen verbunden ist. Ich habe mich schon immer gefragt, wie man das wohl gebaut hat, dass es nicht in sich zusammenstürzt, weil das Gebäude oben breiter ist als unten. Irgendwie erinnert es mich an einen Pilz, denn am Glaskegel entlang, bis kurz unter den Thron erstrecken sich graue gekrümmte Titansäulen, die am Ende in einer Spitze enden und an die Lamellen eines Pilzes erinnern. Es scheint, als würden sie den Thron tragen, da sie so stark gebogen sind, dass sie unter diesem verlaufen. Ich löse meinen Blick vom Palast und betrachte das Monument in der Mitte des Platzes, welches aus Marmor ist. Tristan Nortarus – Gründer der GreenSC, steht unten auf der Metallplakette, die gerade verdeckt wird. Obwohl es nur eine Statue ist, strahlt sie Kraft aus und unwillkürlich zieht man den Kopf vor dem Mann ein. Auch wenn er hier nur aus weißem Stein besteht, weiß ich, wie er aussah und welchen Einfluss er hatte. Ich habe schon unzählige Aufnahmen von seinen Reden gesehen und Bilder von ihm sind überall zu finden. Ich weiß schon seit immer, wer Nortarus ist, weshalb ich nicht weiß, wie mein erster Eindruck von ihm aussähe. Doch müsste ich mich eigentlich nicht erinnern können, an den Moment, als ich zum ersten Mal unseren Gründer sah? Merkwürdig, es scheint mir eigentlich nicht, als hätte ich ein schlechtes Erinnerungsgedächtnis, dennoch habe ich immer wieder das Gefühl, dass einige Erinnerungen da sein müssten, es aber nicht sind. Als ich Nortarus betrachte, kommt es mir wieder vor, als treibe ein bestimmter Erinnerungsfetzen um mich herum, nach dem ich nur meine Hand ausstrecken muss, um ihn zu fassen zu kriegen.

Wahrscheinlich wäre mir damals zuerst der kalte, gefühllose Ausdruck in seinen blauen Augen aufgefallen. Seine dunkelschwarzen Haare, hohen Wangenknochen und die blasse Haut verstärken das Bild des erbarmungslosen Anführers. Dennoch ist er unser Gründer, unsere Vorfahren sind ihm gefolgt und haben ihm vertraut, zu unserem Glück. Hätte er die Leute nicht auf seine Seite gebracht, hätte nicht durch die vereinten Kräfte aller Menschen ein solches System entstehen können, welches unser Überleben sichert. Zumindest wird es uns so beigebracht in der Schule. Aber wenn ich nach draußen sehe, hinter das Glas unserer Kuppel, das unsere Luft filtert, sehe ich kein Leben und kein Überleben. Die Klimakrise muss wahr sein und deshalb ist auch der heutige Tag so wichtig für den Rat. Außerdem ist heute nicht nur Freitag, sondern auch noch Gründungstag. Heute vor fünfzig Jahren wurde die GreenSC gegründet, unsere Partei. Unsere einzige Partei überhaupt. Deshalb wird diese Versammlung noch länger gehen als sonst, ich seufze bei diesem Gedanken innerlich auf. Unwillkürlich blicke ich über meine Schulter hinweg zu den Arbeitern, die hinter uns stehen. Viele von ihnen tragen ihre Arbeitsuniform, ich nehme an, die Farbe kennzeichnet ihren Arbeitsplatz. Doch seit wann wird freitags gearbeitet?

Ich merke, dass es beginnt, als Jubel durch die Reihen geht. Sehen tue ich nicht viel. Aber vorne vor dem Palazisko gibt es eine Art Erhöhung, auf welcher die Bokowskis stehen müssen, nehme ich an. Von dort führen breite Treppen hinunter auf den Platz, der sich etwas tiefer befindet. Wir sind etwa in der Mitte des Platzes, links von Nortarus, aber vor uns sind noch weitere aus unserem Viertel. Alle Privilegierten befinden sich in den vordersten Reihen. Sie kommen direkt von Pryzydora mit ihren Elektroautos, während wir die Bahn benutzen müssen. Hinter uns drängen sich noch mehr Arbeiter auf den Platz, die wahrscheinlich auch die Bahn genommen haben, um hierher zu gelangen. Jedoch wohnen wir weiter im Norden als sie, weshalb die Magnetbahn nicht dieselbe ist. Als ich mich umdrehe, um nachzuschauen, wie voll der Platz ist, fällt mir auf, dass nur vereinzelte Arbeiter dem Auftritt des Rates applaudieren. Ich schüttle leicht den Kopf und lasse meine Hände auch sinken. Wenn ich nach vorne schaue, sehe ich die obere Hälfte des Ratssitzes. Ich stelle mich auf die Zehenspitzen, um einen Blick auf die Ratsfamilie zu erhaschen. Dort stehen sie, auf der geräumigen Plattform, die Hand gehoben, um uns zu grüßen. Die Bokowskis regieren in Zyklonia, die Macht wird immer in ihrer Familie bleiben, sie wird weitervererbt. Doch ich zweifle daran, dass das die richtige Methode ist, vor allem wenn ich mir vorstelle, dass später einmal diese Zwillinge das Sagen haben werden. Ich lasse mich wieder hinunter sinken und mache mich bereit, der Rede zuzuhören. Die Luft ist nun stickig und der Geruch nach Schweiß steigt mir in die Nase. Es ist unbequem hier, inmitten dieser Menschenmasse, zu stehen. Es ist eng und lauter große Leute verdecken mir die Sicht. Schließlich starre ich auf meine Schuhe, obwohl ich lieber die Bokowskis beobachtet hätte, um mehr über sie zu erfahren, doch meine Größe ist nicht gerade das, was mich ausmacht, und deshalb belasse ich es dabei, nur den Worten zuzuhören.

„Liebes Volk, es freut mich zu sehen, dass Sie alle erschienen sind, um gemeinsam den heutigen Tag zu zelebrieren", ergreift Aleksander Bokowski das Wort. Ich habe ihn noch nie als großen Redner empfunden, die Rede ist nicht die Seine und es ist ihm anzusehen, dass er nicht viel davon versteht, was er uns erzählt. Viel mehr denke ich, dass seine Frau, Anastazja Bokowski, in Wirklichkeit das Zepter in der Hand hat und Zyklonia tatsächlich regiert. Früher habe ich mir mit Elisa Rachepläne für sie ausgedacht und sie hat mir immer gesagt, dass sie ihr nicht über den Weg traue. Manchmal habe ich das Gefühl, dass sie schon viel reifer war als ich damals.

„Vor vielen Jahren wurden bereits die ersten Steine für die Zukunft gelegt, für unsere Zukunft, die wir nun ausleben können und dürfen. Vor vielen Jahren setzten sich Verbündete aus der ganzen Welt zusammen, um etwas Neues, etwas Besseres zu schaffen als das bisherige Leben. Sie opferten sich für eine Zukunft, deren Erfolg sie nicht miterleben konnten. Vor vielen Jahren gründete Tristan Nortarus die GreenSC." Seine Rede wird durch Jubel unterbrochen, der jedoch nicht bis in die hinteren Reihen reicht, sondern irgendwo zwischen uns und den Arbeitern abebbt „Er gründete uns, er ermöglicht Ihnen, die Person zu sein, die Sie heute sind. Schauen Sie um sich, all dies wurde uns ermöglicht durch Nortarus' Kraft, Wille und Anhänger. Nur die eine Möglichkeit blieb uns als Ausweg, um unsere Zivilisation zu erhalten, wie wir heute erkennen können, und die hat er ergriffen. Wir alle zusammen bilden diese neue Welt. Jeder und jede von uns stellt ein unersetzliches Stück dar, welches seine Aufgabe erfüllt. Wir sind aufgebaut wie ein hoher Turm, welcher in sich zusammenstürzt, sobald ein Teilchen entfernt wird, egal auf welcher Höhe es sich befindet." Bokowski legt eine kurze Pause ein, um uns die Chance zu geben, uns genau zu merken, was er damit sagen möchte. Möchte er uns schmeicheln mit diesen Worten? Bestimmt wollen die Bokowskis etwas erreichen mit dieser Rede, doch was sind ihre Absichten? Ich denke an die Arbeiter hinter mir, an ihr Leben und weshalb sie nicht applaudieren. Klar haben sie ein härteres Leben, doch der Rat sichert trotz allem unser Überleben. Sie garantieren uns Sicherheit und ein schönes Leben, das wir hier in unserer grünen Stadt verbringen können. Trotzdem … ohne Gegenleistung läuft nichts. Auf was verzichte ich? Auf die Außenwelt, denke ich, doch diese nimmt mir der Rat nicht weg, diese haben wir uns selbst weggenommen. Ich senke meinen Kopf wieder, betrachte meine schwarzen Hosen und konzentriere mich wieder auf die Rede von Bokowski. Dieser fährt nun mit stärkerer Dringlichkeit und lauter autoritärer Stimme, die übrigens das Einzige bemerkenswerte an seinem Auftritt ist, fort.

„Doch wie es in der Natur stets Unkraut gibt, so gibt es auch bei uns Schädlinge. Schädlinge, die man an der Wurzel ausreißen muss, bevor sie sich ausbreiten. Weshalb, denken Sie, wächst hier um uns herum kein Unkraut neben unseren Bäumen? Wir pflegen sie. Wir pflegen sie, so wie wir auch unsere Gesellschaft pflegen müssen. Wir müssen verhindern, dass Unkraut sich ausbreitet und unser gesamtes System befällt." Ich stelle mir vor, wie er dort oben steht, wild gestikulierend und rot im Gesicht von seiner energischen Rede und dahinter, mit einem süffisanten Grinsen, seine Frau. Ihre dunklen Haare hat sie stets zu einem strengen Knoten am Hinterkopf zusammengebunden und unter ihrer Haut stehen die Knochen so stark hervor, dass man beinahe denken könnte, sie ernähre sich nicht gut genug. Aber nur beinahe. Ihr Gesicht ist herzförmig und wenn sie nicht gerade selbstzufrieden vor sich hin grinst, dann spitzt sie ihre Lippen, kneift die Augen zusammen und zieht ihre hoch geschwungenen Augenbrauen nach oben. So sieht sie meiner Meinung nach noch unerträglicher aus. Diese katzenhaften Züge widern mich regelrecht an. Sie war früher wahrscheinlich das Kind, vor dem alle schreiend davongerannt sind, sobald sie in ihre Nähe kam. Kein Wunder bei diesem Gesicht. Im Moment kann ich sie jedoch nicht sehen, doch es scheint mir, als würde sie stets irgendwelche perfiden Absichten hinter ihrem Handeln verbergen. Sie ist einer dieser ambitionierten Menschen, die wahrscheinlich nichts ohne einen bestimmten Zweck tun. Mit Elisa zusammen habe ich früher immer die Menschen um uns beobachtet. Wir haben versucht herauszufinden, wer die Personen wohl waren, was sie arbeiteten und was sie wollten. Heute tue ich das noch immer, automatisch, wenn ich jemanden ansehe. Es wurde zur Gewohnheit und ich glaube, dank Elisa bin ich misstrauischer geworden und habe gelernt, Leute besser zu durchschauen.

„Gemeinsam, mit einer starken Führung, sind wir stärker. Tristan Nortarus war die Schlüsselperson, die die Kräfte der Menschen damals vereinte und solch jemanden brauchen wir auch heute, denn sonst zerfallen unser Turm und unser Leben und unsere Errungenschaften mit ihm." Es ist nicht schwer zu erraten, wen er damit meint. Ich recke meinen Hals, um die Bokowskis anzuschauen. Wie erwartet steht Anastazja Bokowski grinsend neben ihrem Mann und lässt ihren Blick mit Befriedigung über uns schweifen. Auch die Zwillinge schauen auf uns herab, ihre Haltung strotzt nur so vor Überlegenheit und Arroganz. „Feiern wir heute unseren Gründungstag, feiern wir die Green System Change, feiern wir Tristan Nortarus! Wer wagt, gewinnt!" Der Schluss seiner Rede geht im Jubel unter. Wieder geht mein Blick nach hinten zu den Arbeitern. Die meisten sehen müde aus von ihrer Arbeit, jedoch nicht die Müdigkeit, die nach einmal lange Ausschlafen wieder vergeht. Nein, ihre Erschöpfung geht tiefer, viel tiefer. Mein Blick fällt auf eine hochgewachsene Frau, die jemandem neben ihr etwas ins Ohr flüstert. Normalerweise hätte ich meinen Blick weiter schweifen lassen, doch etwas an ihrer Art lässt mich innehalten. Die Art, wie sie sich mit ihren Fingern durch die Haare fährt, und wie ihr Blick von einem Arbeiter zum nächsten springt. Der Mann neben ihr nickt, dreht sich weg und schlängelt sich durch die Menschenmenge hindurch an den Rand des Platzes. Plötzlich fällt mir die Unruhe auf, die durch die Menge geht. Die vorherige Müdigkeit, die mir aufgefallen ist, ist verschwunden und ich sehe, wie die CPs, die sich um uns aufgestellt haben, ihre Waffen fester an sich ziehen und schussbereit halten. Ich merke, wie meine Hände schwitzig werden, wie immer, wenn ich nervös werde. Ich suche wieder nach der Frau, finde sie und zu meinem Erstaunen blickt sie mir direkt in die Augen. Ich ziehe fragend meine Augenbrauen nach oben und halte meinen Blick fest auf ihre unglaublich blauen Augen gerichtet. Gerade als ich denke, sie würde sich wieder abwenden, hebt sie ihre Hand und macht eine Geste, mit der sie mir bedeuten möchte, mich zu ducken. Ihr gehetzter Gesichtsausdruck und die Art, wie sie mich anschaut, verunsichern mich und ein ängstliches Gefühl befällt mich. Doch als ich sie erneut fragend ansehen möchte, ist sie untergetaucht und diesmal finde ich sie in der aufgewühlten Menge nicht wieder. Ein kurzer Blick nach oben zu den Bokowskis zeigt mir, dass auch sie beunruhigt sind. Vielleicht bilde ich es mir bloß ein, doch ich irre mich selten in solchen Dingen.

„Was ist …", gerade als ich mich zu meinen Eltern umdrehe und sie fragen möchte, was los ist, ertönt ein Schuss. Arbeiter hinter mir greifen plötzlich die CPs am Rand des Platzes an und entwenden ihnen in Kürze ihre Waffen, da sie den Überraschungseffekt auf ihrer Seite haben. Der Schuss scheint knapp fünf Meter hinter mir losgegangen zu sein, gefährlich nahe, und ich muss an die Frau mit den blauen Augen denken. Die Leute um mich herum beginnen zu schreien und drängen sich nach vorne.

„Verräter, alles Verräter, ihr nutzt uns bloß aus und …", der Rest des Satzes geht in weiteren Schüssen und Schreien unter.

„Nita, komm hier her, sofort!", die Stimme meines Vaters klingt beunruhigt, aber dennoch gefasst. Er umfasst meine Hand mit der seinen und zieht mich nach vorne, weg von den Arbeitern. Doch ich sehe, wie die Arbeiter weiterhin gegen die CPs kämpfen, nicht alle scheinen auf diesen Angriff gefasst gewesen zu sein, weshalb die meisten sich mit uns nach vorne drängen oder durch die Bäume hindurch vom ganzen Geschehen flüchten.

Schräg hinter mir beobachte ich, wie ein junger Mann einem CP ins Gesicht schlägt, diesem die Pistole entwendet und sie ohne zu zögern nach vorne auf die Erhöhung richtet. Er zielt einen Moment lang, indem er sein linkes Auge schließt, und in dem Moment, als ich denke, er drückt den Abzug, trifft ihn etwas am Hinterkopf und er fällt nach vorne. Ich sehe einen weiteren CP etwas weiter hinten mit gezückter Pistole und mein Magen zieht sich zusammen. Was ist nur mit mir los? Es geschieht dem Mann recht! Auf einen Angriff auf den Rat steht ohnehin Todesstrafe. Dennoch kann ich meinen Blick nicht von dem CP wenden, der soeben dem Mann in den Kopf geschossen hat. Seine auffallend schwarzen Haare hängen ihm ins Gesicht und als ich seinen selbstzufriedenen Gesichtsausdruck sehe, wird mir übel. Er wendet sich ab und verschwindet wieder. Nur das schwarze Haar sticht noch einen Augenblick lang aus der Menge hervor, dann ist er ganz weg.

„Komm schon, wir sollten hier nicht bleiben", sagt mein Vater und drängt mich dazu, schneller weiterzugehen. Die immer panischer werdende Menschenmasse um mich macht es mir schwer, meine Gedanken zu sortieren, und die meisten Leute überragen mich, weshalb ich nicht viel sehe, geschweige denn vom Geschehen mitbekomme. Mein Vater zieht mich immer weiter und ich lasse mich von ihm führen, den Blick auf seinen Hinterkopf gerichtet, der genauso aussieht wie jener des nun toten Arbeiters. Ich kann die Szene seines Todes nicht aus dem Kopf kriegen. Immer und immer wieder spult sie sich von vorne ab. Die Art, wie sein Kopf vornüber fällt und er daraufhin nach vorne kippt. Ich frage mich, ob er wohl schon während des Falles tot war oder erst nach dem Aufprall und ob er überhaupt Zeit hatte zu realisieren, was mit ihm geschah, bevor die Kugel ihn durchbohrte und das Leben aus ihm nahm.

Weitere Schüsse fallen und ich frage mich, für wen sie wohl gedacht waren und ob sie erneut ihren Weg zu einem Opfer gefunden haben. Plötzlich greift jemand nach meinem Arm und zieht mich weiter. Mit meinem Blick folge ich der Hand und schaue ins Gesicht eines mittelalten CPs mit dunkelbraunen Haaren. Mit einem Nicken in Richtung Palazisko gibt er mir zu verstehen, ich soll weitergehen nach vorne. Unbewusst bin ich an den Rand der Menge gelangt, bei den schönen grünen Bäumen, und plötzlich fällt mir auf, dass meine Eltern nicht mehr bei mir sind. Ich muss die Hand meines Vaters irgendwann losgelassen haben.

„Los jetzt, geh!", die befehlsgewohnte Stimme holt mich wieder zurück in die Wirklichkeit und ich laufe los. Erst jetzt fällt mir auf, dass die CPs sich hinter uns in einer Linie aufgestellt haben, um die Aufständischen von uns zu trennen. Diese scheinen keine Chance gehabt zu haben. Was für ein sinnloses Unterfangen, denke ich, doch ich weiß nicht, was ich tun würde, wäre ich so verzweifelt, wie sie es sind. Womöglich würde ich mich auch von irgendwelchen irrationalen Gedanken und Trieben führen lassen.

Ich bin jetzt hinter den CPs und außerhalb der Gefahrenzone. Die Leute um mich herum reden angeregt miteinander, Kinder schreien und Eltern rufen die Namen ihrer Kinder. Ich blende das Stimmengewirr aus und unwillkürlich denke ich an das Bevorstehende. Ich habe Angst vor dem, was nun kommt. Freitags werden Klimasünder hingerichtet, sofern welche in der Woche festgenommen wurden. Egal wie groß oder klein das Verbrechen war, in Bezug auf die Umwelt kennt der Rat kein Erbarmen. Was ja auch verständlich ist, wie würden wir uns sonst je an die Regeln halten, wenn uns keine Bestrafung erwarten würde bei einem Regelbruch? Andere Verbrechen gibt es auch. Leute, die stehlen, Anwendung von Gewalt oder Betrug, doch meistens sowieso nur in den Slums, und diese Verstöße ziehen keine solch strengen Konsequenzen nach sich, sofern sie nicht gegen den Rat, sondern gegen andere Mitmenschen gerichtet sind. Aber jetzt werden sicher diese Arbeiter getötet. Wie kann ich nur zusehen, wie sie diesen Leuten die Schlinge um den Hals legen?

Ich ertrage die Hinrichtungen nicht. Es war schon immer so. Ich kann mir noch so oft sagen, dass die Leute vor mir dieses

Schicksal verdient haben und ich keine Schuld an ihrem brutalen Tod trage, doch das unbehagliche Gefühl verschwindet nicht.

Wie es scheint, hat sich die Situation wieder beruhigt, denn die CPs hinter uns lösen ihre Reihe wieder auf und wir bewegen uns alle zu unserem vorherigen Platz. Ich beschließe, auch langsam zurück zu gehen und Ausschau nach meinen Eltern zu halten. Dies ist jedoch gerade meine geringste Sorge, viel mehr habe ich Angst vor dem Bevorstehenden.

Plötzlich legt sich eine Hand auf meine Schulter. Ich drehe mich um und blicke meiner Mutter ins Gesicht.

„Benita! Wo warst du? Weißt du, wie gefährlich es ist, wenn du dich hier irgendwo alleine aufhältst, ich habe mir schon das Schlimmste vorgestellt." Ihr sorgenvoller Gesichtsausdruck bringt mich dazu, ihr zu antworten, obwohl ich sie eigentlich anschweigen wollte. Ich kann selber auf mich aufpassen, mit siebzehn Jahren bin ich kein Kind mehr, das von den Eltern an der Hand geführt werden muss.

„Ja, ich weiß schon. Aber ich habe euch plötzlich verloren und nicht mehr gesehen, wo ihr hingegangen seid." Meine Mutter beruhigt sich, wir stellen uns wieder zwischen die anderen Leute und richten unseren Blick nach vorne, wobei ich nur den Rücken des Mannes vor mir betrachten kann.

Nach einer Weile ertönt die Stimme von Anastazja.

„Wir bedauern zutiefst, dass Unruhe ausgebrochen ist, doch alles ist unter Kontrolle. Machen Sie sich keine Sorgen. Sorgen machen dürfen sich nun diese Kriminellen", sie gibt ein dunkles Lachen von sich. „Solche Unruhestifter sind", sie seufzt gekünstelt auf, „beinahe bemitleidenswert. Weshalb würde man sich auflehnen, wenn alles perfekt ist? Doch manchmal liegt genau in der Perfektion das Problem. Deshalb müssen wir, zu unserem eigenen Bedauern, drastische Maßnahmen ergreifen. Keine Klimasünde bleibt ungestraft. Jede ist ein direkter Angriff auf jeden Einzelnen von uns. Wir, die so hart für den Erhalt der Perfektion kämpfen. Lasst Gerechtigkeit walten!" Den Worten folgt Trommelwirbel. Dieser erinnert mich immer an die Geschichtskunde. Sie haben uns dort einmal erzählt, dass früher bei Kriegen Marschmusik gespielt wurde, meist mit Trommeln, die den Soldaten den Takt angaben. Ich versuche mir ein Bild in den Kopf zu rufen. Ich stelle mir die vielen Uniformierten vor, wie sie in perfekter Formation aufgestellt sind. Jeder sieht gleich aus, es gibt keine Unterschiede zwischen ihnen. Alle bilden ein Stück der Armee und zusammen ergeben sie ein Ganzes. Keiner ist mehr als das, keiner ist individuell. Ihre eigene Persönlichkeit haben sie nicht. Als ich an diesem Punkt angelangt bin, verschwindet das Bild der Soldaten und ich sehe stattdessen wieder die blauen Augen der Frau. Keine Persönlichkeit. Kein Leben. Kein Individuum. Sie wird sterben. Sie wird sterben, obwohl sie mich gewarnt hat.

In diesem Moment stoppt das dumpfe Geräusch, erzeugt durch das Aufschlagen der Trommelschläger, und ich schaue nach vorne. Auf den Zehenspitzen erkenne ich, was sich vorne auf dem erhöhten Platz vor dem Palazisko abspielt. Am liebsten würde ich wieder wegschauen, doch jetzt, da ich den Blick gehoben habe, weiß ich, dass ich nicht mehr wegschauen kann. Meine Hände werden zittrig und ich spüre, wie die Angst in mir hochsteigt. Vorne aufgestellt, neben dem Galgen, sind sie. Zu zwölft. Einer, ein älterer Mann mit gräulichen Haaren, steht ganz links und muss bereits vor der Zeremonie und den Unruhen für den Galgen bestimmt gewesen sein. Er sieht sauberer und fitter aus, als die anderen. Die restlichen elf sind die Arbeiter von vorhin und ihre Kleidung ist schmutzig und die meisten von ihnen bluten. Mein Blick wandert von Gesicht zu Gesicht, bis ich, als Letzte in der Reihe, die Frau sehe. Sie sieht stur geradeaus und scheint den Jubel der Leute direkt vor sich nicht wahrzunehmen. Ihre Hände sind auf dem Rücken zusammengebunden. An ihrer Schläfe läuft Blut hinunter, welches einen starken Kontrast zu ihren strahlend hellen Augen bildet, die ich sogar von dieser Entfernung erkennen kann.

Einer nach dem anderen wird ausgerufen. Name, Identitätsnummer und Verbrechen werden aufgezählt vom zuständigen CP, einer jungen blonden Frau, die anschließend die Nummer mit ihrem Terminal scannt und die Person registriert als eliminierten

Verbrecher. Ein weiterer CP legt dem Täter die Schlinge um den Hals. Sind die beiden CPs fertig, gibt Anastazja ein Zeichen und die Klappe wird geöffnet. Dann folgt Jubel.

Meine Mutter neben mir legt mir ihre kühle Hand an die Wange und flüstert: „Du musst dir das nicht ansehen." Ihre Hand verharrt einen Moment dort und dann zieht sie sie weg. Ich schaffe es, mein Gesicht von dem jungen Kerl, dessen Hals gerade in der Schlinge ist, wegzudrehen. Meine Mutter neben mir wendet ihren Kopf jedoch nicht ab. Sie ist stark, viel stärker als ich es bin. Mit ihren kurzen braunen Haaren und der gebräunten Haut sieht sie abgehärtet aus. Ich dagegen sehe mit den langen dunkelbraunen Haaren langweilig und unscheinbar aus. Nicht einmal meine auffallend grünen Augen können diese Erscheinung ändern.

„Derek Henderson, Identitätsnummer 428744, Angriff auf Rat und Sicherheitspersonal", gibt die junge Frau in lauter und erstaunlich tiefer Stimme bekannt. Ich höre kaum, wie sich die Klappe öffnet. Das ganze Gerüst ist aus Metall gebaut. Kein Holz wurde für die Herstellung verschwendet, keine Bäume wurden dafür gefällt.

„Mira Lascala, Identitätsnummer 393576, Angriff auf Rat und Sicherheitspersonal." Durch das fehlende Geräusch beim Öffnen der Klappe hört man sehr gut, wann der Strick seine volle Spannweite erreicht hat.

„Sandor Kallor, Identitätsnummer 558301, Angriff auf Rat und Sicherheitspersonal." Es dauert keine Sekunde vom Öffnen der Klappe bis zum Knacken. Beinahe keine Verzögerung. Alles geht sehr schnell. Ich zähle mit. Ich zähle das Geräusch des brechenden Genicks. Neun, zehn, elf, jetzt sollte nur noch die Frau dort stehen. Ich muss sie noch ein letztes Mal sehen.

„Miranda Hondus, Identitätsnummer 199069, Angriff auf Rat und Sicherheitspersonal." Meine Nummer endet auf dieselben letzten Ziffern, wie ihre es tut. Ich bin nicht abergläubisch, dennoch fällt es mir sofort auf. Die CP löst die Handschellen und packt ohne Mitgefühl ihren linken Arm und scannt sie. Jetzt ist es endgültig. Sie wird aus dem offiziellen System gelöscht und als eliminierte Verbrecherin registriert. Die Schlinge um ihren

Hals wirkt zu grob für sie. Ihr Hals ist so dünn und zierlich, dass dieses dicke schmutzige Seil an diesem Ort falsch erscheint. Es ist auch falsch, denkt ein Teil von mir. Über ihre Wange rinnt eine Träne und vermischt sich mit dem dunkelroten Blut, das schon eingetrocknet ist. Dann drückt der CP den Hebel hinunter, es knackst kurz und dann ist sie weg. Ihre Augen stehen offen und leer.

Kapitel 2

„Nita, Nitaaaa! Schnell, mach schon. Heute gehen wir in die Naturkuppel, da willst du doch nicht zu spät kommen, oder?" Ich renne ihr mit einem freudigen Gefühl im Magen hinterher. Wie sehr ich mich auf diesen Tag gefreut habe! Ihr rotes Haar fliegt offen um sie und verdeckt ihr Gesicht, als sie sich nach mir umdreht. Doch plötzlich, als ich näher hinsehe, erkenne ich, dass ihr Haar nicht mehr rot ist, sondern orange. Orange und gelb. Ihr Kopf steht in Flammen!

„Elisa, pass …!", meine Stimme versagt und ich bringe nur noch ein Krächzen heraus. Ich muss sie warnen, bevor es zu spät ist. Ich schreie nochmals, doch kein Ton kommt heraus. Ich bekomme Angst. Sie hat aufgehört zu rennen und steht still da, mit dem Rücken zu mir. Ich sehe dabei zu, wie ihre Haut langsam dunkler wird. Ich renne zu ihr, so schnell mich meine Beine tragen, doch mit jedem Schritt wird es schwerer und als ich hinter mich blicke, sehe ich, dass mich mein Vater zurückhält.

„Benita, es ist nicht deine Schuld. Du musst sie vergessen." Seine Stimme klingt, als käme sie von weit her und ich will nicht wahrhaben, was er sagt. Ich schlage um mich und kämpfe mich weiter nach vorne zu Elisa, die von Sekunde zu Sekunde dunkler wird. Als ich endlich bei ihr angekommen bin, steht ihr ganzer Körper in Flammen und ihre Haut ist kohlschwarz. Wie konnte das passieren? Mein Herz schlägt schnell, zu schnell, und als ich auf mein Endgerät blicke, leuchtet dort in Rot die Zahl 199069. Ich bin verzweifelt, ich muss mich beruhigen, meine Herzfrequenz wieder senken, doch da dreht sich Elisa zu mir um und ich schaffe es kaum, Luft in meine Lunge zu ziehen. Ob wegen des Rauches oder wegen des Anblicks, weiß ich nicht genau. Trotz der abschreckenden Gestalt vor mir strecke ich meine Hand vorsichtig nach ihrem faltigen Gesicht aus. Doch gerade als meine Fingerspitzen sie berühren, zerfällt sie vor mir in winzige Stücke. Schwarze Hautfetzen fliegen um mich, wie verbranntes Papier, und als ich meinen Mund öffne, um zu schreien, kriege ich keine Luft mehr wegen den Stücken, die meine Luftröhre verstopfen. Ich schlage um mich und Verzweiflung und Panik steigen in mir auf. Auf einmal sehe ich wieder Elisas Gesicht vor mir. Sie scheint mir etwas sagen zu wollen, ihre Lippen bewegen sich, doch es kommen keine Laute heraus. Ich blicke ihr tief in die Augen, aber ich sehe nur mein eigenes Spiegelbild in ihnen.

„Elisa, es tut mir so leid", flüstere ich und bemerke, dass ich meine Stimme wieder gefunden habe. Plötzlich blicke ich nicht mehr in Elisas hellbraune Augen. Die Farbe wird heller und heller und auf einmal starren mich blaue Augen an. Erschrocken schaue ich die Frau an. Eine Träne rinnt über ihre Wange und vermischt sich mit dem Blut in ihrem Gesicht. Es ist still geworden um uns herum, die Luft ist auf einmal frisch und angenehm kühl. Mein Herzschlag geht wieder gleichmäßig, obwohl das Pochen nicht von mir zu kommen scheint, sondern von außen. Ich drehe mich nach hinten um. Wo ist mein Vater? Ich verspüre auf einmal das Bedürfnis, ihm von der Frau zu erzählen, die noch lebt und gar nicht gestorben ist, wie wir es dachten. Doch als ich mich wieder zurück zur Frau drehe, setzt mein Herz aus und das Pochen verschwindet. Ich werde starr vor Angst. Sie hängt dort, mit gebrochenem Genick und in die Leere starrenden Augen. Ich lasse mich schreiend fallen. Ich möchte die Frau retten, doch es ist zu spät. Schon wieder konnte ich ihr nicht helfen. Ich möchte weglaufen, doch ich kann nicht. Ihre blauen Augen wirken fesselnd, sie scheint mich nicht loslassen zu wollen, obwohl sie längst weg ist. Oder etwa doch nicht? Ich schaue ihr tief in die Augen, bis ich zu versinken drohe in ihnen. Dann laufe ich, ich laufe, doch trotz allem lassen mich die Augen nicht los. Es scheint mir, als blicke ich ihr noch immer in sie.

Atemlos wache ich auf, die Hand auf mein klopfendes Herz gedrückt. Am liebsten wäre ich direkt zu meiner Mutter gelaufen, doch diese schläft bestimmt tief und fest und was kann sie schon tun? Ich habe gelernt, selbst mit meinen Problemen klarzukommen. Langsam setze ich mich auf und bemerke, dass mir mein weißes Pyjama-Shirt am Oberkörper klebt. Seit Langem hatte ich nicht mehr von Elisa geträumt. Zu Beginn hatte ich noch jede Nacht Albträume und auch am Tag konnte ich die Erinnerungen an sie nicht aus meinem Kopf vertreiben. Mit der Zeit wurde es besser und nun ist es beinahe schon fünf Jahre her, seit es geschehen ist. Doch diese Nacht habe ich wieder von ihr geträumt. Hängt es mit Miranda zusammen? Habe ich deshalb auch wieder an Elisa gedacht, weil ich, wie die Ärzte es nennen, eine posttraumatische Störung habe, welche durch ein ähnliches Erlebnis wieder hochkommen kann? Ich drehe nervös an dem goldenen Ring an meinem kleinen Finger, den mir Elisa geschenkt hat. Der Schock, Miranda erneut am Galgen zu sehen, sitzt mir noch tief in den Knochen. Meine Beine zittern unkontrolliert. Ich hatte schon solche Mühe, einzuschlafen wegen dem Geschehenen und nun bin ich erneut wach. Weshalb setzen mir diese Dinge immer so stark zu? Weshalb kann ich nicht gleichgültig gegenüber solchen Sachen sein, die einfach zu unserer Welt dazugehören? Aber, denke ich andererseits, ich will auch nicht, dass mein Leben von Gleichgültigkeit geprägt ist. Ich brauche meine Emotionen und Gefühle trotz allem, sie sind doch das, was mich ausmachen.

„Es ist 4.23 Uhr, Anzahl Stunden geschlafen sind 6 Stunden 13 Minuten, davon im Tiefschlaf 2 Stunden 3 Minuten. Geträumt in …" Der Flatscreen hinter mir meldet sich, die Frauenstimme, welche ich eigenhändig ausgewählt habe, leiert die gesammelten Daten hinunter. Ohne weiter zuzuhören, gehe ich ins Bad, um mich danach nochmals schlafen zu legen. Mit einem kurzen Blick auf mein Endgerät am Handgelenk versichere ich mich aus Gewohnheit, dass es tatsächlich 4.23 Uhr ist. In Geschichtskunde haben wir einmal gelernt, dass man dies früher Uhr genannt hat und es nur die Zeit angezeigt hat. Natürlich kennen wir den Begriff Uhr, doch diesen Leuten fehlten all die anderen Funktionen, die unser Endgerät kann. Blutdruck, Herzfrequenz, Körpertemperatur, Nachrichten- und Telefonfunktion, Anzahl Arbeitsstunden, der persönliche Tagesablauf, Konzentrationsfähigkeitswert und Müdigkeitslevel. Zusätzlich werden mir meine aktuelle Punktzahl und auch meine Einträge angezeigt, sowie der Stromverbrauch unserer Wohneinheit und die bevorstehenden Nahrungseinheiten und Tabletteneinnahmen, falls es welche gibt. Das sind die wichtigsten Dinge, die mich jeden Tag begleiten, doch ich wette, es gibt noch weitere Funktionen, von denen wir nur nichts wissen. Das Endgerät überwacht unsere Gesundheit, das ist klar, und ganz nebenbei überwacht das System auch uns, nehme ich an. Aber ich bin froh, habe ich eines, weshalb ich mir keine weiteren Gedanken über die Fähigkeiten des Gerätes mache. Mein Handgelenk würde sich merkwürdig anfühlen ohne es. Ich würde mich nackt fühlen, trüge ich es nicht, denn es ist ein fester Teil von mir, obwohl es eine körperfremde Platte ist, die in meiner Haut steckt.

Das Licht im Bad lasse ich aus, als ich die Tür hinter mir schließe. Jeder noch so geringe Energieverbrauch wird genauestens verzeichnet und je niedriger diese Zahl ist, desto besser. Ich stelle den Wasserhahn an, lasse das kalte Wasser durch meine verschwitzten Finger laufen und spritze es mir dann ins Gesicht. Noch immer informiert mich die Frauenstimme über meinen bevorstehenden Tag, den nächsten Medicbesuch, die Leistungstests und weitere Dinge, von welchen ich gerade nichts hören möchte, doch in all meinen Räumen müssen irgendwo kleine Lautsprecher montiert sein, denn die Stimme ist im Badezimmer genauso laut, wie in meinem Schlafzimmer. Erneut befeuchte ich mein Gesicht und blende die hohe Stimme aus, vielleicht sollte ich die Einstellung auf eine Männerstimme wechseln, überlege ich.

Mein Endgerät zeigt mir eine Wassertemperatur von 19 Grad an und meine Körpertemperatur liegt bei 36.8 Grad. Ausnahmsweise bin ich froh darüber, dass ich kaltes Wasser benutzen kann. Nicht wie sonst, wenn die Dusche auf nur 25 Grad eingestellt ist und ich das System mit seinen Energieverbrauchsregelungen und seinem Geiz mit Warmwasser verfluche. Ich darf das Wasser aber dennoch nicht zu lange anlassen, deshalb beeile ich mich und trockne dann mein Gesicht ab. Meine Augen haben sich an die Dunkelheit gewöhnt und ich blicke in den Spiegel, der über dem Waschbecken hängt. Meine Haare sehen fast schwarz aus und hängen mir ins Gesicht. Einzelne Haarsträhnen kleben an meinen Schläfen. Ich schaue meinem Spiegelbild eine Weile in die Augen und versuche tief ein- und auszuatmen. Immer wieder blitzen kleine Ausschnitte aus dem Traum auf, lassen mein Spiegelbild verschwimmen, nur dass es einige Sekunden später umso prägnanter vor mir prangt. Das orangegelbe Feuer, die roten Flammenspitzen. Erneut spritze ich mir das kühle, klare Wasser ins Gesicht und versuche damit, die brennenden Gedanken zu löschen, was mir nur halbwegs zu gelingen scheint. Ich weiß noch immer nicht, ob ich froh darüber sein sollte, dass ich erneut Elisa gesehen habe. Ich habe sie unglaublich vermisst! Aber ist es nicht krank, auf einen Traum mit einer Person zu hoffen, die schon längst verschwunden ist? Vielleicht schon, aber für einen kurzen Moment verspüre ich die alte, vergangene Glücklichkeit in mir aufkochen, wenn ich Elisa sehe.

Meine Herzfrequenz liegt laut meinem Endgerät bei 103. Ich warte noch ein paar Minuten und gehe dann leise zurück in mein Zimmer, mittlerweile ist die Computerstimme verstummt. Mein Zimmer ist nicht besonders groß, aber durch die Glaswände, die es von allen Seiten umgeben, wirkt es riesig und keineswegs beengend. Aber trotzdem fühle ich mich nicht ausgestellt, im Gegenteil, ich fühle mich wohl in meinem Zimmer. Aber das liegt auch an meinem Wissen darüber, dass die Glaswand das einstrahlende Licht einerseits reflektiert und es andererseits durchlässt, so dass Passierende nur einen Spiegel vor sich haben, falls sie hineinsehen wollen. Nur an einer Stelle gegenüber der Tür liegt der Flatscreen, worauf nun gerade meine Gesundheitswerte zu sehen sind, welche vom Endgerät laufend hinüber vermittelt werden.

Früher waren die Zimmer meistens von dicken, weißen Wänden begrenzt und hatten nur einzelne kleine Fenster, statt ganzen Glasfronten.

Ich lege mich auf mein Bett und ziehe mir trotz der Wärme die Decke bis ans Kinn hoch. Ich drehe mich auf die linke Seite, damit ich direkt hinaussehen kann auf unsere Stadt. Beinahe keine Lichter sind sichtbar, nur in der Ferne fährt eine Magnetbahn, die ich dank ihrer Beleuchtung in der Dunkelheit ausmachen kann. Wer wohl um diese Uhrzeit noch unterwegs ist? Ich verfolge die Bahn mit meinen Augen, bis sie verschwunden ist. Es ist fast vollständig dunkel, nur einzelne Arbeitskuppeln in Pryzydora sind beleuchtet. Dank des schwachen Mondscheins, der durch die Kuppel Zykonias hineindringt, wird alles von einem weißlichen Schimmer überzogen. Selbst den Fluss erkenne ich dank dem Mondlicht, obwohl er weiter weg ist. Direkt in der Nähe hingegen stehen andere Häuser mit jeweils drei Wohneinheiten, diese sind nun kaum mehr als große, schwarze Blöcke, in deren Fenstern sich das Mondlicht reflektiert. Die nächtliche Ruhe besänftigt mich, das beruhigende Blau der Nacht lässt meine Augenlider wieder schwer werden.

Ich muss relativ schnell eingeschlafen sein, denn als ich am Morgen vom Endgerät geweckt werde, zeigt es mir eine totale Anzahl von siebeneinhalb Stunden Schlaf an, die kurz darauf von der Computerfrau erwähnt wird. Außerdem war ich sogar nochmals im Tiefschlaf. Doch obwohl ich genug Schlaf abbekommen habe, bin ich müde und mein Kopf fühlt sich schwer an. Ich massiere meine pochenden Schläfen. Hoffentlich lassen die Kopfschmerzen wieder nach, ansonsten wird mein Endgerät mir einen Besuch in der Medicstation einrichten.

Als ich nach der kurzen und leider kalten Dusche in meine Uniform schlüpfe, fällt mir auf, dass ich ein wenig gewachsen sein muss. Meine schwarzen Jeans reichen mir nicht mehr ganz über die Fußknöchel und die weiße Bluse endet über dem Hosenbund, wenn ich mich strecke. Vielleicht habe ich ja doch noch einen Wachstumsschub, obwohl die Untersuchungen ergeben haben, dass ich nur noch bis siebzehn Jahre wachsen kann, was bedeutet, dass ich jetzt ausgewachsen bin. Aber die Größe ist schlussendlich doch nur eine Zahl und von denen gibt es schon reichlich genug in meinem Leben. Noch immer mit meinen Gedanken bei den Zahlen, packe ich mein Schulterminal in meine Tasche ein. Bücher gibt es keine bei uns an der Schule, aber an der Wand rechts von der Tür steht ein Metallgestell, das vollgestellt ist mit meinen Buchplatten. Stolz betrachte ich sie. Für jedes Buch gibt es eine solche Glasscheibe, welche ins Terminal eingeschoben wird. Alle meine Platten reihen sich in meinem Gestell. Ich besitze diverse über die Vergangenheit, und Krimis und andere Unterhaltungsbücher füllen das ansonsten leere Gestell. Meine Gedanken schweifen weiter zu jenem Krimi, den ich gerade lese. Meine Spekulationen, wer der Mörder sein könnte, werden jedoch durch das Vibrieren an meinem Handgelenk und das Aufleuchten des Screens unterbrochen. Beide Displays zeigen mir die Uhrzeit an und eine Meldung kommt hinein bezüglich des Zeitmanagements. In einer halben Stunde fährt die Bahn, die ich erwischen muss. Ich schultere meine nun gefüllte Tasche und gehe die Treppe hinunter ins Esszimmer, beziehungsweise ins Wohnzimmer, da die beiden im gleichen Raum sind. Als ich hinunterkomme, wird der Raum hell erleuchtet durch die aufgehende Sonne, da sich die Fensterfront an der Ostseite befindet.

„Guten Morgen, Benita, bist du nicht ein wenig spät an?", begrüßt mich mein Vater, wie so oft mit einem Tadel. Natürlich weiß ich, dass ich spät dran bin, mein Endgerät hat meinen Zeitplan im Griff und teilt mir das mit und das weiß er genau.

„Jaa", antworte ich gedehnt und nehme von meiner Mutter das abgepackte Essen entgegen, welches soeben geliefert wurde. Ich stelle das dampfende Paket auf die glatte Holzoberfläche des Tisches. Nicht alle haben Holz in ihrer Wohneinheit, aber dank der Stellung meiner Eltern haben wir keine schlechte Einheit abbekommen.

Ich bringe meine Tasche in den Eingang, gebe meiner Mutter, die gerade die Haustür schließt, einen Kuss auf die Wange und setze mich gegenüber von meinem Vater an den Tisch. Mit dem Rücken sitze ich zur Tür, so dass ich hinaussehen kann auf Pryzydora. Man sieht nur einige Straßen, weiter weg vereinzelte luxuriöse Häuser und den dunkelblauen Fluss, der in der Sonne glitzert. Schade, dass man nicht nahe ans Wasser gehen kann. Ich stelle mir vor, wie es wäre, die Hand in das klare, blaue Wasser zu tauchen, wie die Flüssigkeit die einzelnen Finger umspült, wie die Haut langsam beginnt sich abzukühlen.

Meine Mutter setzt sich neben mich und wir öffnen unser Essen. Es ist eingepackt in wiederverwendbare Behälter und abgestimmt auf unsere Gesundheitswerte. Ich öffne den Deckel und beginne, den Getreidebrei auf den Löffel zu schaufeln.

„Und, Miron, wie läuft es bei eurem neuen Projekt?", meine Mutter schaut meinen Vater fragend an.

„Hmm, soweit läuft alles gut. Gerade sind wir bei der zweiten Testrunde angelangt, aber es wird noch Ewigkeiten gehen, bis das Produkt auf den Markt kommen wird. Erinnerst du dich noch an die Tomaten? Bei diesen dauerte der genetische Erneuerungsprozess mehrere Jahre, bis sie in die Nahrungseinheiten aufgenommen wurden."

Meine Eltern unterhalten sich noch ein wenig über Vaters Arbeit mit der genetisch modifizierten Nahrung, doch ich höre ihnen nur mit halbem Ohr zu. Der Gedanke, dass unser Essen in Laboren hergestellt wird, widert mich zugegeben ein wenig an. Während sie reden, studiere ich das Gesicht meiner Mutter. Sie hat ein rundes Gesicht, braune Augen und einige Fältchen um die Augen. Wenn sie lächelt, sehe ich auch ihre Grübchen, in die ich als Kind immer meine kleinen Finger gelegt habe. Ich muss lächeln bei dem Gedanken. Meine Mutter bemerkt meinen Blick und schenkt mir ein kleines Lächeln. Doch sie wirkt traurig und als ich daran denke, wie nahe wir uns einmal waren, verfliegt mein Lächeln wieder. Ich habe meiner Mutter immer näher gestanden als meinem Vater, doch nun scheint es, dass ich von beiden so langsam wegtreibe. Ich suche nach Halt, doch ich weiß nicht, wo ich ihn finden kann, bei mir oder bei ihnen. Doch die Verhältnisse sind auch schwierig bei uns, denn eigentlich sind sie nicht meine leiblichen Eltern, ich bin adoptiert worden. Aber an meine richtigen Eltern denke ich kaum, weshalb sollte ich auch? Ich werde sie sowieso nie sehen, dann verdränge ich die Tatsache lieber, dass ich ein Adoptivkind bin. Trotzdem schleichen sich manchmal Bilder in meinen Kopf von meinem anderen Leben, das hätte sein können.

„15 Minuten bis zur Abfahrt", mein Endgerät zeigt mir die Zeit an, hier unten gibt es keinen Flatscreen mehr für mich. Ich springe auf, bringe meinen Behälter zu unserem Entsorgungsspot und mache mich fertig.

Der Zug ist vollgepackt mit Geschäftsleuten, Forschern, Schülern und Arbeitern. Jeder erkennbar an der Uniform. An die kühle Metallstange gelehnt sehe ich, wie wir mit Höchstgeschwindigkeit durch Pryzydora fahren. Es gibt beinahe keine Haltestellen hier, da die meisten hier sowieso mit dem Elektroauto unterwegs sind. Weiter hinten im Wagen sehe ich einige Mädchen und Jungen meiner Klasse, die sich in voller Lautstärke unterhalten. Sie sehen kurz zu mir herüber, beachten mich dann jedoch nicht mehr. Ich seufze leise und drehe meinen Kopf nach vorne. Sie wissen, dass ich adoptiert wurde, und deshalb wollen sie nichts mit mir zu tun haben. Die meisten sehen mich als eine Arbeiterin an. Die jedenfalls, die meinen Status kennen.

Nach einer guten Viertelstunde hält die Magnetbahn und leert sich bis auf einige wenige Passagiere. Auf die Schule habe ich gar keine Lust heute, ich werde mich ohnehin nicht konzentrieren können. Ich kann es kaum mitansehen, wie alle anderen fröhlich miteinander sprechen und spielen, während ich noch immer mit den Ereignissen vom Freitag kämpfe.

Auf meine Schuhe blickend überquere ich den Platz vor unserem Schulhaus. Der Rat investiert viel Geld in unsere Ausbildung, weshalb unser Areal relativ gut ausgestattet ist. Im Erdgeschoss befindet sich die Kantine, darüber folgen vier weitere Stöcke mit Schulzimmern. Ich habe nie viel Zeit übrig, bis die erste Lektion beginnt, aber trotzdem nehme ich den Weg zum Demi-Ausbildungszentrum. Sein Areal liegt nur zwei Minuten entfernt von unserem und sieht bei Weitem nicht so professionell aus. Das liegt daran, dass hier die kleinen Kinder ausgebildet werden, deren Ausbildungssystem ist noch mehr auf Spaß und Unterhaltung ausgelegt als auf Leistung, wie bei uns. Einige Kinder blicken mich interessiert an, als ich auf den Platz trete, andere sind eher verängstigt und eingeschüchtert durch meine Anwesenheit. Ich lächle einem kleinen Mädchen mit zwei langen blonden Zöpfen zu, sie schaut mich mit großen Augen an und rennt dann davon. Ich blicke ihr nach, ihre Freude und der ungestüme Ausdruck in ihren Augen erinnern mich an Elisa. Für einen kurzen Moment erlaube ich es mir, meine Augen zu schließen. Die Traurigkeit übermannt mich und ich spüre, wie mir eine Träne über die Wange rinnt. Ich vermisse das alles hier so sehr. Mein ganzes Leben mit Elisa, hier an der Mittelschule. Ich wische mit meinem Handrücken die Tränen weg, die ich kaum zurückhalten kann. Was ist nur los mit mir? Sitzt mir der Traum noch immer so tief in den Knochen? Noch eine Minute, sage ich mir, dann muss ich mich zusammenreißen und zurückgehen. Ich blicke noch einmal zum kleinen Mädchen hinüber, das jetzt quer über den Platz rennt und Fangen spielt. Ich schlucke meine Erinnerungen runter wie bittere Galle, schüttle meinen Kopf und drehe mich um. Mein Leben hier ist vergangen. Es gibt kein Zurück mehr hierher und ich muss mir nichts vormachen. Mit schnellen Schritten gehe ich den schmalen Weg zurück zu meinem Ausbildungszentrum.

Beinahe pralle ich mit der automatischen Eingangstür zusammen, die nicht schnell genug öffnet. Immer zwei Stufen auf einmal nehmend eile ich die Treppen hoch. Mit großen Schritten eile ich den Gang entlang, links neben mir reihen sich die Schulzimmer, auf der anderen Seite ist die Wand aus Fenstern, die viel Licht hineinlassen. Ein kurzer Blick auf mein Endgerät zeigt mir die Zimmernummer 178 an und unten dran steht Mathematik. Auch das noch!

Zwei Stunden lang muss ich mich durch Funktionen, Graphen und Logarithmen kämpfen. Trotz allem kann ich mich einigermaßen konzentrieren und irgendwie hat mir diese Ablenkung etwas geholfen, mich wieder zu sammeln. Aber wahrscheinlich nur, weil ich mir nun Sorgen um meinen bevorstehenden Leistungstest in Mathematik machen muss. Wenigstens haben wir als Nächstes Geschichtskunde, eine willkommenere Ablenkung als jene von vorhin.

Ich lehne mich in meinem Stuhl zurück und warte darauf, dass unser Professor kommt. Die Zimmer sehen überall gleich aus, nur die Aussicht aus den Fenstern variiert. Von der letzten Reihe aus kann ich alle anderen gut beobachten. Meistens bilden sich dieselben Grüppchen von Leuten und ich kenne fast alle schon auswendig. Was sollte ich denn sonst tun in der Pause, außer sie zu studieren? Einzig Lyana, ein Mädchen meiner Klasse, ist wie ich meistens allein. Aber im Gegensatz zu mir probiert sie, sich manchmal den anderen anzuschließen, doch die wollen nichts von ihr. Sie wissen, dass Lyana ein Adoptivkind ist, so wie ich es bin. Beinahe alle aus unserer Klasse wissen es, obwohl der Rat eigentlich vorhatte, uns so unkompliziert wie möglich und ohne großes Aufsehen zu erregen einzugliedern, sodass die Leute bald wieder vergessen würden, dass es Adoptivkinder gibt.

Als nach einer Weile Professor Biwor noch immer nicht erschienen ist, beginne ich auf meinem Schulterminal unsere Geschichtskundebücher zu studieren – ‚Demokratie in der heutigen Zeit' und ‚Kapitalismus im Kontext des Klimawandels'. Ich klicke Letzteres an und schaue mir einige Modelle und Grafiken an. Plötzlich knallt die Tür zu und ich erschrecke, sodass ich mit meinem Stuhl abrupt wieder nach vorne kippe. Vor uns steht ein eher kleiner, aber dafür relativ stämmiger Mann mit schütterem hellbraunem Haar. Alle tauschen fragende Blicke aus. Ein neuer Professor? Er marschiert hinüber zum Tisch, der in der Mitte steht, legt sein Terminal ab und blickt dann in die Runde. Auf einmal fällt mir auf, wie alt er schon ist. Sein Gesicht ist von Falten gezeichnet, welche bei uns erst in hohem Alter auftreten, wenn überhaupt. Einige beginnen zu kichern, während sie ihn genauestens mustern. Seinen Jeans und dem einfachen schwarzen Shirt nach zu urteilen, ist er nicht von einer sonderlich hohen Stellung. Doch aus seiner Miene sprechen Weisheit und Gelassenheit. Irgendwie gefällt er mir mit seiner einfachen Art. Ich hoffe, er ist tatsächlich unser neuer Professor, denn wir könnten gut eine Auszeit brauchen von Professor Biwor und seiner monotonen Stimme, die selbst den interessantesten Themen die Spannung entzieht.

„Herzlich willkommen, ich bin euer neuer Geschichtskundeprofessor. Mein Name ist Domanski", sagt der Neue mit ruhiger, aber bestimmter Stimme.

„Professor Domanski", fügt er an. Viele sind am Tuscheln und Domanski hat nicht unsere volle Aufmerksamkeit. Er runzelt die Stirn, als er uns betrachtet, und meint dann, er würde eine kurze Anwesenheitskontrolle durchführen.

„Ich lese eure Namen runter und ihr zeigt mir, dass ihr anwesend seid." Einige empörte Gesichter.

„Weshalb schauen Sie nicht einfach kurz auf ihrem Terminal nach, ob alle anwesend sind?", ruft jemand hinein. In keinem anderen Kurs hätte sich jemand getraut, so frech und direkt ohne Aufforderung den Ausbildner anzusprechen. Domanski bleibt ruhig und lässt sich nicht auf den provozierenden Ton ein.

„Wie ist dein Name, Junge?"

„Jared", antwortet dieser.

„Jared also. Na gut, hör mir zu. Einerseits dient es als kleiner Einblick in die Vergangenheit, als noch nicht alle Schüler ein Endgerät besaßen, andererseits kann ich mir so eure Namen besser merken. Klar?" Er blickt Jared, der nicht sehr überzeugt scheint, fest in die Augen. Als Domanski sein Terminal holt, fällt mir auf, dass sein Körperbau für einen Ausbilder relativ ungewöhnlich ist. Seine muskulösen Arme und großen, rauen Hände ähneln eher jenen eines Arbeiters, als denen eines Professors. Als ich seine Hände näher betrachte, stocke ich für einen Moment. Da ist etwas, irgendetwas stimmt nicht mit seinen Händen. Ich starre sie an, doch es fällt mir schwer, da er nun hastig etwas auf seinem Terminal eintippt. Es will mir einfach nicht einfallen, was mich plötzlich irritiert hat.

„Anastasia Brandt", liest er vor und sucht nach dem Mädchen, welches „Hier" gerufen hat.

„Linus Decken, Jared Borik, Alessio Farso", weitere Namen folgen. Domanski liest schnell und seine aufmerksamen Augen prägen sich das zugehörige Gesicht jeweils genau ein.

„Lyana Kraus", neben mir sagt Lyana schüchtern Ja. Sie ist, soweit ich weiß, das einzige andere Adoptivkind in unserer Klasse.

Nach ihrem sollte mein Name kommen, sofern die Liste alphabetisch geordnet ist. Benita Lassourdo. Ich mag meinen Vornamen nicht, mit Benita kann ich mich nicht identifizieren. Mit Nita hingegen schon. Elisa hat von Anfang an immer so nach mir gerufen, obwohl es der Rat nicht gern sieht, wenn man den offiziellen Namen missachtet.

Ich blicke auf, als mein Name noch immer nicht ertönt ist. Domanskis Augen verengen sich ein wenig und er zieht seine Augenbrauen leicht zusammen. Es sind nur minimale Änderungen in seiner Mimik, dennoch fällt es mir sofort auf. Stimmt etwas nicht mit meinem Namen?

„Benita … Benita Lassourdo", er sucht mich und es scheint mir, als blicke er mich einen Augenblick länger an als die anderen. Ich versuche zu erkennen, was hinter seinen braunen Augen vorgeht, doch dieses Mal bleibt sein Gesichtsausdruck gelassen. Benita, Benita Lassourdo. Weshalb hat er nur gestockt bei meinem Namen? Hat es überhaupt etwas zu bedeuten oder bilde ich mir diese Dinge nur ein?

Ich bemerke plötzlich, dass meine Hände schwitzig geworden sind vor Nervosität. Als ich meinen Ring mit dem eingravierten Einhorn betrachte, wird mir mit einem Schlag bewusst, was mich vorhin an Domanskis Erscheinung stocken ließ.

Kapitel 3

Der Ring. Der goldene Ring. Was macht Domanski mit diesem Ring? Woher hat er ihn? Immer wieder sehe ich seine braungebrannten Hände vor mir, wie sie über das Terminal schweben, am linken Daumen einen goldenen Ring. Niemand trägt Schmuck, schon gar nicht ein Ausbildner. Wenn man damit erwischt wird, wird er konfisziert, da der Rat solche Dinge in die Kategorie überflüssig einordnet. Von wo Elisa das Stück hatte, weiß ich nicht, wahrscheinlich hat sie es irgendwo gefunden oder gesehen und dann eingesteckt.

Ich nehme meinen Ring ab und drehe ihn zwischen meinen Fingern. An der Stelle, an welcher der Ring gesessen hat, ist mein Finger dünner und heller, verschont geblieben von allem, was geschehen ist. Ich blicke um mich, die Natur, Elisa, der goldene Ring, meine Sehnsüchte, die ich nicht einordnen kann, all das ist irgendwie verknüpft. Es gehört zusammen, ich weiß nur nicht wie und jetzt kommt auch noch der neue Professor dazu.

Zwei Tage später sind wir in der Naturkuppel, mein Blick sucht Domanski, der weiter unten mit unserer Biologieprofessorin steht. Auf diesen Tag habe ich mich gefreut, nicht einmal das schlechte Wetter kann mir die gute Laune verderben. Unsere letzte Exkursion in diese Kuppel liegt schon mehrere Monate zurück, denn leider wird man nur mit einem bewilligten Antrag hier hineingelassen. Ihre Fläche entspricht etwa dem Nortarusplatz. Es ist die einzige Möglichkeit für uns, der Natur nahe zu sein. Draußen haben wir immer die gleichen Wiesen, Bäume und Gestrüppe. Alles künstlich erzeugte Pflanzen, ausgelegt auf die größte Profitmöglichkeit bezüglich des Sauerstoffwechsels und der Umweltbelastung. Hier drinnen aber kann ich auf einer Wiese liegen, Bäume berühren und Blumen von Nahem betrachten. Ganz draußen, außerhalb der großen Kuppel, wäre das nicht möglich, denke ich, dort sieht es anders aus, aber würde ich trotzdem dorthin gehen, wenn ich könnte? Weg von unserem klar strukturierten und regulierten System? Ich weiß es nicht, doch es ist keine Frage, über die ich nachdenken sollte, denn wenn die Möglichkeit besteht, Zyklonia zu verlassen, bin ich schon längst nicht mehr hier. Meine Kinder, wenn ich dann mal welche haben kann, oder deren Kinder haben vielleicht die Chance dazu, aber ich werde immer hier bleiben. Genau hier, ohne jemals mehr von draußen zu sehen, als das, was man sieht, wenn man aus unserer äußeren alles umgebenden Kuppel schaut. Was wohl draußen ist? Ich frage mich, ob noch viel von früher existiert; Überreste, Indizien auf das frühere Leben, all die Entdeckungen, die ich machen könnte, wenn ich einen Weg nach draußen finden würde. Ich verliere mich in Träumereien, lasse mich treiben, als würde ich im Fluss liegen, vorwärtsgetrieben durch das mich umfließende Wasser. Das Knirschen einzelner kleiner Steine, die zusammengedrückt werden, lässt mich aufhorchen und aufsetzen. Weiter vorne sehe ich, wie Lyana einen Kiesweg, der umgeben ist von höheren Bäumen, entlang geht und ihre Hand vorsichtig nach der Rinde ausstreckt. Beim Vortrag vorhin über die Besonderheiten und die Funktion des Gewebes der Nadelbäume haben wir diese genauer untersucht. Obwohl es spannend war, bin ich froh, nun noch ein wenig freie Zeit zur Verfügung zu haben. Wie immer habe ich mich auf der kleinen Anhöhe auf die Wiese gelegt, die sich am Rand der Naturkuppel befindet. Von hier aus kann ich hinaussehen, Zyklonia ist leicht verschwommen durch das Glas. Manchmal war ich schon an den Grenzen Zyklonias, so nahe an der Außenwand, dass ich hinter die Grenzen, in die Außenwelt, blicken konnte. Das Bild von draußen war verzerrt; braune Erde, vereinzelte verdorrte Gestrüppe und einige Baumskelette sah ich. Obwohl die Welt dort draußen einen ziemlich verkümmerten Eindruck macht, fasziniert mich der Anblick immer. Es ist das Unbekannte und Unangetastete, das für mich etwas Verlockendes hat. Und außerdem sieht man in die Weite und kein Ende ist ersichtlich. Drinnen bei uns sehe ich, wo immer ich auch hinschaue, immer ein Ende, was sollte daran also spannend sein? Zudem lernen wir im Unterricht immer Dinge über das System, über die Natur im System, über die Zukunft und Vergangenheit des Systems und über die Methoden des Systems. Immer nur das System. Bin ich zuhause, reden meine Eltern über ihre Arbeit im System. Mal ehrlich, diese geistige Beschränktheit geht mir auf die Nerven. Ich will etwas über die restliche Welt da draußen lernen, ich will wissen, wie es dort aussieht und ob noch andere Leute irgendwo leben. Wie würde mein Leben draußen aussehen? Wie wäre es, einmal unter freiem Himmel zu übernachten und morgens von der Sonne geweckt zu werden? Ich würde unseren Professoren gerne Fragen zur Zukunft und zur Welt stellen, doch ich bin dafür einfach zu schüchtern. Elisa hätte das gekonnt. Sie hatte nie ein Problem damit, vor anderen Leuten zu sprechen und ihr war es egal, was die anderen von ihr dachten, oder zumindest tat sie so, als ob. Doch ich bin nicht wie sie, ich wünschte manchmal, ich wäre es. Ich weiß nicht, woher ich den Mut nehmen sollte, mich einzusetzen für mich und für andere.

Eigentlich habe ich mir vorgenommen, Domanski anzusprechen. Ich muss seinen Ring genauer betrachten können und er sollte meinen sehen. So wie ich ihn einschätze, wird sein Gesichtsausdruck ihn kurz verraten, wenn er meinen Ring sieht. Ich setze mich auf und schaue hinunter zum Weg. Noch immer steht Domanski mit der jungen Professorin unten neben einem kleinen Wäldchen mit einem Teich. Ich drehe mich nochmals auf den Rücken, warte einen Moment, genieße noch einmal das kitzelnde Gefühl des Grases unter meinen bloßen Händen, dann gebe ich mir einen Ruck und stehe auf. Meine Schritte knirschen auf dem Kieselsteinweg, als ich langsam hinunter gehe. Die anderen Schüler sind nirgends zu sehen, wahrscheinlich sind sie zwischen den Bäumen oder auf der anderen Seite der Anhöhe, mir auch recht. Ich blicke kurz auf mein Endgerät, drehe es dann schnell nach innen, als ich sehe, wie hoch meine Herzfrequenz ist. Domanski sollte lieber nicht sehen, wie nervös ich bin.

„Professor Domanski, kann ich Sie etwas fragen?" Erstaunt blickt er sich nach mir um und mustert mich. Sein Blick bleibt an meinem umgedrehten Endgerät hängen und ich habe das Gefühl, dass er mich genau durchschaut. Ich verschränke meine Hände hinter dem Rücken und versuche, mir nichts meiner Unsicherheit und Nervosität anmerken zu lassen. Als Antwort kommt er auf mich zu und bedeutet mir mit einer kurzen Geste seiner Hand, den Weg entlang zu gehen.

„Benita."

„Nita", antworte ich ihm und hätte mir am liebsten die Hand vor den Mund geschlagen. Ich kenne ihn kaum, weshalb sage ich das zu ihm? Normalerweise belasse ich es dabei, dass mich alle Benita nennen. Vielleicht liegt es an seiner offenen Art oder an der freundlichen Geste oder daran, dass er mir sympathisch ist, dass ich ihm automatisch vertrauen möchte. Domanski lächelt leicht und schnell stelle ich ihm meine Frage, bevor er auf meinen Namen eingeht.

„Ich habe mich gefragt, ob es früher auch solche Kuppeln gab. Ich meine, solche wie diese, in denen man freien Zugang hat zur Natur. Wissen Sie etwas darüber?"

„Hmm, interessant. Wirklich interessant." Wir sind an einer Kreuzung angekommen, er unterbricht unseren Gang, legt mir dann eine Hand auf den Rücken und schiebt mich nach rechts, weiter weg von meinen Mitschülern. „Du musst dir bewusst sein, dass man früher keinen solch regulierten Umgang mit der Natur hatte. Es war deshalb nicht nötig, solche Orte wie diesen zu schaffen, da die Menschen das meiste selbst draußen erleben und daher auch gar nicht mehr richtig schätzen konnten. Natürlich war die Natur aber ab dem dreißigsten Jahr, je nach Region auch schon früher, nicht mehr so wie hier." Vor einigen Blumen, deren violette Farbe einen schönen Kontrast zu den grauen Kieselsteinen bildet, bleibt er stehen. Er geht in die Hocke und legt vorsichtig einen Finger unter eines der Blütenblätter. Seine robusten Hände, der antike goldene Ring und die

Blume zwischen seinen Fingern ergeben ein schönes Bild. Bevor er seine Hand wieder wegzieht, gehe ich neben ihm in die Hocke und vergleiche seinen Ring mit dem meinen. Natürlich ist seiner größer und, wie mir auffällt, abgenutzter und nicht mehr so glänzend. Eingraviert ist … ich gehe näher an die Blume heran … der Kopf eines Löwen. Löwe und Einhorn. Einhorn und Löwe. Das Violett spiegelt sich in meinen Augen, glüht im Grün auf, brennt sich in meine Netzhaut.

„Myosotis", sage ich erstaunlich gefasst und strecke meine Hand nach der Pflanze aus. Mit meinem kleinen Finger streiche ich sanft über die Blätter und betrachte meinen Ring, der nun unübersehbar direkt vor Domanskis Augen heraussticht. Einen Moment lang ist es still, ich versuche ruhig zu atmen. Es ist keine große Sache, er wird mir ja wohl kaum irgendwelche Verschwörungstheorien und Geheimnisse offenbaren, nur weil er sieht, dass auch ich einen Ring trage. Er schaut mich an. Ich blicke zurück. Was er wohl in meinen Augen sieht? Seine braunen Augen sind leicht zusammengekniffen und seine Finger verharren an den Blütenblättern, welche er nun beinahe zerdrückt. Ich versuche herauszufinden, was in seinem Kopf vorgeht, doch seine Gedanken stehen ihm nicht auf der Stirn, wie manch anderem. Sein Gesicht ist wie ein zugeklapptes Buch, das sich nicht aufschlagen lässt. Plötzlich vibriert an meinem rechten Handgelenk mein Endgerät, schnell stehe ich auf und bringe es zum Schweigen. Meine Herzfrequenz ist wieder einmal zu hoch. Bestimmt hat er sofort begriffen, weshalb mein Gerät sich gemeldet hat. Ich merke, wie mir das Blut in den Kopf steigt.

„Myosotis also", greift er das Thema wieder auf und erhebt sich ebenfalls. Ich bin dankbar dafür, dass er nicht weiter auf mein Gerät eingeht. „Von wo kennst du diese Blume?" Seiner Stimme nach zu urteilen, ist er keineswegs durcheinander oder beunruhigt.

„Biologie", antworte ich knapp. „Wir haben sie bei unserer letzten Exkursion genauer untersucht."

„Du scheinst dich dafür zu interessieren, nicht wahr?" Er wartet meine Antwort gar nicht erst ab „Dass wir hier wieder eine solche Variation an Pflanzen aufbauen konnten, ist unglaublich." Wir setzen unseren Gang fort. „Können wir nur hoffen, dass diese uns nun erhalten bleibt."

Was meint er damit? Natürlich bleibt sie uns erhalten, darauf ist unser System doch ausgerichtet. Unser höchstes Ziel ist es, die Einschränkung der Natur nach und nach aufzuheben und unser Leben immer mehr wieder auf die Außenwelt zu verlegen.

„Wie meinen Sie das?"

„Na ja, man weiß nie, was kommen wird und was nicht." Was soll diese Antwort? Nichts aussagend und doch, je nach Sichtweise, kann man es als … als Misstrauen in die Fähigkeiten des Rates interpretieren? Ich blicke ihn von der Seite an und versuche herauszufinden, was hinter seiner Aussage steckt, doch ich werde nicht schlau aus ihm. Weshalb würde er mir so etwas sagen?

„Sag mal, Nita, was habt ihr bis jetzt bei Professor Biwor in Geschichtskunde behandelt?" Hat er mich tatsächlich Nita genannt? Er ist sich bestimmt bewusst, dass das nicht geduldet wird, und trotzdem benutzt er nicht meinen richtigen Namen. Aus Versehen oder absichtlich, ich weiß es nicht.

Offensichtlich möchte er das Thema wechseln, vielleicht ist er sich seiner kritischen Antwort von vorhin bewusst geworden und möchte nun nicht weiter darauf eingehen. Ich hätte weiterfragen sollen, denke ich ärgerlich.

„Ach, das Übliche. Das 19. Jahrhundert haben wir grob behandelt, so wie das zehnte, zwanzigste und dreißigste Jahr. Nun sind wir beim vierzigsten angekommen." Wir machen uns wieder auf den Rückweg in Richtung Teich.

„Das fünfzigste nicht?"

„Das fünfzigste Jahr? Nein, Biwor hat gesagt, wir erreichen nur das vierzigste und danach ist unsere Ausbildungszeit zu Ende. Ich glaube nicht, dass das fünfzigste Jahr überhaupt offizieller Schulstoff ist." Domanski schaut mich mit großen Augen an und es scheint mir, als sei er ein wenig erschrocken und überrumpelt von meiner Antwort. Ich verstehe nicht, weshalb, er sollte sich doch als Ausbildner im Klaren darüber sein, was für Themen angeschaut werden.

Den Rest des Weges legen wir schweigend zurück, aber ich bemerke, wie Domanski mich von der Seite immer wieder anschaut. Er scheint tief in seine Gedanken versunken zu sein, denn als wir wieder beim Teich angekommen sind, scheint er gar nicht zu bemerken, dass alle Schüler und Schülerinnen sich hier versammelt haben und nur noch auf uns gewartet wurde.

„Danke, dass Sie sich für mich Zeit genommen haben, Professor Domanski", mit diesen Worten hoffe ich, ihn wieder in die Gegenwart zu holen. Er nickt mir abwesend zu und wendet sich dann an die Klasse.

Den Rückweg in unsere Schule legen wir zu Fuß zurück, da sich die Naturkuppel, wie auch unser Ausbildungszentrum, in Eskania befinden. Meinen Blick auf Domanskis Hinterkopf gerichtet, trotte ich mitten in der Gruppe, und doch alleine, mit gleichmäßigen Schritten den Professoren nach. Domanski wirkt noch immer abwesend und wechselt nur kurz einige Wörter mit der Biologieprofessorin, die sich mit ihm um ein Gespräch bemüht, ihn aber nicht in eines verwickeln kann und es dann bleiben lässt. Ich werde das Gefühl nicht los, dass er etwas weiß. Außerdem ist mir seine Reaktion von vorhin unerklärlich. Jedem passiert es einmal, dass man einen heiklen Satz sagt, doch er hat mehrmals ein Thema gestreift, über welches ich nie sprechen würde. Den Rat zu kritisieren, öffentlich, in der Anwesenheit anderer, damit muss man vorsichtig sein. Mein Blick bleibt an seiner schwarzen Jacke hängen, die nicht mehr ganz neu ist. Einige Fäden lösen sich am Saum, am Rücken ist die Farbe abgenutzt, sowie auch am Kragen, den er hochgeschlagen hat. Als würde er meinen Blick spüren, dreht er sich um, blickt mich an und verzieht seine Lippen zu einem freundlichen Lächeln. Normalerweise interessieren sich die Professoren nicht für unsere Persönlichkeit und unser Wohlbefinden, schon gar nicht für meines, da ich nicht wirklich herausteche. Domanski aber vermittelt mir das Gefühl, dass er sich tatsächlich für mich und seine Klasse interessiert. Er dreht sich wieder nach vorne und ich richte den Blick auf meine Schuhe, die, im Gegensatz zu Domanskis, wie frisch von der Fabrik aussehen.

Bevor ich zurück nach Hause gehe, absolviere ich meine Trainingseinheit im Sport- und Bewegungszentrum, das sich auch hier in Eskania befindet. Es besteht aus zwei Stockwerken und beide Etagen sind relativ geräumig. Auch dieses Gebäude wurde hauptsächlich aus Glas gebaut und auf dem Dach wurden Solarzellen installiert, wie auch bei unserer Wohneinheit. Beinahe keine abgetrennten Räume sind vorhanden, da alles öffentlich ist, weshalb alle Geräte im gleichen Raum sein können. In der Eingangshalle nehme ich meine Sportkleidung in der passenden Größe entgegen, ziehe mich um und gehe anschließend in den ersten Stock, in welchem sich die Laufbänder befinden. Am liebsten würde ich draußen laufen gehen, doch das Risiko besteht, dass ich angehalten werde, registriert werde und einen Eintrag kassiere, worauf ich keine Lust habe. Mit einem Eintrag werden mir etwa die Punkte abgezogen, die ich für drei Schichten Freiwilligenarbeit von je vier Stunden verdiene. Außerdem bleibt der Verstoß vermerkt und wird stets angezeigt beim Scannen meiner Identitätsnummer.

Das Zentrum ist heute nur gering besetzt, weshalb ich mir ein Laufband nahe des Fensters aussuchen kann. Mit einigen Klicks auf dem Endgerät stelle ich auf den Trainingsmodus Jogging um, sodass eine erhöhte Herzfrequenz nicht direkt gemeldet wird und ich Kalorienverbrauch, Müdigkeitslevel und meinen persönlichen Fortschritt direkt angezeigt bekomme und verfolgen kann. Die monotone Bewegung meiner Beine und der Arme hilft mir, meinen Kopf auszuschalten und mich nur auf meine Atmung zu konzentrieren. Mit dem Blick immer nach vorne gerichtet, laufe ich eine knappe Stunde lang auf mittlerem Intensitätslevel. Irgendwann meldet mir mein Endgerät, dass ich die Trainingseinheit beenden muss für eine optimale Leistungssteigerung. Trotzdem laufe ich noch einige Minuten weiter bei hoher Intensität, bis an meinem Handgelenk ein Piepsen ertönt und ich endgültig aufhören muss. Kurz bleibe ich noch befreit von meinen lästigen Gedanken, doch kaum bin ich fertig mit Duschen und Umziehen, kann ich sie nicht länger verdrängen. Ich weiß nicht, ob es eine gute Idee wäre, mich wieder mit Domanski zu unterhalten. Mich interessiert seine Sichtweise, ich will wissen, wie er über unser System denkt, wo er Verbesserungspotenzial sieht und vor allem will ich wissen, woher er diesen Ring hat, und das kann ich nur, wenn ich eine nähere Bindung zu ihm aufbaue. Irgendwie lässt mich der Gedanke nicht los, dass die beiden Ringe vom selben Ort stammen könnten.

Da ich nicht sofort nach Hause möchte, nehme ich jene Magnetbahn, die durch die Slums fährt und doppelt so lange braucht bis Zielony, als wenn ich durch Pryzydora fahre. Ich kann nicht erklären, weshalb ich das tue, doch irgendwie interessiert es mich, wie es um die Arbeiter steht. Ihr Aufstand am Freitag, steckt dahinter mehr als nur ein einziger ungeordneter und unorganisierter Angriff? Wahrscheinlich nicht und wenn, dann sollte ich mich da raushalten.

In den Slums sieht es aus wie immer, viele aneinander gereihte Hochhäuser. Meistens eher grau und braun als grün und überall wimmelt es nur so von Arbeitern in verschieden farbigen Overalls. Die vielen Leute lenken mich ab und ich verbringe meine Zeit damit, sie zu studieren. An der einen Haltestelle steigt eine Gruppe junger Arbeiter ein, die meine Aufmerksamkeit auf sich zieht. Alle haben dunkelblaue Uniformen an und scheinen kaum älter als zwanzig Jahre zu sein. Sie werfen den anderen Arbeitern feindselige Blicke zu, beinahe provozierende, und setzen sich danach, viel Platz in Anspruch nehmend, in eines der freien Abteile. Mich beachten sie kaum, sie werfen mir nur einige belustigte Blicke zu, da es ungewohnt ist für jemanden wie mich, durch die Slums zu fahren. Plötzlich fällt mir eine Frau mittleren Alters auf, deren braune Haare den meinen ähneln, sowie auch ihre Gesichtsform. Doch viele sehen mir ähnlich, da die dunkle Haarfarbe sehr häufig ist, aber mein Blick bleibt trotzdem an ihr hängen. Sie steht einige Meter vor mir, ihre Hand umfasst die graue Metallstange neben ihr und mit ihren Augen fixiert sie die Industrien, die an uns vorbeiziehen. Eine tiefe Traurigkeit überfällt mich. Sie könnte meine Mutter sein mit ihren braunen Haaren, den wachsamen Augen und dem dunkelgrünen Arbeitsoverall. Doch meine Mutter ist tot, so wie mein Vater es auch ist. Gestorben am Virus, das so viele Menschenleben hier in den

Slums nahm. Hätte es dieses Virus nie gegeben, würde ich anstelle von meiner Schuluniform einen Arbeitsoverall tragen, schmutzige Hände haben und erschöpft sein vom anstrengenden Arbeitstag. Ich hätte keinen Essenslieferdienst, ich müsste auf dem Weg in meine einstöckige Wohneinheit an der Ausgabe vorbeigehen, um es selbst abzuholen. Zuhause würde ich wahrscheinlich alleine essen, da meine Eltern Nachtschicht haben würden und ich würde sie wegen unseren vielen unterschiedlich verteilten Arbeitsstunden kaum zu Gesicht bekommen. Freizeit hätte ich kaum und wenn, dann würde ich sie wahrscheinlich schlafend verbringen und in der Naturkuppel wäre ich noch nie gewesen, sondern könnte sie nur von außen sehnsüchtig anschauen. Ich lasse meinen Kopf gegen die Scheibe sinken. Alles nur durch ein einziges Virus, das man nicht einmal mit dem Auge erkennen kann und für das der Rat zu spät ein Heilmittel gefunden hatte. Ein Seufzer entfährt mir. Wenn ich mich entscheiden müsste zwischen einem Leben mit meinen leiblichen Eltern hier in den Slums oder einem mit meinen Adoptiveltern in Zielony, ich wüsste nicht, welches ich wählen würde. Meine wohlgehütete Kindheit aufgeben, meine Ersatzeltern, die mich lieben, um ein Leben mit meinen leiblichen Eltern in den Slums zu leben?

Nach einer guten halben Stunde hält die Magnetbahn in Zielony und ich steige aus. Seit dem Morgen hat sich meine Stimmung drastisch verschlechtert, die morgendliche Fröhlichkeit ist verflogen, anstelle ihrer legt sich eine bittere Traurigkeit über mich, von der ich nicht weiß, woher sie so plötzlich gekommen ist. Vielleicht war es doch keine gute Idee, den Umweg durch die Slums zu nehmen.

Die kurze Strecke bis zur Wohneinheit lege ich zu Fuß zurück und genieße den frischen Wind, der mir meine Haare aus dem Gesicht streicht und mich ein wenig frösteln lässt. Ich stelle mir vor, wie meine Betrübtheit mit der Luft davongetragen wird. Doch leider gelingt es mir nicht und als ich zuhause ankomme, wird meine Stimmung noch düsterer. Denn als ich die Treppen außerhalb des Hauses hochgehe bis zu unserer Haustür im dritten Stock und diese dann öffne, hätte ich am liebsten wieder umgedreht.

Kapitel

„Du wirfst mir Dinge vor, die man doch tut, wenn man jemanden liebt. Willst du mir etwa sagen, ich soll aufhören, sie zu lieben?"

„Jetzt beruhige dich. Alles, was ich gesagt habe, ist, dass du ihr keine solchen Geschichten erzählen sollst. Sie ist kein kleines Kind mehr und sollte nicht in einer Traumwelt leben, sondern den Fokus auf ihre bevorstehende Arbeitszuteilung richten, die übrigens schon in einem halben Jahr stattfindet, falls du das vergessen hast!"

Intuitiv gehe ich einige Schritte zurück und ziehe die Tür bis auf einige Zentimeter zu. Am besten hätte ich sie ganz zugezogen, doch ich bringe es nicht über mich.

„Hör auf, mir vorzuschreiben, wie ich meine Tochter zu erziehen habe, denn wie es aussieht, ist es anscheinend nur meine Tochter … und nicht deine."

Die verzweifelte Stimme meiner Mutter bricht mir beinahe das Herz, ich möchte zu ihr gehen, ihr sagen, dass alles gut sei, doch ich wäre nicht in der Lage, sie zu trösten. Ich versuche mit aller Kraft, meine Tränen zurückzuhalten, aber ich spüre, wie sie mir über die Wangen laufen. Leise schließe ich die Tür, gehe die Treppen wieder hinunter und setze mich unten an den Rand des Weges.

Froh um den Wind, der meine Tränen schnell wieder trocknen lässt, probiere ich mich zu sammeln. Die Dämmerung ist hereingebrochen, worüber ich froh bin, da beinahe keine Bewohner mehr unterwegs sind. Meine Eltern haben immer wieder Diskussionen, doch noch nie habe ich gehört, dass meine

Mutter meinem Vater solche Dinge vorwirft. Wollte er mich gar nicht adoptieren damals? Sind die Geschichten nur ein kleiner Diskussionspunkt, hinter dem viel mehr steckt? Ich atme tief ein und lege meinen Kopf in die Hände. Ich liebe die Erzählungen meiner Mutter. Die Seen, die Berge, die unendlich großen Blumenfelder, von welchen sie mir erzählt, und die wilden Tiere, die sie so unglaublich genau beschreiben kann. Ich teile die Liebe zur Natur mit meiner Mutter, die Liebe an das, was wir hier nur begrenzt haben können. Manchmal höre ich eine gewisse Sehnsucht aus den Geschichten meiner Mutter heraus und ich verstehe sie, ich kann sie nachvollziehen. Durch ihre Erzählungen schätze ich Zyklonia und unsere Lebensweise wieder mehr, da wir, indem wir hier leben, diese Natur beschützen und dazu beitragen, dass sie eines Tages wieder zurückkehren kann. Die Geschichten helfen mir, mit den Hinrichtungen klarzukommen, mit der ständigen Überwachung, mit der Tatsache, dass wir unsere Arbeit nicht selbst bestimmen können, mit den strengen Regelungen bezüglich allem, was wir konsumieren. Mein Vater versteht nicht, dass meine Mutter mir damit hilft, in solchen Dingen ist er hilflos verloren. Die gebrochene Stimme meiner Mutter geht mir nicht aus dem Kopf, immer und immer wieder höre ich, wie ein Echo, das nicht auszuklingen scheint: nur meine Tochter und nicht deine. Meine und nicht deine. Ich balle meine Hände zu Fäusten, spanne an und drücke mit aller Kraft die Fingernägel in meine Handfläche. Dreißig Sekunden, dann lockere ich sie langsam wieder. In zehn Minuten werde ich wieder hoch gehen, denn ich sollte es nicht hinauszögern, nur weil ich Angst vor den streitenden Stimmen habe.

„CP-Kontrolle, weshalb befinden Sie sich nicht in Ihrer Wohneinheit?" Vor mir steht ein schlanker, hochgewachsener CP und blickt auf mich herunter. Geblendet vom Licht, das vom Endgerät an seiner linken Hand herkommt, halte ich mir meine Hand vors Gesicht.

„Was soll das?", fragt er erneut, ohne eine Miene zu verziehen.

„Ich geh ja schon", murmele ich und stehe auf. Ärger mit einem CP kann ich jetzt nicht auch noch gebrauchen. Als ich mich umdrehe, um die Treppe wieder hochzugehen, hält er mich jedoch am Arm zurück.

„Identitätskontrolle", meint er mit einem schwachen Lächeln. Widerwillig kremple ich den Ärmel meiner Bluse hoch und strecke ihm die Innenseite meines Armes entgegen. Den anderen Arm halte ich hinter meinem Rücken, so dass er keinesfalls den Ring an meiner Hand sieht. „Benita Lassourdo, Wohneinheit 377."

„Ja, 377, direkt hinter mir. Kann ich gehen?" Einige Sekunden lang blickt er noch in sein Terminal, lässt mich dann los und nickt mir zu. „Danke."

Jeder meiner Schritte verursacht einen hellen Klang beim Auftreten auf die Metallstufen. Dreiundzwanzig, vierundzwanzig, fünfundzwanzig. Bei Sechsunddreißig bin ich vor unserer Haustür angelangt. Bevor ich hineingehe, lasse ich meinen Blick über die Landschaft gleiten. Während ich die fernen Arbeitskuppeln betrachte, verspüre ich plötzlich wieder Sehnsucht. Dieselbe Sehnsucht, welche mich seit Langem schon verfolgt. An jeder Ecke scheint sie mich zu überfallen, sich um mich zu legen, mich zu verwirren und in die Irre zu führen. Ich weiß nicht, wie ich weiß, dass es dasselbe Gefühl ist jedes Mal, doch sicher bin ich mir. Oft habe ich gedacht, es sei wegen Elisa, doch mittlerweile glaube ich das nicht mehr. Es scheint mir, als ob ich Angst davor hätte, jemanden zu verlieren. Was, wenn ich meine Mutter verlieren würde, denke ich. Als dieser Gedanke wie zähflüssige Masse durch mich hindurch sickert, merke ich, dass das Gefühl ähnlich ist. Den Verlust meiner Mutter verbinde ich mit demselben Gefühl. Vermisse ich also jemanden, den ich verloren habe? Demnach ist es doch Elisa. Trotz allem sträubt sich etwas in mir gegen diese Erkenntnis, etwas daran stimmt nicht. Wo ist der Haken dieser ganzen Sache? Wen könnte ich sonst vermissen? Es gibt sonst keinen mehr, der mir so nahe stand, dass ich ihn vermissen würde. Also vermisse ich jemanden, den ich gar nicht kenne. Sehr erfolgreich, mein Gedankengang, denke ich ironisch und gehe zur Tür. Ich streiche mir die Haarsträhnen aus dem Gesicht und blicke in den Scanner, kaum eine Sekunde vergeht und die Tür öffnet sich mit einem leisen Sirren.

Zu meiner Erleichterung sitzen meine Eltern ruhig auf der Couch und es sieht aus, als würden sie etwas für ihre Arbeit erledigen, dem konzentrierten Blick auf ihr Terminal nach zu urteilen.

„Hallo", begrüße ich sie, den Ton meiner Stimme möglichst harmlos wirken lassend.

„Benita! Warst du so lange trainieren?"

„Es ist schon dunkel und die Sperrstunde ist doch schon bald, was hast du so lange gemacht?" Meine Eltern sind beunruhigt und ihr Blick ruht vorwurfsvoll auf mir.

„Ich … ich war in Eskania im Sportzentrum und habe die Zeit vergessen." Meine Erklärung stimmt zwar einigermaßen, dennoch erklärt es nicht mein spätes Heimkommen, weshalb mich mein Vater stirnrunzelnd anschaut. Sein Blick nervt mich, weshalb ich mich energisch umdrehe und zum Thermoschrank gehe. Alles müssen sie auch nicht immer wissen, was ich wann genau tue.

„Dein Essen ist im Schrank, wahrscheinlich ist es nur noch lauwarm, es wurde schon vor einer Weile geliefert", ruft mir meine Mutter nach. Die Schranktür öffnend werfe ich nochmals einen Blick auf meinen Vater, der sich nun wieder seinem Terminal zugewendet hat. Es geht mir nicht aus dem Kopf, was meine Mutter über ihn gesagt hat.

Mit meinem Essen setze ich mich an den Tisch und öffne den Behälter. Sojageschnetzeltes mit irgendeiner braunen Sauce und weißem Reis dazu. Das Ganze sieht nicht mehr wirklich appetitlich aus, die Sauce klebt an den Sojastücken und ist keine wirkliche Sauce mehr, eher dickflüssige Schmiere. Wie auch immer, denke ich, Hauptsache, es macht satt.

Während ich lustlos zu essen beginne, durchflutet die Dunkelheit die Straßen draußen und ich sehe mich in der Fensterfront gespiegelt. Von meinen Haaren, die ich heute Morgen zu einem Pferdeschwanz gebunden habe, hängen einzelne Strähnen in mein Gesicht. Ich lege mein Besteck zur Seite und öffne meine Frisur. Vielleicht könnte ich meine Mutter nach meinen unerklärlichen Gefühlen fragen, nachdem sie mir eine ihrer Geschichten erzählt hat. Da fällt mir ein, dass sie das nun wahrscheinlich nicht mehr tun wird. Sie ist meistens nachgiebig und beharrt nicht stur auf ihrer Sichtweise. Außerdem, wie ich gerade feststelle, habe ich mir vorgenommen, mit meinen Eltern nicht mehr über mein Gefühlsleben zu sprechen, da sie mich meistens nicht verstehen und es nicht nachvollziehen können. Doch zu wem könnte ich gehen? Langsam merke ich, wie es beginnt, nach und nach mehr Platz einzunehmen, sich ausbreitet und irgendwann werde ich an nichts anderes mehr denken können. Blödsinn, ermahne ich mich, wahrscheinlich ist es normal für jemanden in meinem Alter, Dinge zu fühlen, die man nicht einordnen kann. Wenn ich mir das einrede, geschieht es bloß wirklich und ich komme tatsächlich nicht mehr davon los. Doch das wird nicht geschehen, es wird nicht geschehen. Ich muss mich wieder beruhigen.

Den leeren Essensbehälter und das Besteck bringe ich zu unserem Entsorgungsspot neben dem Schrank. Danach nehme ich mir die mit meiner Identitätsnummer personalisierte Trinkflasche, die im Laufe des Tages neu aufgefüllt und geliefert wurde. Den ganzen Liter trinke ich innerhalb von fünf Minuten aus, gerade in einer genug langen Zeitspanne, dass sich mein Endgerät nicht wegen übermäßiger Flüssigkeitszunahme meldet. Die Flasche lege ich beim Entsorgungsspot in ein separates Fach, morgen wird sie wieder geliefert werden, frisch aufgefüllt mit Trinkwasser. Das Wasser, welches im Badezimmer aus dem Hahn und der Dusche fließt, ist kein Trinkwasser, da es nur so weit gereinigt wird, bis es sauber genug ist, dass wir uns damit waschen können. Es auf Trinkwasserqualität zu bringen, wäre reine Verschwendung. Zeitaufwendig, energieaufwendig und deshalb umweltschädlich. Als ich mit meiner linken Hand das Fach schließe, fällt mein Blick auf den Ring und ich muss wieder an Domanski denken. Domanski. Ihm würde ich es erzählen. Ich verstehe nicht, weshalb ich ihm vertraue. Er ist mir sympathisch, doch dass ich ihm direkt von meinen Gefühlen erzähle …? Trotzdem stelle ich mir vor, dass er mir weiterhelfen könnte. Ich habe das Gefühl, ihn schon viel länger zu kennen, als nur diese wenigen Tage, die es tatsächlich sind. Vielleicht sollte ich ihn tatsächlich danach fragen, denn auch wenn er mich danach für abgedreht und komisch hält, was soll's, ich muss lernen, über meinen eigenen Schatten zu springen. Ich muss ihm ja nicht direkt sagen, dass ich genauso empfinde, sondern kann ganz generell fragen.

Als ich später im Bett liege, überlege ich mir, wie ich Domanski morgen ansprechen soll. Nur schon beim Gedanken daran beginnt mein Herz heftig zu klopfen.

Doch der nächste Tag vergeht, ohne dass ich mit Domanski darüber spreche. Noch einen Tag, und einen weiteren lasse ich verstreichen. Immer, wenn ich ihn fragen möchte, hält mich trotz allem etwas zurück. Eine unsichtbare Hand umfasst meinen Arm und zieht mich zurück in den Schatten.

Vier, fünf, sechs Tage. Drei Wochen lang quäle ich mich durch jeden Tag. Ich unterhalte mich öfters mit ihm über die Natur, über den Unterricht, über Zyklonia, doch nie spreche ich es aus. Immer, wenn ich in der Schule bin, bin ich mir sicher, dass es Unsinn ist, mit ihm darüber zu sprechen. Doch wenn ich aus seiner Lektion gehe, treffen sich meist unsere Blicke und vielleicht bilde ich es mir nur ein, aber in seinen Augen liegt etwas Erwartungsvolles. Weiß er, dass ich ihn etwas fragen möchte? Wenn er mich anblickt, ist es, als wüsste er alles von mir, meine Geheimnisse, meine Sehnsüchte, meine Probleme. In der Art, wie seine Augen nach mir suchen, in seinem wissenden Lächeln, ja sogar in der Art wie er unterrichtet gibt er mir das Gefühl, dass er mich kennt. Mich kennt, mich durchschaut, über mich Bescheid weiß.

Kapitel 5

Mittwoch war es. Mittwochnachmittag. In der letzten Lektion.

Am Ende der Geschichtskunde bleibe ich noch eine Weile und unterhalte mich mit Domanski über den Unterricht.

„Denken Sie, dass die Leute früher wirklich auf das Funktionieren des Marktes vertraut haben? Angebot und Nachfrage, das kann doch nicht ewig funktionieren?"

„Ob du es glaubst oder nicht, Nita, es hat erstaunlich gut funktioniert. Wenn mehr gekauft wurde, wurde mehr produziert. Ich weiß, man kann es sich aus unserer heutigen Sicht nur schwer vorstellen, da hier bei uns die Produktion vom Rat bestimmt wird und nicht von uns. Trotzdem, so war es früher." Ich nicke und schultere meine Tasche, Domanskis Wissen erstaunt mich immer wieder. Er muss Unmengen von Zeit investiert haben, um dieses Wissen erlangt zu haben. Mit einem kleinen Lächeln verabschiede ich mich von ihm, doch er hält mich zurück.

„Nita, weißt du schon, welche Arbeit dir zugeteilt werden wird?" Ich zögere einen Moment. Natürlich weiß ich das noch nicht, erst in einem halben Jahr bekommen wir Bescheid, bei der Vollendung des letzten Ausbildungsjahrs.

„Nein", antworte ich langsam, „bis zur Arbeitszuteilung geht es noch eine Weile." Sollte er das nicht wissen als Ausbildner?

„Wohin möchtest dann du?", fragt er, während er sich umdreht, zum Tisch geht und sein Terminal verräumt.

„Wie, wohin?" Seine Frage habe ich verstanden, doch ich weiß nicht, was ich ihm antworten sollte. Ich habe keine Präferenzen.

Er dreht sich zu mir um und hebt, mich genau durchschauend, fragend seine dunklen Augenbrauen.

„Forschung", antworte ich kurz angebunden, „wie mein Vater", ergänze ich. Doch an Domanskis prüfendem Blick erkenne ich, dass er es mir nicht abkauft. Ich seufze leise, Domanskis Mundwinkel zucken ein wenig.

„Früher wollte ich eine Expeditorin werden, doch diese Arbeit gibt es hier nicht", erkläre ich ihm schulterzuckend.

„Natürlich. Natürlich nicht", er blickt auf seine Hände.

„Eine Expeditorin also, interessant", meint er und hebt seinen Kopf wieder. Er schenkt mir ein merkwürdiges Lächeln und fährt sich mit der Hand durch das schüttere Haar. Da ist es wieder. Seine Art, irgendetwas stimmt nicht. Das Bild des intelligenten Ausbilders. Die robuste Gestalt, die großen Hände, die gebräunte faltige Haut. Es passt einfach nicht. Das Bild stimmt nicht. Er scheint meinen taxierenden Blick bemerkt zu haben, lässt aber nicht erkennen, ob es ihm unangenehm ist.

„Elisa", presse ich hervor. Ich muss es wissen. Er gibt ein kurzes, schnaubendes Lachen von sich, als hätte er meine Frage bereits erwartet und ich habe ihm nur eine Bestätigung gegeben. Es ist klar, er kennt sie, er muss sie kennen. Doch sein Verhalten weist darauf hin, dass er sie gut kannte, denn als ich in seine Augen blicke, sehe ich eine Spur Traurigkeit in ihnen. Traurigkeit und Bedauern.

„Sie kannten Elisa." Es ist keine Frage, sondern eine Feststellung.

„Ja, ja, ja", er reibt sich mit seinen Händen übers Gesicht. Er murmelt etwas vor sich hin, er sieht beinahe verzweifelt aus. Seine Stimmung hat schnell umgeschlagen.

„Ja", wiederholt er erneut. Ich merke, wie es mir unwohl wird, habe ich etwas Falsches angesprochen? Hätte ich ihn nicht danach fragen sollen? Ich habe Elisas Namen seit Ewigkeiten nicht mehr in den Mund genommen, meine Eltern haben es mir eingetrichtert. Elisa. Der Name einer Verräterin. Damals wurde auch ich befragt, allein saß ich in einem leeren Raum, umgeben von finster dreinblickenden Erwachsenen. Doch anscheinend waren meine Antworten befriedigend und ich durfte zurück nach Hause. Elisa hatte weniger Glück.

„Komm, lass uns gehen!" Er schiebt mich nach vorn, aus der Tür hinaus. Ich hätte meinen Mund halten sollen, irgendetwas stimmt nicht. Das Vertrauen, das ich zu ihm aufgebaut habe, alles für nichts, nun habe ich es mit einem einzelnen Wort kaputt gemacht. Hier ist wieder einmal der Beweis dafür, dass ich niemandem vertrauen sollte, denn wenn ich beginne, es zu tun, verpatze ich es wieder und sage ohne zu überlegen Dinge, die ich anschließend bereue.

Mit schnellen Schritten eilen wir aus dem Schulzentrum hinaus. Ich weiß nicht, was ich sagen soll oder ob ich überhaupt etwas sagen soll. Bevor ich mich dazu entschließen kann, sind wir an der Abzweigung für die Bahnstation und ich entscheide mich, abzubiegen. Doch da hält Domanski meinen Arm fest. Seine Finger bohren sich in meine Haut und er blickt mich mit Dringlichkeit an. Will er doch noch mit mir sprechen? Es gibt einiges, das gesagt werden könnte, oder doch nicht? Ich lasse mich von ihm weiterziehen und als er sich sicher ist, dass ich mit ihm gehen würde, löst er seinen Griff und streicht mit einer kurzen Handbewegung meine Bluse wieder glatt.

„Ich dachte, wir könnten zum Fluss gehen. Von hier aus sind es kaum fünf Minuten und ich kenne einen abgelegenen Platz." Abgelegen? Plötzlich ergreift mich der Gedanke, dass ich ihn ja kaum kenne und vielleicht nicht an einen abgelegenen Ort mit einem beinahe Fremden gehen sollte. Doch irgendetwas treibt mich voran. Schritt für Schritt gehe ich neben Domanski her. Die Ereignisse der letzten Wochen überschlagen sich. Seit Elisa weg war, geschah in meinem Leben nicht viel, doch plötzlich geschieht nun eines nach dem anderen.

Wenige Minuten später sind wir beim Fluss angekommen und Domanski hält an. Kurz schaut er nach rechts und links, dann nickt er mit dem Kopf zu einer Baumgruppe abseits des gepflasterten Weges und geht zielstrebig darauf zu. Die Bäume sind etwa zehn Meter vom Weg entfernt und bieten guten Schutz vor vorbeigehenden Passanten und einer möglichen Überwachung des

Weges. Ein mulmiges Gefühl breitet sich in mir aus. Das Verlassen des Weges ist unter jeglichen Umständen verboten. Das besagt der siebzehnte Artikel des Reglements von Zyklonia. Wäre Elisa ihm gefolgt? Ja, das wäre sie, keine Frage. Aber was würden meine Eltern sagen, wenn sie von meinem Verhalten erfahren? Was, wenn ich erwischt werde?

Tief Luft holend entscheide ich mich für Elisa. Mein Endgerät vibriert, doch ich ignoriere es und renne nach drüben zu Domanski. Mit dem Rücken an einen Baum gedrückt warten wir einige Sekunden, doch niemand scheint uns bemerkt zu haben.

„Den Ring, hast du diesen von Elisa bekommen?" Domanski dreht sich zu mir und zieht mich weiter in die Mitte hinter die dicken Stämme der schützenden Baumgruppe. Wir stehen zwischen den Bäumen und dem Fluss, hoffentlich nicht sichtbar, auf verbotenem Terrain.

Ich nicke, da ich gerade nicht in der Lage bin, ihm eine verbale Antwort zu geben. Einen Moment lang ist es ruhig, Domanski mustert mich. Plötzlich höre ich ein Piepsen, nicht weit weg von uns, und ich denke schon, wir wurden erwischt. Ich drehe mich um und erwarte bereits, dass ein CP mit piepsendem Terminal hinter mir steht, bereit, meinen Arm mit dem Identitätscode zu scannen, doch da ist niemand. Eine Hand legt sich auf meine Schulter und abrupt drehe ich mich wieder um. Sicher sind die CPs von der anderen Seite gekommen, aber als ich mich zurückgedreht habe, blicke ich in Domanskis besorgte, hellbraune Augen. Seine Hand ruht auf meiner Schulter. Langsam hebe ich meinen Arm und blicke auf mein Endgerät, das am Piepsen ist und mich pausenlos weiter vor meinen ansteigenden Gesundheitswerten warnt. Erleichtert lehne ich den Kopf an die hinter mir stehende glatte Baumrinde und das Wissen um das starke beständige Holz beruhigt mich.

„Nita, hör mir gut zu, keinesfalls darfst du das, was ich dir erzählen werde, vor jemandem wiederholen, nicht einmal vor deinen Eltern, hast du verstanden? Wenn jemand von unserem kleinen Gespräch hier erfährt, dann …", er beendet den Satz nicht. Durchdringend schaut er mich an und ich nicke eifrig, doch ich habe Angst vor dem, was er mir erzählen wird. Geht es um Elisa, oder was ist so bedeutend? Und weshalb lässt er mir nicht die Wahl, ob ich die Verantwortung für dieses Wissen wirklich möchte oder nicht? Domanski bringt mich absichtlich und ganz bewusst in Gefahr. Einen Moment lang überlege ich mir, mich umzudrehen und wegzurennen. Aber vielleicht erklärt er mir den wahren Grund, weshalb Elisa und ihre Eltern umgebracht wurden. Zum ersten Mal nach langer Zeit ziehe ich wieder in Erwägung, dass es tatsächlich einen anderen Grund für Elisas Tod gab als das klimaschädliche Verhalten. Vielleicht aber liefert er mir nun eine Lösung für meine Sehnsucht nach jemandem, den ich gar nicht kenne. Vielleicht weiß er, weshalb die Arbeiter letzte Woche einen solchen Aufstand fabriziert haben. Vielleicht.

„Wissen ist Macht, aber nur, wenn man etwas damit macht. Wissen ‚isst' die Macht, aber nicht in unserem Fall, Nita", energisch schüttelt er den Kopf, „nein, denn bei uns ist die Macht zu groß, Nita, aber sofern wir das Wissen verteilen, es wachsen lassen, dann kann sich das Blatt wenden. Verstehst du, am Wissen müssen wir festhalten, denn das ist alles, was uns bleibt, auch wenn wir sonst nichts mehr haben. Im Moment ist es unsere einzige wirkungsvolle Waffe!" Seine Wörter hängen zusammenhangslos in der Luft, ich verstehe nicht, was er damit meint. Nur eines weiß ich, nämlich dass ich gar nichts weiß. Ich versuche seine Gedanken zu lesen, was ist es, was er mir sagen möchte?

„Ich … Ich kenne jemanden, doch ich weiß nicht, wer er ist. Professor Domanski, hat das etwas damit zu tun?" Jetzt bin ich es, die ihn eindringlich anschaut. „Was meinen Sie mit all dem? Weshalb erzählen Sie mir solche Dinge?" Er sieht mich erschrocken an, ich habe ihn verwirrt, oder ist er selbst überfordert?

„Du vermisst jemanden, aber du kennst ihn nicht", wiederholt er langsam, als teste er meine Worte, „du kennst ihn nicht."

„Sie können mir helfen, ich weiß, dass sie es können. Bitte!", flehe ich ihn an. Ich weiß nicht, was plötzlich mit mir los ist. Wie komme ich darauf, dass er irgendetwas von den Gefühlen eines siebzehnjährigen Mädchens versteht, um mich dann über meine eigenen Gefühle aufklären zu können? Hat es mit dem Traum zu tun, dessen Geschehnisse noch immer in meinem Kopf herumgeistern?

Domanski blickt auf den Fluss, doch mit seinen Gedanken scheint er weit weg zu sein. Eine Weile lang bleibt es ruhig und ich wage kaum Luft zu holen. Ich habe Angst davor, dass dieser Moment vergeht, doch auch Angst vor dem, was Domanski mir antworten wird. Denn dass er etwas sagen wird, ist offensichtlich, doch sein Blick verrät nicht, ob es gute oder schlechte Nachrichten für mich sein werden. Es ist, als hätte ich ihm gerade eine große Offenbarung geliefert. Ein letztes Puzzlestück, das ihm gefehlt hat, um das Gesamtbild zu erkennen. Ein Verbindungsteil. Seine Augen leuchten und beinahe kann ich ihm ansehen, wie er in seinem Kopf die einzelnen Gedanken und Informationsteile zusammenfügt, um ein Ganzes zu kreieren. Keineswegs darf dieser Moment vorübergehen, ohne dass ich etwas erfahre.

„Nita", sagt er langsam, als fürchte er, mich zu verletzen, „du bist kein Einzelkind, du hast ein Geschwister." Er dreht seinen Kopf zurück zu mir, mit seinem Blick hält er mich fest, warnt mich davor, nicht davon zu laufen, nicht jetzt. Ich hole scharf Luft.

„Einen Zwilling. Ja, einen Zwilling", hängt er an. Ich schaue ihn ungläubig an. Langsam bewege ich meinen Kopf nach links, dann nach rechts, als würde ich die Bewegung auskosten wollen. Abartig, das ist das erste Wort, das mir dazu einfällt. Unmöglich ist es, doch trotzdem, als er Zwilling gesagt hat, hat es irgendwie … richtig geklungen. Es ergibt keinen Sinn, aber es passt. Trotzdem spreche ich die nächsten Worte aus, die mir auf der Zunge liegen.

„Nein, nein, das kann nicht sein. Weshalb würde der Rat uns das verheimlichen und weshalb könnte ich mich nicht daran erinnern?" Mit einer hektischen Bewegung streicht sich Domanski über sein Shirt, steckt es vorne in den Hosenbund, sodass sein brauner Gurt sichtbar wird, und sieht sich dann um. Mit seinen Gedanken scheint er wieder weit weg zu sein, er hängt in irgendwelchen Überlegungen fest und kann sich nicht auf die Gegenwart konzentrieren. Ich bin mir nicht sicher, ob er meine Frage überhaupt gehört hat, doch es ist auch egal, denn ich habe mir die Antwort schon selbst gegeben. Aber wie hat er herausgefunden, dass es ein Zwilling ist? Denn jetzt, wo es ausgesprochen ist, weiß ich, dass es stimmen muss. Je länger ich darüber nachdenke, desto wahrer wird es.

„Wir sehen uns übermorgen wieder hier. Freitags. Die gleiche Zeit."

Ohne meine Antwort abzuwarten eilt er mit großen Schritten zurück auf den Weg, schon bald ist er verschwunden und ich bleibe zurück. Übermorgen also. Bis dahin muss ich warten. Aber weshalb lässt er mich hier stehen, weshalb konnte er mir nicht gleich jetzt alles erklären?

Kapitel

Trockene Nudeln mit Quorngeschnetzeltem und einem Gemüsesmoothie, das Abendessen schmeckt fade, obwohl Nudeln eines meiner liebsten Gerichte sind.

„Heute gab es wieder einmal einen Vorfall in der Zentrale", erzählt meine Mutter. Sie arbeitet im Kontrollsystem, weshalb sie den ganzen Tag vor Bildschirmen sitzen muss, welche die Übertragungen der Überwachungskameras zeigen. Ich weiß nicht, wie sie zu einer solchen Arbeit gelangt ist, doch dazu muss sie eigentlich ziemlich schlecht abgeschnitten haben in der Schule. Eine solche Arbeit möchte ich bestimmt nicht zugeteilt bekommen.

„Was ist passiert?", fragt mein Vater und hebt den Blick von seinem Essen.

„Eine Zivilperson ist anscheinend unbefugterweise in die Zentrale eingedrungen, doch mehr weiß ich auch nicht, denn ich hatte heute nur Bilder von Kameras in Pryzydora vor mir und nicht von der Zentrale." Ich höre nicht weiter zu, was meine Mutter von ihrer Arbeit erzählt. Es gibt momentan wichtigere Dinge für mich, als mir über irgendeinen Schwachkopf, der in die Zentrale eingebrochen ist, den Kopf zu zerbrechen.

Nach dem Essen lege ich mich schon früh schlafen, doch wie erwartet halten mich meine Gedanken wach. Sie kreisen mir im Kopf umher und je stärker ich sie verdrängen möchte, desto mehr kommen sie und krallen sich an mir fest. Schließlich gebe ich es auf, stehe auf und tapse langsam aus meinem Zimmer hinaus, hinunter ins Esszimmer. Unschlüssig bleibe ich vor der Glasfront stehen. Oft habe ich mich schon davor gesetzt, als ich nicht einschlafen konnte. Die Welt beobachtend kann ich meine Gedanken besser sortieren, doch jetzt, als ich mich hinsetze, schleicht sich plötzlich eine andere Idee in meinen Kopf. Noch nie habe ich es gewagt, bei Dunkelheit unsere Wohneinheit zu verlassen, doch als ich mich nach der Eingangstür umdrehe, steht sie verlockend da. So verlockend, dass ich wieder aufstehe und bedächtig auf sie zugehe. Soll ich wirklich nach draußen gehen? Das einzige Problem ist mein Endgerät, das wahrscheinlich nach einigen Minuten schon meine gesunkene Körpertemperatur bemerken wird. Soll ich trotzdem gehen?

Vorsichtig drücke ich die Tür auf, schlüpfe hinaus und achte darauf, dass sie nicht ins Schloss fällt. Mit einem entschlossenen Schritt trete ich ans Geländer und lehne mich darüber. Tief einatmen, ausatmen. Vielleicht kann ich danach wirklich einschlafen. Mit meinen Händen fahre ich über meine Arme, die mit Gänsehaut überzogen sind. Obwohl ich fröstle, bleibe ich stehen. Der Mond über mir erleuchtet die Straßen und Häuser und taucht die Stadt in ein blasses Licht. Ich lege meinen Kopf in den Nacken und blicke dem grellen Mondlicht entgegen. Weshalb muss ich mir nur immer über etwas den Kopf zerbrechen? Seufzend schließe ich meine Augen und stelle mir vor, wie mein Gesicht von einem blassen Schein erhellt wird. Wie der Mond die einzelnen Facetten meines Gesichtes nachzeichnet, wie er meine Konturen erfasst, wie er in meinen grünen Augen weiße Schatten tanzen lassen kann. Langsam merke ich, wie sich die Krallen lösen und meine Gedanken weiter schweifen zur Schönheit des nächtlichen Daseins. Ich bin froh, hier draußen zu stehen, doch wie es so ist, denke ich schon an das nächst Schönere. Draußen zu sein, den Mond zu sehen, die Sterne, ohne umgeben zu sein von einer Kuppel. Aber das ist womöglich etwas für meine Kinder oder eher meine Enkel und es liegt an mir, ihnen das zu ermöglichen. Der Gedanke daran, dass ich wahrscheinlich nie mehr von der Welt sehen werde außer Zyklonia, macht mich traurig. Wobei traurig vielleicht nicht das richtige Wort ist, eher enttäuscht. Nur enttäuscht von wem?

Eine Traurigkeit hat sich um mich gelegt wie eine Decke, schwer und erdrückend, sodass ich sie nicht von meinen Schultern heben kann. Ich lasse meine Schultern hängen, beuge meinen Kopf nach vorn, als würde ich mich der Traurigkeit beugen, was ich vielleicht auch tue. Manchmal hilft es, vor lauter Trauer wütend zu werden, was daran liegen kann, dass diese beiden Gefühle nur durch eine schmale Grenze getrennt sind. Doch ich habe nicht die Kraft dazu, die Traurigkeit abzuschütteln und an ihre Stelle Wut treten zu lassen. Die Träne, die mir über die Wange fließt, trocknet schon auf halbem Weg auf meiner Haut. Aber eine weitere folgt, und noch eine. Kühl fließt sie über meine erhitzte Haut. Ich kann mir selbst nicht richtig erklären, woher das alles kommt. Vielleicht ist der Mond schuld, die Nacht, oder doch die Dunkelheit. Vielleicht aber auch die heutige Erkenntnis, an der ich eigentlich zweifeln möchte, es aber nicht wirklich kann. Ein Zwilling! Sieht sie womöglich gerade denselben Mond? Geht sie in die Schule, so wie ich? Bin ich ihr vielleicht schon einmal begegnet? Was, wenn ihr etwas zugestoßen ist? Fragen, noch mehr Fragen, und auf keine kenne ich eine Antwort. Doch über allem steht die Frage, weshalb wir uns nicht aneinander erinnern können. Werde ich es jemals herausfinden? Doch wie bloß könnte ich dahinterkommen, wo würde ich meine Suche beginnen, der Start, das Ende, wie weiß ich, wo mein Ziel ist? Ein hoffnungsloses Irren würde es sein, ohne Hilfe werde ich es bestimmt nicht schaffen.

Nach meinem nächtlichen Zusammenbruch gestern hatte ich gehofft, Domanski in der Schule zu begegnen und ihn dazu bewegen zu können, mir die Antworten zu liefern, auf die ich sehnlich warte. Er muss doch wissen, wie quälend das Unwissen ist, in dem er mich zurückgelassen hat. Doch ich habe vergebens gehofft. Den ganzen Tag über ist er unauffindbar. Geschichtskunde hatte ich heute jedoch nicht, weshalb ich mir einredete, einfach Pech gehabt zu haben und ihm deshalb nicht über den Weg gelaufen zu sein. Dennoch quält mich ein Gedanke. Was, wenn er verschwunden ist? Verschwunden, so schnell und plötzlich, wie er auch aufgetaucht ist? Ich habe ihn kennengelernt, ich kenne ihn, und doch ist er immer umgeben von seinen Geheimnissen, die zugleich sein Wissen sind. Was, wenn mein Geständnis ihn zum Umdenken bewegt hat? Wie leicht es für ihn wäre, einfach zu verschwinden und mir nie mehr zu begegnen …

Ich schlage mit der Faust auf den Esstisch und atme wütend aus. Es kann nicht sein, es darf nicht sein! Wieder einmal drücke ich meine Fingernägel in die Handflächen. Der Schmerz zwingt mich, mich auf das Wesentliche zu konzentrieren, auf das, was vor mir liegt und nicht auf das, was sein könnte.

Jetzt ist trotz allem die Wut eingekehrt und hat die Traurigkeit verdrängt, doch, ich fürchte, nicht für lange. Also liegt nochmals eine kurze Nacht vor mir, kein schöner Ausblick. Ich seufze bei dem Gedanken. Aber ich muss mich zusammenreißen, meine Eltern kommen bald nach Hause von der Arbeit und sie sollen mich nicht in diesem aufgewühlten Zustand sehen, sonst beginnen sie mich auch noch auszufragen, was mit mir nicht stimmt. Es reicht schon, wenn ich mir genügend Gedanken darüber mache.

Während des Essens spricht mein Vater wieder über seine Arbeit, weshalb ich nicht richtig zuhöre und teilnahmslos aus dem Fenster schaue. Vor lauter Aufregung habe ich den Streit meiner Eltern völlig vergessen, doch als ich sie nun beobachte, kommt die Erinnerung daran schlagartig zurück. Ich überlege mir, meine Mutter zu fragen, mir eine Geschichte zu erzählen, um zu testen, wie sie reagiert. Aber das wäre nicht fair ihr gegenüber und ich möchte sie keineswegs verletzen. Doch was, wenn sie Freude daran hätte, wenn ich sie darauf ansprechen würde? Denn vielleicht hat es sie verletzt, dass ich so lange schon nicht mehr von mir aus zu ihr gegangen bin? Außerdem, sage ich mir, würde ich sie nicht danach fragen, um herauszufinden, wie sie sich nach dem Streit verhält, sondern weil ich mich danach sehne. Ich möchte mich wieder zurücklehnen können, mich in ihren Erzählungen verlieren und die Welt um mich herum für einen Moment vergessen.

Als ich fertig bin mit meiner Abendtoilette, gehe ich zuerst ins Wohnzimmer, um meinem Vater eine gute Nacht zu wünschen, dann nehme ich die Treppe nach oben, um ins Schlafzimmer meiner Eltern zu gehen. Wie vermutet, finde ich meine Mutter dort. Als ich eintrete, blickt sie gerade stirnrunzelnd auf ihr Endgerät. Ich klopfe leicht an die offene Tür.

„Was ist los?", frage ich sie mit ruhiger Stimme.

„Ach nichts, ich habe nur gerade meinen Zeitplan für morgen studiert, nichts weiter", ihre Stimme schweift ab. Ich hoffe, alles ist in Ordnung bei ihr, doch ich nehme mir vor, mich morgen bei ihr zu erkundigen.

Ich setze mich auf die Bettkante und schaue meine Mutter an. Sie blickt mich lächelnd an, aber es scheint mir, als würde sie innerlich seufzen, weil sie schon ahnt, weshalb ich hier bin.

„Meinst du, du könntest mir eine von deinen wunderbaren Geschichten erzählen?"

Das Lächeln bleibt auf ihrem Gesicht sitzen, doch es scheint ein wenig zu wackeln und droht, von ihrem Gesicht zu fallen.

„Nur ganz kurz, bitte", ich schaue hoffnungsvoll zu ihr hoch. In ihren Augen regt sich etwas, sie scheint sich zu erinnern an früher, als ich noch kleiner war und zu ihr ins Zimmer kam und sie um eine Geschichte anbettelte. Noch nie hat sie mich wieder weggeschickt, doch was, wenn mein Vater sich ihr gegenüber durchgesetzt hat?

Ein Seufzer entfährt ihr nun doch.

„Na gut. Komm, wir gehen in dein Zimmer", mit der Hand schiebt sie mich aus dem Zimmer. Wir setzen uns nebeneinander auf mein Bett, mit meinem Kopf lehne ich mich an das Glas hinter mir und lausche, als sie zu erzählen beginnt.

„Einzelne Sonnenstrahlen dringen durch das dichte Blätterdach, zeichnen Bilder auf den dunklen Waldboden. Die lindgrünen Blätter werden hin und her gewiegt vom Wind. Wie Kinder, die langsam bei stetigem Schaukeln die Augen schließen werden, so bewegen sie sich. Auf der Lichtung blühen unzählige Blumen, kobaltblaue, purpurviolette, grasgrüne, goldgelbe. Sich gegen den Himmel streckend säumen sie den Waldboden, bevölkern ihn. Teils im Schatten, teils im Licht wachsen sie, zusammen mit den Bäumen, deren Wurzeln unter ihnen ein Netz spinnen, wie die Spinnen es zwischen ihren dünnen Ästen tun. Braune Stämme mit rauer Rinde, die an manchen Stellen mit Flechten überzogen sind, so massiv, dass man meinen könnte, sie würden bis in alle Ewigkeiten an ihrem Platz stehen bleiben. Weder bewegt durch den Wind noch durch den Regen. Eine befreiende Stille umgibt die Lichtung. Nur einzelne Vögel zwitschern in die Stille hinein. Pfeifen mit dem Wind, gleiten mit ihm, lassen sich von ihm forttragen. Weit hinaus, hoch in den blauen Himmel. Bald schon verschwinden sie in der Ferne und verschmelzen mit den Wolken, die wie einzelne Pinselstriche in das helle Blau gezeichnet wurden. Von Hand gezeichnet, ein wenig Blau für den Himmel, ein wenig Weiß für die Wolken, grüne Flecken für die Blätter, braune Striche für das Holz, farbig für die Blumenpracht. Alles wie gezeichnet, sorgfältig und mit Bedacht. Doch schnell lässt es sich verwischen, durch Menschenhand, viel zu schnell, wenn wir unsere Sorgfalt missachten." Ich halte die Augen geschlossen, als die Stimme meiner Mutter verschwindet. In meinen Gedanken halte ich das Bild fest, das sie mit nur wenigen Worten, die sie zu wunderbaren Sätzen zusammengebastelt hat, erschaffen hat. Ich klammere mich an das Bild, bewahre es in meinem Innern, wo es als feiner Hauch zurückbleibt. Nur noch ein Schatten, ein feiner Hauch bleibt zurück.

Ich habe Gänsehaut bekommen, stelle ich fest, als ich meine Augen wieder öffne. Hinter mir ist es dunkel geworden, ich sehe meine Mutter und mich im Glas gespiegelt, als ich mich umdrehe. Unsere Blicke begegnen sich darin und ich schenke meiner Mutter ein Lächeln. Ich sehe ihr an, dass sie weiß, dass etwas nicht stimmt bei mir, aber sie hält sich zurück, was auch besser so ist. Erzählen könnte ich ihr ohnehin nichts. Ich bin ihr dankbar für die Geschichte, aber wie so oft kann ich nicht in Worten ausdrücken, wie viel es mir bedeutet hat, dass sie sich Zeit für mich genommen hat. Meine Dankbarkeit verliert jedes Mal ihre Bedeutung, wenn ich versuche, sie in Worte zu fassen, weshalb ich es bei einem Lächeln belasse.

Meine Wut hat sich aufgelöst, es ist, als hätte ich sie in der Lichtung im Wald zurückgelassen, abgestreift von meiner Haut und liegen gelassen. Als ich in meinem Bett liege, fühle ich mich glücklich. Eine Leichtigkeit, wie ich sie schon lange nicht mehr gespürt habe, erfasst mich. Ich bin fröhlich. Ich habe eine Zwillingsschwester, jemanden, dem ich vertrauen kann, auf den ich immer zählen kann. Vorhin hat sich das Unwissen von dem, was Domanski mir erzählen wird, wie ein Schatten davor gestellt, doch jetzt hat es sich gedreht. Alles liegt im Schatten, den die Freude wirft. Was auch immer Domanski mir erzählen wird, kann mir meine Glücklichkeit nicht mehr nehmen. Nichts in meinem Leben ist wichtiger als meine Zwillingsschwester, solange ich sie finden werde, spielt es keine Rolle, was um mich herum geschieht. Wie ich sie finden werde, weiß ich noch nicht, doch ich weiß, dass ich es werde, mit oder ohne Domanskis Hilfe.

Mit einem Lächeln auf den Lippen schlafe ich ein und erwache erst wieder, als mein Endgerät zu piepsen beginnt. Nach langer Zeit fühle ich mich endlich wieder ausgeschlafen und nicht nur laut dem Endgerät ausgeschlafen, sondern richtig. So, dass mich keine Kopfschmerzen plagen und meine Stimmung nicht durch die Müdigkeit getrübt ist, die mir das Endgerät abstreiten möchte.

Den Gedanken an die heutigen Hinrichtungen und die Angst vor dem, was Domanski mir erzählen wird, verdränge ich erfolgreich. Das Wissen von meiner Schwester trage ich wie ein Schutzschild vor mir, an dem alles andere abprallt.

Die Fahrt nach Glowenzia vergeht schnell, ich habe gerade genug Zeit, mir zu überlegen, welche Ausrede ich später meinen Eltern auftischen kann, damit ich zum Treffen mit Domanski gehen kann. Ein wenig plagt mich das schlechte Gewissen, meine Eltern anzulügen, doch das Schlimmere ist, dass sie sich wahrscheinlich für mich freuen werden. Ich werde erzählen, dass ich mich mit einer Freundin aus der Schule treffe. Jetzt schon sehe ich das verhaltene Strahlen in den Augen meiner Mutter und das schmale Lächeln meines Vaters, wenn ich ihnen erzählen werde, dass ich endlich wieder beginne, mich anderen anzuschließen. Es versetzt mir einen Stich ins Herz, ihnen etwas vorzumachen, noch dazu etwas zu sagen, worüber sie sich freuen. Aber was sonst sollte ich als Ausrede bringen? Es bleibt mir nichts anderes übrig und außerdem werden sie dann vielleicht aufhören, sich ständig Sorgen um mich zu machen wegen meinem Sozialisierungsproblem.

Wir sind früh dran, weshalb der Nortarusplatz noch relativ leer ist. Eine kühle Luft weht uns entgegen, doch die Sonne, die strahlend scheint, macht die Kälte wieder wett. Wir gehen an der Statue von Tristan Nortarus vorbei und ich lasse meinen Blick über das Schild schweifen. Ich lege den Kopf in den Nacken, um beim Vorbeigehen sein Gesicht zu betrachten. Tristan Nortarus. Es wäre interessant, ihn einmal live sprechen zu hören, wenn er noch leben würde.

Wir bleiben direkt am linken Rand neben den Bäumen hinter den reichen Leuten stehen, die ihren Platz ganz vorne haben. Ich wundere mich immer, wie wenige es doch sind, obwohl Pryzydora doch so groß ist. Aber ich bin froh, denn jetzt sehe ich wenigstens besser nach vorne, obwohl das vielleicht doch nicht sehr wünschenswert ist bei den Hinrichtungen. Aber ich muss mich endlich daran gewöhnen, alle anderen sind dae schon durchgegangen, bei mir wird es auch längst Zeit. Wenn ich eine gute Arbeit bekommen möchte, muss ich mich auch systemgemäß verhalten, denn ich bin mir sicher, dass wir beobachtet werden von den Funktionären, die uns später dann eine Arbeit zuteilen. Die Gedanken fühlen sich fremd in meinem Kopf an, unpassend und abstoßend auf eine Art. Doch ist es nicht ein erster Schritt, mich möglichst optimal einzufügen, um meinen Zwilling zu finden? Je mehr Vertrauen ich gewinnen kann, desto mehr Freiheiten werden mir womöglich zu stehen.

Während wir warten, bis es beginnt, blicke ich immer wieder nach hinten. Ob die Arbeiter heute erneut einen Aufstand geplant haben? Wahrscheinlich nicht, es wäre nicht sehr überlegt, aber seit wann denken sie schon rational?

Der Platz ist etwa halb voll, die meisten Arbeiter fehlen noch. Einige Minuten später hält die erste Magnetbahn aus den Slums an der Station und aus den Türen drängen sie sich. Bunt gemischt. Blaue Overalls, dunkelgrüne, bordeauxrote, es wäre interessant zu wissen, welche Farbe für welchen Bereich steht.

Lebensmittelindustrie, Fabrikarbeit, Straßenbau, Naturerhalt. Ich weiß gar nicht, wie viele verschiedene Arbeitsplätze es für sie gibt. Aber meine Arbeit wird ohnehin nicht eine von diesen sein, weshalb ich mir darüber eigentlich keine Gedanken machen muss. Ich drehe mich wieder nach vorne um und genieße den Ausblick auf den Palazisko, an welchem die Sonne in alle Richtungen reflektiert wird. Wie immer sind mehrere CPs am Rand platziert. Gleich neben mir steht eine Frau mittleren Alters mit blondem Haar und eng zusammenstehenden Augen. Ihre Augen sehen aus wie graue Kieselsteine und sie blickt finster in die Menge. Die Ärmel ihrer schwarzen Uniform hat sie hochgekrempelt, sodass ich auf der Innenseite ihres Armes die Identitätsnummer erkennen kann. Als ich versuche diese zu entziffern, fällt mir plötzlich unten an ihrem Handgelenk eine weitere Markierung auf, die ich noch nie zuvor gesehen habe. Kurz bevor ihre Hand beginnt, wurden ihr zwei quere schwarze Streifen auf die Innenseite tätowiert. Ich nehme an, dass sie eine Bedeutung haben müssen, denn ansonsten würde sie diese nicht tragen, da es gesetzeswidrig wäre, doch welche? Mein Blick streift über die Pistole, die an ihrem Gürtel hängt. Schwarz, wie die Uniform. Unwillkürlich werde ich wieder an letzten Freitag erinnert, als ich zu sehen bekommen habe, wie es ist, wenn der Abzug dieser Waffe gedrückt wird. Ich verdränge das Bild schnell wieder aus meinem Kopf. Die CP vor mir sieht aus wie jede andere CP, merkwürdig. Nur die zwei Striche habe ich zum ersten Mal gesehen. Ich kann mich nicht daran erinnern, dass alle CPs diese haben. Ich lasse meinen Blick weiter nach oben schweifen zu ihrem Gesicht. Erschrocken stelle ich fest, dass sie mich ertappt hat. Mit ihren Kieselsteinaugen fixiert sie mich feindselig und schnell wende ich mich ab und drehe mich nach rechts zu meinem Vater um, der stumm nach vorne sieht. Die meisten dieser CPs sind nicht sehr freundlich, doch ich verstehe nicht, weshalb, denn ihre Arbeit ist weder schlechter noch besser als die der anderen. Sie haben keinen Grund dazu, so mürrisch zu sein, denke ich genervt. Ich probiere, die vielen CPs einfach auszublenden. Nächstes Mal stelle ich mich wieder in die Mitte des Platzes, von wo aus ich die CPs nicht direkt sehen muss. Sie erinnern mich nur immer an unsere Eingeschränktheit. Daran, dass wir der Natur ja nicht zu nahe kommen dürfen. Ich betrachte die hellbraune Jacke der Frau vor mir. Der Stoff scheint dünn zu sein und wurde sorgfältig verarbeitet. Kein Wunder, die Leute aus Pryzydora tragen immer solche Kleidung, damit man ihnen den Status anhand des Aussehens schon ablesen kann. Könnte ich mir schönere Freizeitkleidung leisten, würde ich es ja auch tun. Das Holz, von dem mir meine Mutter erzählt hat, könnte es dieselbe Farbe haben wie der hellbraune Stoff? Ich zwinge mich, meinen Blick auf die Jacke gerichtet zu halten und nicht zur CP zu starren. Sie ist nur hier, um zu verhindern, dass wir unserer Welt die letzte Chance rauben. Sie beschützt die Natur. Ich wiederhole es immer und immer wieder. Es braucht die CPs, ohne sie wäre es für uns unmöglich, die Natur in Ruhe zu lassen. Wir brauchen sie.

Als ich wieder aufblicke, sehe ich gerade, wie die Bokowskis aus dem Palazisko treten. Automatisch bewegen sich meine Hände aufeinander zu und ich klatsche mit den anderen mit. Sobald das hier vorüber ist, werde ich zum Fluss gehen und auf Domanski warten. Bei dem Gedanken daran breitet sich ein freudiges Gefühl in meinem Magen aus, doch es schleichen sich auch ein wenig Unbehagen und Nervosität mit ein.

Anastazja Bokowski hält eine kurze Ansprache, ihre letzten Worte sind wie immer: „Lasst Gerechtigkeit walten!" Mit den anderen applaudiere ich ihren Worten, verbittert. Nicht, weil ich für die Hinrichtungen einstehe, sondern weil jeder Tod eines Klimasünders uns einen Schritt näher bringt zur Rückkehr nach draußen.

Trommelwirbel ertönt und die Täter werden nach vorne gebracht. Zwei sind es dieses Mal. Der Vordere hat kurzgeschorenes graues Haar und trägt ein ärmelloses schwarzes Shirt. Ein Arbeiter, denke ich. Meistens brechen die Arbeiter die Regeln, irgendwann gewinnt die Verzweiflung Überhand und sie brechen unter ihr zusammen. In diese Gefahr laufen wir weniger, doch den Kleidern zufolge ist der andere kein Arbeiter. Mein Blick fällt auf sein Gesicht. Einen Moment setzt mein Herzschlag aus. Ich halte den Atem an, schließe meine Augen, öffne sie wieder.

Doch da ist er noch immer. Der Trommelwirbel dröhnt in meinen Ohren, alles andere blende ich aus. Ohne weiter zu überlegen, dränge ich mich nach vorne. Am Rand entlang, an den CPs vorbei, die noch nicht richtig erfasst haben, was das Mädchen vorhat. Ich stoße Leute aus dem Weg, ihre genervten Ausrufe höre ich nicht. Alles, was ich höre, sind mein eigener Atem und der Trommelwirbel, der mir die ablaufende Zeit vor Augen führt. Noch ein paar Meter. Er hält den Kopf gesenkt, sein schwarzes T-Shirt ist an einigen Stellen dunkel verfärbt. Dicht hinter ihm geht ein CP, die Hand an der Pistole. Die Zeit läuft mir davon, sie werden ihn auf die Erhöhung bringen vor dem Palazisko, sein Handgelenk scannen, ihn aus dem System löschen, die Schlinge um den Hals legen, den Hebel drücken. Panik steigt in mir auf. Es darf nicht so weit kommen, doch meine Gedanken spinnen sich von Sekunde zu Sekunde weiter. Das Knacksen, ich werde zurückgebracht werden zu meinen Eltern, wenn ich Glück habe. Wenn nicht, werde ich mitgenommen. Was soll ich tun?

„Domanski!" Ich rufe so laut ich kann, um den Trommelwirbel zu übertönen. Ich stehe nur noch einige wenige Meter von ihm entfernt, doch vor mir trennen mehrere CPs Domanski und mich voneinander ab. Sie versperren mir den Weg. Domanski hebt seinen Kopf. In seinen Augen stehen Angst, Traurigkeit und … und Mitleid. Seine Haare stehen in alle Richtungen ab, ich blicke in seine verzweifelten Augen. Tränen sammeln sich in ihnen. Er hebt seine Schultern und lässt sie wieder sinken. Er gibt auf, die Resignation steht ihm auf die Stirn geschrieben. Ich starre ihn an und plötzlich weckt ihn etwas aus seinem hilflosen Zustand, ich weiß nicht, was es ist, doch in seinen Augen flammt etwas Neues auf. Er kämpft.

„Nita", er schüttelt die Hand des CPs ab, der ihn weiter nach vorne schieben möchte, „er ist nicht dein …", der CP drückt ihm die Hand auf den Mund und der Rest seines Satzes geht unter. Domanski versetzt ihm einen Tritt ans Schienbein, sodass dieser ihn erneut loslassen muss.

„Myosotis!" Das ist alles, was er noch sagen kann, bevor weitere CPs dazu kommen und ihn zwingen, ruhig zu sein. Domanski landet auf dem Boden, hilflos. Ich starre ihn an. Doch kein Wort mehr kommt von ihm, sein Kopf ist auf die andere Seite gedreht. Er wird hochgehievt. Erst jetzt bemerke ich, dass der Trommelwirbel aufgehört hat.

„Domanski, was ist …?" Eine Hand legt sich von hinten auf meine Schulter. Panisch drehe ich mich um und blicke direkt in die grauen Kieselsteinaugen. Sie umfasst meinen Oberarm und zieht mich weg. Wie in Trance gehe ich mit ihr zurück. Weg von Domanski, weg vom Galgen, weg von der Chance, herauszufinden, was er mir sagen wollte.

Immer und immer wieder drehe ich mich nach hinten, ich möchte umdrehen, doch die CP zieht mich stur weiter. Tränen laufen mir über die Wangen, doch ich habe keine Zeit sie wegzuwischen.

Ich zucke zusammen, als das erste Knacksen ertönt. Es kann nicht sein, dass Domanski geht, nicht auch noch er.

„Bitte", flehe ich die CP an, obwohl ich weiß, dass es nichts helfen wird.

„Filip Domanski, Identitätsnummer 455734, Missachtung des Klimaschutzreglementes."

Anastazjas Worte klingen klar und deutlich in meinen Ohren nach, ein Echo, das nicht leiser werden möchte, ich kann es nur übertönen.

„Bitte, es muss ein Missverständnis gewesen sein, bitte", meine Stimme wird lauter und lauter „Bitte! Lassen Sie ihn gehen, er hat nichts …" Es knackst erneut. „Getan", flüstere ich.

Es ist gebrochen, mein Schild, von dem ich gedacht habe, dass es mich vor allem schützen wird. Es ist gebrochen. Gebrochen, so wie Domanski. Ich wage nicht, mich umzudrehen. Kaum jemand scheint etwas von dem Zwischenfall mitbekommen zu haben, nur die vordersten Reihen haben gesehen, was ich getan habe. Ich schluchze auf, es darf nicht wahr sein! Domanski. Missachtung des Klimaschutzreglementes, ich schüttle den Kopf, immer und immer wieder, bis mein Kopf schmerzt und ich keinen klaren Gedanken mehr hinbekomme.

Kapitel 7

An das, was nach der Hinrichtung geschah, kann ich mich nur noch vage erinnern. Die CP hat meine Identitätsnummer gescannt, das weiß ich noch. Später sind meine Eltern dazugestoßen und wir sind zurück nach Hause gegangen. Meine Kopfschmerzen sind ins Unerträgliche angestiegen, so dass mein Endgerät zu piepsen begonnen hat und ich eine Pille geliefert bekommen habe. Meine Augenlider wurden schwer, und bald schon fielen sie mir zu. Ich glitt in einen traumlosen Schlaf und erwachte erst am nächsten Morgen wieder.

Mein Kopf ist wie in Watte gepackt, aber wenigstens sind die Schmerzen nicht mehr so stark wie am Vortag. Ich gehe ins Bad und spritze mir kaltes Wasser ins Gesicht. Langsam kommen die Erinnerungen an den gestrigen Tag zurück. Zuerst Domanskis hilfloser und entmutigter Ausdruck, der Galgen, die CP, die mich weggeschleppt hat, das Terminal, das über meinen Unterarm gehalten wird. Der Anblick meines Identitätsfotos auf dem Terminal. Die Angst davor, einen Eintrag zu bekommen.

Das ist, was mir im Moment am meisten Sorgen macht. Ich muss mit meinen Eltern reden, sie werden wissen, wie schlimm die Konsequenzen sind. Vielleicht werde ich ja durchgehen als junge Erwachsene, die hormonbedingte Stimmungsschwankungen hat und deshalb überreagiert hat beim Anblick ihres Professors auf dem Weg zum Galgen.

Nicht nur die Erinnerungen sind wieder hochgekommen, nein, auch meine Angst. Ich spüre, wie sich in meinem Hals ein

Klumpen bildet und ich nur noch schwer schlucken kann. Es ist, als ob sich die Angst in meinem Magen zusammenbraut, wie ein Gewitter am Himmel. Irgendwann wird es ausbrechen, der Regen wird kommen, die Blitze, der Donner, egal, wie stark ich es zu unterdrücken versuche. Der Rat kennt kein Zurückschrecken vor drastischen Maßnahmen gegenüber Klimasündern, was werden sie also mit mir tun? Was ist nur in mich gefahren, seit wann reagiere ich so impulsiv, ohne weiter darüber nachzudenken, was ich eigentlich vorhabe? Alle möglichen Szenarien spielen sich in meinem Kopf ab; Abbruch meiner Ausbildung, keine Arbeitszuteilung, Umsiedlung in die Slums, harte Arbeit in den Fabriken, kein Wiedersehen mit meinen Eltern, was noch könnte passieren? Das Schlimmste versuche ich zu verdrängen. Nein, ich möchte nicht daran denken, es wird nicht passieren, es darf nicht.

Tief durchatmend gehe ich die Treppe hinunter, die kühlen Metallstufen fühlen sich gut an unter meinen nackten Füssen. Am Esstisch sitzen meine Eltern, die Köpfe nach vorn gebeugt, leise diskutierend. Es ist nicht schwer zu erraten, weshalb sie solch bekümmerte Gesichter machen. Als sie mich bemerken, richten sie sich auf und beide lächeln mich vorsichtig an. Die Morgensonne strahlt durch die Glasfront und hinterlässt ein goldenes Licht. Normalerweise hätte ich mich über das Wetter gefreut, doch heute möchte ich am liebsten die Vorhänge zuziehen, um das Licht draußen zu lassen. Es riecht nach Kaffee. Der Geruch bedeutet Wochenende, da er nur samstags geliefert wird. Normalerweise weckt dieser Duft in mir ein freudiges Gefühl, doch heute dreht mir der Geruch nach Kaffee den Magen um. Alles, was ich jetzt brauche, ist Ablenkung und die finde ich nicht im Wochenende. Ich brauche Schule, Schule und Sport, Hauptsache, ich habe möglichst wenig Zeit zum Nachdenken.

„Setz dich zu uns, dein Kaffee ist sogar noch warm." Mein Vater bemüht sich um eine liebevolle Stimme, doch ich kenne ihn zu gut, um nicht zu überhören, dass in seiner Stimme Wut und Enttäuschung mitschwingen. Die Miene meiner Mutter zeugt eher von Sorge und Misstrauen, da sie mich wiederum gut genug kennt, um zu wissen, dass ich nicht bei jedem Professor so gehandelt hätte. Nervös spielt sie mit der leeren Kaffeetasse vor ihr, noch nie habe ich sie so aufgewühlt erlebt.

Ich nehme den Kaffee entgegen, den mein Vater mir hinhält, und umfasse die warme Tasse mit beiden Händen. Die Blicke meiner Eltern ruhen erwartungsvoll auf mir. Ich weiß, dass sie auf eine Erklärung von mir warten und die werde ich ihnen auch geben, doch keineswegs die ganze.

„Ich weiß nicht, was in mich gefahren ist. Der Professor ... es war mein Geschichtskundeprofessor. Professor Domanski. Ich habe mich öfters mit ihm unterhalten und unsere Gespräche waren ... ja, sie waren immer sehr interessant", ich schlucke, „ich kann mir einfach nicht vorstellen, dass er etwas Strafbares getan hat, das ist alles."

„Aber Benita, er hat das Reglement missachtet, sonst wäre er noch hier", die Stimme meines Vaters klingt ernst. Mein Blick ruht auf der braunen Flüssigkeit in der Tasse. Hellbrauner Schaum hat sich an der Oberfläche gesammelt. Ich glaube nicht daran, dass Domanski etwas getan hat, mein Vater weiß das. Er will von mir hören, dass Domanski schuldig ist, wie es schon bei Elisa war. Schlussendlich wird er das bekommen, was er möchte, weshalb also sage ich ihm nicht einfach direkt, was er hören will?

„Ich hätte nicht gedacht, dass er ein Klimasünder ist." Zufrieden?, hänge ich in meinen Gedanken an.

Ich hebe meinen Kopf und sehe, wie mein Vater abwesend nickt.

„Hör zu", fährt er fort, „dieses eine Mal hattest du nochmals Glück, doch wenn es erneut zu einem solchen Vorfall kommen wird ..."

„Glück gehabt ...?", unterbreche ich meinen Vater.

„Heißt das, es gibt keine Strafe wegen Reglementmissachtung?" Meine Mutter schüttelt den Kopf.

„Einen Eintrag aber, Benita. Das muss dir auch zu denken geben", mein Vater schaut mich streng an. Der Klumpen in meinem Hals verschwindet, die Angst löst sich auf, als hätte der Wind die Wolken mit einem Stoß weggeblasen, das Unwetter hat sich verzogen. Doch die Miene meines Vaters sieht ganz und gar nicht nach blauem Himmel aus, im Gegenteil, in seinen Augen steht Wut. Meine Erleichterung scheint ihm zu missfallen.

„Mit deinem Verhalten gefährdest du uns alle, deine Mutter und mich, genauso wie dich", seine Stimme wird lauter. „Reiß dich zusammen, du bekommst in einem halben Jahr deine Arbeit zugeteilt und ich wette mit dir, dass dir das soeben Geschehene saftig Minuspunkte gegeben hat. Kümmert es dich denn nicht, welche Arbeit dir zugeteilt wird? Dir ist schon bewusst, dass du für den Rest deines Lebens in dieser Arbeit festhängen wirst, oder? Also streng dich an, du bist nicht auf dich alleine gestellt, wir sind da für dich, wir helfen dir, aber dazu musst auch du dich anstrengen. Wach auf aus deiner Traumwelt, das Leben ist nicht so, wie du es dir vorstellst und wird auch nie so sein", er hat sich richtig in Rage geredet. Doch nun fährt er plötzlich ruhiger fort: „Wenn es erneut einen solchen Vorfall gibt, wissen wir nicht, wie lange wir noch mit dir in Kontakt stehen können, Benita."

In Sekundenschnelle wächst der Klumpen wieder an. Eine Schwere legt sich über mein Herz, erdrückt es beinahe. Jetzt ist es raus, denke ich. Mein Vater hat Angst, dass ich seinem Ruf schade, so einfach ist das. Mit einem kurzen Blick nach links sehe ich, dass meine Mutter beschämt den Kopf gesenkt hält. Vielleicht ist es ihre Ergebenheit, oder es sind die Worte meines Vaters, vielleicht aber auch die Hinrichtung von gestern, oder jene vom letzten Freitag, oder alles zusammen, dass ich zusammenbreche. Mein Blick verschleiert sich, Tränen füllen meine Augen. Ich schluchze auf. Mein Atem geht stockend, ich schaffe es kaum, ruhig zu atmen. Ich vergrabe den Kopf in meinen Händen. Ich versuche nicht mal, mich wieder zu fangen, denn wenn der Regen erst einmal zu fallen beginnt, hört er lange nicht mehr auf. Eine Träne rinnt über meine Nase hinunter, meine Hände sind feucht. Weshalb der Mensch Flüssigkeit produziert, die dann seine Augen überschwemmt, verschleiert, und dann hinausläuft, ist wissenschaftlich unerklärlich. Es ist ein Mechanismus, den der Mensch nicht nötig hat, das Weinen hat keine Funktion. Weshalb also weinen wir? Weshalb weine ich? Ich spüre, wie meine

Eltern sich neben mich setzen, beide legen mir einen Arm um die Schulter und ich lehne mich an sie. Meine Mutter pflegte immer zu sagen, dass es ohne Regen auch keinen Regenbogen geben könne. Ohne Trauer kein Glück. Wenn wir keine Tiefen erleben, können wir die Höhen nicht schätzen. Aber ich sehe keinen Ausblick auf Höhen in meinem Leben. Vor mir sehe ich nur die Arbeit. Alles andere verbirgt sich hinter der nächsten Ecke. Im Dunkeln. Ich weiß nicht, was noch auf mich wartet, ob überhaupt etwas auf mich wartet, doch im Moment ist es mir egal. Nicht nur die Zukunft liegt im Dunkeln, auch über meine Gegenwart legt sich ein dunkler Nebelschleier.

Wie lange wir so dagesessen haben, weiß ich nicht mehr. Der Kaffee vor mir ist inzwischen kalt geworden, der braune Schaum ist verschwunden. Meine Eltern stellen keine weiteren Fragen und wir sprechen nicht weiter über das, was passiert ist. Die Sonne, die nun hoch am Himmel steht, erscheint mir unwirklich. Sie gehört nicht hierher, denke ich, aber vielleicht bin auch ich es, die im Moment nicht hierher passt.

Vom vielen Weinen bin ich müde geworden, ich fühle mich ausgelaugt und schmutzig. Ich gehe nach oben, entscheide mich, meine tägliche Dusche jetzt zu nehmen, obwohl das bedeutet, dass ich heute Abend nicht mehr darf, und setze mich anschließend auf mein Bett. Unschlüssig blicke ich mich in meinem Zimmer um. Meine Augen sind noch immer rot und geschwollen, ich bin zwar sauber geduscht, aber innerlich fühle ich mich trotzdem nicht frisch. Es ist, als wäre ich eingepackt in Nebel, der sich nicht lichten möchte, auch wenn ich noch so fest probiere, etwas zu erkennen. Nebel, der nichts als Luft und Wasser ist, und mich doch so in Schach hält. Mein Endgerät registriert meine ansteigenden Kopfschmerzen, ich tippe mit dem Finger auf das Display und eine Tablette wird geliefert. In der Zwischenzeit greife ich nach meinem Terminal, scrolle durch die verschiedenen Fächer und bleibe bei Geschichtskunde hängen. Gedankenverloren scrolle ich mich durch meine Notizen, stoppe dann aber beim Zitat des französischen Schriftstellers Sully Prudhomme, welches Domanski einmal erwähnt hat und ich mir notiert habe.

Nach dem Zusammenbruch aller Illusionen genügt die Suche nach der Wahrheit, um uns fest ans Leben zu ketten. Damals war mir diese Aussage nicht sehr tiefgründig erschienen. Für mich war es nur einer der vielen intelligent klingenden Sätze von einer weiteren berühmten Person, die schon längst verstorben ist. Aber jetzt lese ich den Satz wieder und wieder. Die Suche nach der Wahrheit, das ist es, woran ich hängen geblieben bin. Ist es das, was ich hinter dem Nebel erkennen werde, wenn er sich zurückzieht? Die Wahrheit? Der Zusammenbruch meiner Illusionen, ja, sie sind eingestürzt. Als Elisa starb, gab es einen Riss, einen großen Spalt, bis heute habe ich diesen zusammengehalten. Doch jetzt ist es nicht mehr nur ein Riss, jetzt ist er endgültig aufgerissen und ein riesiges schwarzes Loch klafft in der Mitte. Alles, was mir bleibt, ist die Suche nach der Wahrheit, nach der Realität. Ja, ich werde mich auf die Suche machen. Nach der Wahrheit meiner Zwillingsschwester, nach Domanskis Wahrheit, nach meiner eigenen Wahrheit.

Montags fühle ich mich wieder erstaunlich fit. Mein Kopf ist klarer, ich bin ausgeruht, ich bin zuversichtlich, ich habe ein Ziel. Unglaublich, wie stark sich Gedanken auf den physischen Zustand auswirken können, denke ich, während ich den Weg von der Station zum Ausbildungszentrum zurücklege. Der Himmel wird verdeckt von dunklen Wolken, die verhängnisvoll über uns hängen. Ich spüre, wie einige Tropfen auf meinem Shirt landen und die Stellen dunkler färben. Früher mochte ich den Regen immer, doch seit ich weiß, dass es nur simulierte Wassertropfen sind, die von der Glasdecke fallen und nicht aus den grauen Wolkenschleiern, macht er mich eher wütend als glücklich. Viel lieber würde ich Regen auf meiner Haut spüren, echten Regen. Wasser, das vom Himmel fällt und nicht von der Decke. Ich strecke meine Hand aus, wie es sich wohl anfühlen muss, wenn der Himmel, die Natur, die Haut feucht werden lässt und nicht der Rat? Sehnsüchtig blicke ich nach oben, wo sich das über uns erstreckende Glas nur erahnen lässt. Ich stelle mir vor, wie der Regen auf die Glaskuppel trifft und in Rinnsalen hinunterfließt.

Ich reibe meine Hände an der schwarzen Jeans trocken, ziehe meine dunkle Jacke an, da ich nun doch zu frieren beginne, und stecke meine Hände in die Jackentaschen.

Zimmer Nummer 57, Ernährungslehre, blendet mein Endgerät ein. Direkt auf dem Eingangsstock. Auf dem Weg zur Nummer 57 passiere ich die Essensausgabe, die direkt beim Eingang liegt, wo wir jeden Mittag unser persönliches Menü abholen. Meistens ist es dasselbe bei allen, nur geringe Anpassungen kommen vor. Die Ausgabe befindet sich nicht in einem Zimmer, sondern nimmt den vorderen Teil des ersten Stockes ein, dahinter liegen weitere Schulräume. Nur wenn es draußen zu kalt ist, esse ich an einem der weißen Tische, die sich hier aneinanderreihen. Meistens sind die Tische relativ gut besetzt und eine lange Schlange bildet sich jeweils bereits vor der Essensausgabe, wenn ich dazustoße. Doch ich mache mir nie die Mühe, mich nach der letzten Lektion zu beeilen, wie viele andere es tun, denn der Mittag zieht sich ohnehin schon ewig in die Länge. In den letzten paar Tagen habe ich mich oft mit Domanski bis spät in den Mittag hinein unterhalten, da montags die letzte Schulstunde vor dem Mittag Geschichtskunde ist. Ich seufze beim Gedanken, dass das nun ein Ende hat. Mit den Händen ziehe ich meinen Pferdeschwanz straff, streiche mir die losgelösten Haarsträhnen hinters Ohr und verdränge Domanski aus meinem Kopf.

Die Lektion zieht sich in die Länge und ich verbringe meine Zeit damit, aus dem Fenster zu blicken und den fallenden Regen zu beobachten, der immer stärker ans Fensterglas prallt. Obwohl der Regen verhindert, dass man weit in die Ferne blicken kann, erkenne ich die Straße für die Elektroautos. Nur vereinzelte weißgraue Maschinen befahren sie, lautlos, ohne eine Spur zu hinterlassen. Noch nie bin ich in einem solchen Fahrzeug gefahren, ich frage mich, wie es sich wohl anfühlen muss, sich so alleine fortzubewegen. Die Vorstellung unabhängig zu sein von der Magnetbahn ist verlockend, aber irgendwie habe ich mehr Vertrauen in die Bahn als in diese Gefährte mit Solardach. Sie erscheinen mir mysteriös, ebenso wie die Leute, die drinnen sitzen und stets ernst dreinblicken, nie ein Lächeln auf den Lippen.

Die Straße liegt hoch über dem Boden und wird gestützt durch weiße Steinsäulen. Dazwischen wurden große Windräder gebaut, runde weiße Kreise mit einer Art Turbine in der Mitte. Somit gibt es mehr Grünflächen, da die Straße in der Luft ist, und eine zusätzliche Energiegewinnung durch die Windräder. Auch die Magnetbahn fährt über eine solche in der Höhe liegende Straße.

Mit einem Blick nach vorne sehe ich, dass unsere Professorin noch immer über die Massentierhaltung unserer Vorfahren spricht. Vorne an der Wand hat sie eine alte Fotoaufnahme zur Illustrierung hinprojiziert. Wie konnte die Menschheit je denken, dass Carnivorismus in Ordnung ist? Angewidert vom Bild der zusammengepferchten Kühe drehe meinen Kopf wieder Richtung Fenster. Im Moment warte ich nur darauf, dass die Stunde endlich zu Ende ist. Nachmittags werde ich wieder an den Fluss gehen, genau an dieselbe Stelle wie mit Domanski. Die Erinnerung an einen Zwilling schwamm immer knapp unter der Oberfläche, nur ein äußerer Impuls hatte gefehlt, um ich mich zu erinnern, und den hat Domanski mir gegeben. Irgendwo, weiter unten wahrscheinlich, vielleicht sogar am Grund, liegt das Bild meiner Schwester. Ich weiß, dass die Information von ihr in meinem Kopf ist, ich muss nur noch einen Weg finden, sie hervorzuholen. Das werde ich heute versuchen; einen neuen äußeren Impuls suchen und so meine Schwester finden.

Doch es sollte nicht so weit kommen …

In der zweiten Lektion der Ernährungslehre, gerade als unsere Professorin über die verschiedenen Schlachtungsmethoden spricht, klopft es. Alle Blicke richten sich auf die Tür, jeder und jede froh um eine Ablenkung vom Unterricht. Verwirrt, ungewohnt unterbrochen zu werden, geht unsere Lehrerin zur Tür. Doch bevor sie die Klinke herunterdrücken kann, öffnet sich die Tür von außen. Zwei CPs kommen herein. Ihre schwarzen Uniformen bilden einen starken Kontrast zum hellen Schulzimmer, in dem fast alles weiß ist. Selbst unsere Schuluniform schreibt uns ein weißes Oberteil vor. Der eine flüstert unserer Ausbildnerin kurz etwas in Ohr, diese nickt, überlässt ihnen den Platz und stellt sich in die Ecke beim Eingang. Alle sind aufgeregt, tauschen verunsicherte Blicke miteinander, doch keiner wagt es, zu sprechen. Beide CPs wirken einschüchternd. Sie müssen etwa um die fünfunddreißig Jahre alt sein, beide schon erfahren. Die Pistolen an ihren Gürteln wirken beeindruckend, aber beängstigend, doch glücklicherweise hat keiner der beiden die Hand an sie gelegt.

„Klasse E, richtig?" Die Frage des dunkelhäutigen CPs hängt im Raum. Einige nicken langsam. Was könnten sie hier wollen? Für einen Augenblick lang fürchte ich, dass sie wegen mir hier sind. Abbruch meiner Ausbildung, keine Arbeitszuteilung. Ich nehme meine schwitzigen Hände vom Tisch und wische sie an der Hose ab. Sie haben auf der weißen Tischplatte einen Abdruck hinterlassen. Hastig wische ich mit dem Ärmel darüber. Ich blicke meine Mitschüler an, alle scheinen ein wenig verunsichert, doch keiner wirkt ängstlich oder verzweifelt. Keiner. Außer ich.

„Wir sind soeben informiert worden über die Beförderung einer Schülerin, die wir deswegen zur Zentrale begleiten werden", sagt uns der andere CP. Seine blonden Haare sind kurz geschnitten, trotzdem fährt er sich mit der Hand über den Kopf. Eine Beförderung also, ich atme erleichtert aus. Da bleiben meine Augen am Handgelenk des blonden CPs hängen. Zwei quere schwarze Streifen zieren das Handgelenk. Sie müssen also tatsächlich eine Bedeutung haben, fragt sich nur, welche. Bevor ich weiter darüber nachdenken kann, fährt er fort.

„Die Schülerin wird nicht mehr in die Klasse zurückkehren, sondern wird umgesiedelt werden." Er greift nach seinem Terminal, tippt kurz darauf herum und richtet dann seinen Blick suchend wieder in die Runde. „Benita Lassourdo. Folgen Sie uns bitte." Mit seiner tonlosen Stimme klingt mein Name ganz anders, als wenn Domanski ihn aussprach. Einen Moment lang bleibe ich sitzen. Eine Beförderung? Einerseits bin ich glücklich, doch andererseits habe ich Angst aufzustehen und mit den beiden CPs mitzugehen.

„Lassourdo", er zieht den Namen in die Länge. Seine Augen haben mich gefunden, er muss auf seinem Terminal mein Identitätsfoto vor sich haben. Bevor er auf mich zukommt, stehe ich auf und gehe nach vorne. Ich packe mein Terminal ein und ziehe meine Jacke über. Ich versuche, lässig zu wirken, unbeeindruckt und sicherlich nicht nervös, doch es gelingt mir nur zur Hälfte. Vorne angekommen nehmen mich die beiden CPs in die Mitte. Ich nicke der Ausbildnerin kurz zu, dann sind wir aus der Tür. Ich kann mir mein Lächeln nicht verkneifen. Alle meine Mitschüler halten sich für etwas Besseres als die Adoptivkinder, doch schlussendlich werde nun doch ich befördert und nicht einer von ihnen. Mein Grinsen wird größer. Am liebsten würde ich zurück ins Schulzimmer und mir anhören, was sie über mich sagen.

Ein bisschen mulmig ist mir aber doch zumute, wahrscheinlich bin ich einfach nervös. Was wird auf mich zukommen? In welchem Fach bin ich aufgefallen, dass ich befördert werde? Oder bin ich als Person aufgefallen? Nein, eher unwahrscheinlich.

Als sich die Eingangstür öffnet, weht uns ein starker Wind entgegen und meine Haare fliegen mir ins Gesicht. Merkwürdig, das Wetter scheint nie zu meiner Stimmung zu passen, denke ich belustigt und ziehe meine Jacke enger um mich. Die Luft riecht nach Regen und nassen Blättern. Ich atme tief ein und schließe für einen Moment die Augen. Als ich sie wieder öffne, fällt mir auf, dass die CPs kein Wort sprechen, komische Typen. Mit festen Schritten gehen sie neben mir her, ohne nach rechts und links zu blicken. Ich habe angenommen, dass ich meine Eltern sicherlich nochmals sehen werde, doch plötzlich bin ich verunsichert. Die zwei Tintenstreifen, die Frau vom Freitag hatte sie auch schon. Was, wenn sie mich nicht mehr zu meinen Eltern lassen? Ich überlege, sie danach zu fragen, aber nur schon beim Gedanken daran schlägt mein Herz schneller, deshalb bleibe ich still. Ich komme gar nicht dazu, meine Gedanken zu sortieren, die mir wirr im Kopf umherschwirren. Meine Gefühle vermischen sich, ich weiß nicht, ob ich glücklich oder ängstlich bin, lachen oder weinen soll, still sein oder schreien soll. Als sich der Weg gabelt und wir rechts gehen, statt links zur Station für die Magnetbahn nach Hause, gewinnen die negativen Gefühle die Überhand. Wir werden direkt zur Zentrale gehen, zu

Fuß wahrscheinlich, da es bis dahin nicht sehr weit ist, denn sie ist direkt im südlichen Teil von Glowenzia, denke ich panisch. Noch immer bringe ich keinen Ton heraus. Die Angst schnürt mir den Hals zu. Als wir den schmalen Weg verlassen, erblicke ich ein schwarzes Auto am Rande stehen, auf das wir zielstrebig zugehen. Erleichterung durchströmt mich, wir fahren also vielleicht doch zuerst nach Zielony, oder wo auch immer meine Eltern sich befinden. Ich betrachte das Auto misstrauisch. Es ist nicht sehr lang, geschweige denn hoch, da ich, wenn ich mich auf die Zehenspitzen stellen würde, drübersehen könnte. Auf dem Dach sind Solarzellen montiert worden, die genauso schwarz sind wie der Rest des Gefährtes. Unschlüssig stehe ich davor, während der dunkelhäutige CP auf die andere Seite des Autos geht, auf welcher sich die Tür für ihn öffnet. Vor mir öffnet sich auch die Wagentür und ich beschließe, vorsichtig einzusteigen. Neben mich setzt sich der Blonde. Für den ersten Moment bin ich geschockt, als ich das Innere des Wagens betrachte. Vor uns gibt es kein Steuerrad oder weitere Sitze, wie ich es von den Bildern kenne von früher, stattdessen zieht sich ein großer länglicher Bildschirm über das Armaturenbrett. Unzählige verschiedene Tasten und Funktionen sehe ich, doch kennen tue ich keine. Links von mir beginnt der eine CP zu tippen, doch seine Finger fliegen zu schnell über das Display, als dass ich erkennen könnte, was er gerade einstellt. Kurz darauf spüre ich ein leichtes Vibrieren unter dem Sitz.

„Automatische Abfahrt in zehn Sekunden. Destination Zielony", die Frauenstimme klingt ähnlich wie jene, die die Stationen in der Magnetbahn ansagt, doch diese hier tönt klarer und die Stimme ist höher, was wahrscheinlich beides an der besseren Qualität liegen wird. Außerdem scheint die Stimme von allen Seiten zu kommen, ich kann nirgendwo einen Lautsprecher ausmachen, als ich mich umsehe.

„Hier", sagt der blonde CP neben mir, drückt einen Knopf vor mir und ein Autogurt legt sich um meine Hüfte.

„Danke", antworte ich schüchtern und er nickt mir zu. Erleichterung breitet sich in mir aus, unser Ziel ist Zielony!

Mein Misstrauen gegenüber dem Gefährt löst sich in Sekundenschnelle auf, als ich merke, wie angenehm es ist, damit zu fahren. Die Fahrt dauert etwa zehn Minuten, doch gerne wäre ich länger sitzen geblieben. Es war faszinierend zuzusehen, wie wir lautlos über die Straße glitten. Ich hätte gerne mehr Zeit gehabt, den Bildschirm zu studieren mit all seinen Funktionen. Aber vielleicht erlaubt mir meine neue Arbeit, manchmal auch mit einem Elektroauto zu fahren.

Als das Auto steht, löst sich der Gurt und verschwindet mit einem Schnappen wieder. Da der Weg zu unserer Wohneinheit zu schmal ist für den Wagen, müssen wir noch einige Schritte zu Fuß gehen. Während wir die Metalltreppen außen am Haus hinaufgehen und ich die Balkone betrachte, die mit vielen Grünpflanzen bestückt sind, wird mir plötzlich schwer ums Herz, als mir bewusst wird, dass das hier nicht mehr mein Zuhause sein wird. Ich wusste, dass ich, sobald ich meine Arbeit zugeteilt bekomme, eine neue Wohneinheit erhalten werde, aber ich war noch nicht darauf vorbereitet, jetzt schon zu gehen. Die ganze Zeit habe ich an meine neuen Freiheiten und Möglichkeiten gedacht, die mir offenstehen werden, doch der Gedanke an meine Eltern versetzt mir einen Stich ins Herz. Die Schritte nach oben zu unserer Eingangstür fallen mir mit einem Mal schwer, ich will meinen Eltern nicht sagen, dass ich jetzt gehen muss. Ich kann ihnen noch nicht einmal sagen, wohin ich gehen und ob ich sie wiedersehen werde. Mir wird schwer ums Herz und ich versuche meine Tränen mit aller Kraft zurückzuhalten.

Oben angekommen öffnet sich die Tür, sobald ich nahe genug am Scanner links daneben stehe. Ich merke, wie ich zittere. Ich drücke die Tür auf und trete ein. Ich werfe meinen Begleitern einen unsicheren Blick zu.

„Wir werden hier auf Sie warten, in zehn Minuten sollten Sie zurück sein. Nutzen Sie sie gut", einen Augenblick lang ruht sein Blick auf mir und in seinen bläulichen Augen erkenne ich so etwas wie Sorgen, doch als er blinzelt, ist keine Spur mehr davon zu sehen. Er bedeutet mir mit einer Handbewegung, zu gehen, und dreht sich zu seinem Kollegen um. Ohne meine Turnschuhe auszuziehen, gehe ich in die Wohnung. Hinter mir höre ich, wie die beiden CPs leise miteinander zu sprechen beginnen, doch sie ziehen die Tür zu und ihre Stimmen dringen nicht bis hinein.

Meine Eltern sitzen beide am Tisch, wahrscheinlich wurden sie mit ihrer Arbeit zurück in unsere Wohneinheit verlegt, so dass ich mich von ihnen verabschieden kann.

„Ich …", meine Stimme bricht und Wasser sammelt sich in meinen Augen. Ich wische mit dem Ärmel meiner Jacke darüber, nur damit sich erneut Tränen bilden. Dieses Mal lasse ich sie hinunterlaufen. Sie tropfen auf den Boden, auf meine schwarzen Turnschuhe, die mich an meinen Aufbruch erinnern.

Ausnahmsweise ist mein Vater dieses Mal schneller als meine Mutter. Er steht auf, kommt zu mir und nimmt mich in die Arme.

„Wir wissen es, du wurdest befördert. Benita." Er löst sich ein wenig von mir, um mir in die Augen schauen zu können. „Auch wenn es schwer sein wird, sieh es als Chance für einen Neuanfang. Ergreif sie, mach was draus. Wir sind stolz auf dich, wirklich, sehr stolz." Ein Lächeln macht sich auf seinem Gesicht breit und unwillkürlich verziehen sich auch meine Lippen. Ja, eine Chance, ich mag den Gedanken.

Mein Vater lässt mich wieder los, so dass meine Mutter mich umarmen kann. Sie drückt mich fest an sich, den Kopf an ihre Bluse gedrückt atme ich ihren Duft tief ein. Sie riecht frisch gewaschen. Auch wenn alle Kleider gleich riechen, ist das für mich der Geruch nach zuhause. Ich möchte meine Mutter nicht mehr loslassen, was soll ich bloß ohne sie tun? Neue Leute, denen ich so nahe sein werde wie meiner Mutter, werde ich bestimmt nicht finden. Mit einem Mal bereue ich es, dass ich in letzter Zeit so abweisend war ihr gegenüber. Sie liebt mich, ich spüre es. Daran, wie sie mich immer anlächelt, wie sie sich um mich kümmert, wie sie sich mit mir freut und daran, wie fest sie mich jetzt an sich drückt. Ein Schluchzer entfährt mir. Ich möchte sie nicht loslassen, ganz bestimmt nicht. Sollen mich die CPs doch von ihr reißen, aber ich werde sie bestimmt nicht loslassen.

„Ich liebe dich, Benita, von ganzem Herzen. Es wird alles gut werden, nicht immer weiß man, was auf einen zukommt, aber Veränderungen kommen ganz plötzlich und man muss sie so nehmen, wie sie sind. Man muss sie mit Freude und Zuversicht anpacken und ich weiß, dass du das kannst. Ich weiß es." Ich lausche ihrer Stimme, die Augen geschlossen. Mit der Hand streicht sie mir übers Haar. Lange hält sie mich fest. Immer schon wirkte sie stark für mich, sie war immer für mich da, auch wenn ich nicht für sie da war. Doch jetzt scheint auch ein wenig ihrer Stärke abzubrechen, ich höre, wie sie weint und jetzt löse ich mich nun doch von ihr. Ich streiche mit dem Daumen über ihre Wangen, um die Tränen wegzuwischen. Sie lächelt mich an und ich lege meine Finger in die Grübchen in ihren Wangen. Ich weiß, dass sie nicht meine richtige Mutter ist, doch in diesem Moment wünschte ich, es wäre so. Ich wünsche es mir so sehr, dass es wehtut. Denn dann wären wir für immer miteinander verbunden und etwas von ihr würde in mir weiterleben, doch so, so sind wir auf unerklärliche Weise immer getrennt.

Ich fühle mich gefangen. Eingesperrt in der Mitte zwischen Glück und Trauer, ohne zu wissen, welche Seite meine ist. Die CPs werden jeden Moment hineinkommen, doch ich schaffe es nicht, mich umzudrehen und zu gehen.

„Benita, du musst jetzt gehen", sagt meine Mutter leise, aber bestimmt.

„Du schaffst das. Ich bin mir sicher, wir werden bald voneinander hören", meint mein Vater mit einem zuversichtlichen Lächeln.

Schlag dich auf die Seite des Glückes, Nita, komm schon! Domanskis ruhige, aber bestimmte Worte klingen in meinem Kopf. Ich löse mich von meiner Mutter, gebe ihr einen Kuss auf die Wange, gehe zu meinem Vater und küsse auch ihn auf die Seite. Kurz kommt in mir der Gedanke auf, ein letztes Mal in mein Zimmer hochzugehen, doch dort wartet nichts auf mich. Mit einem Seufzer drehe ich mich um, gehe zur Tür und öffne sie. Ein letztes Mal schaue ich zurück und sehe, wie meine Eltern sich an den Händen halten und mir zulächeln. Dann ziehe ich die Tür hinter mir zu und folge den CPs die Treppe hinunter.

„Wir bringen Sie nun in die Zentrale, wie schon erwähnt. Dort werden Sie mit einem weiteren jungen Mann zusammentreffen, welcher, ebenso wie Sie, befördert wurde. Weiteres werden Sie vor Ort erfahren." Ich nicke nur, obwohl ich gerne wüsste, ob der Junge, von dem der CP sprach, auch von meinem Ausbildungszentrum ist.

So lautlos wie wir gekommen sind, verlassen wir Zielony auch wieder. Meinen Blick halte ich stur nach vorne gerichtet, kein Zurückschauen mehr.

Einige Minuten später sind wir bereits in Glowenzia. Die Fahrt hierher konnte ich nicht mehr genießen, so sehr hat die Nervosität mich in Schach gehalten. Als ich nun wieder an die frische Luft trete, lässt sie ein wenig nach. Wieder gehe ich in der Mitte der beiden CPs und ich frage mich, weshalb sie wohl geschickt wurden, um mich abzuholen. Am liebsten würde ich alleine in die Zentrale gehen, ohne meine stummen Begleiter, aber sie scheinen mir nicht von der Seite weichen zu wollen. Flankiert von den beiden betrete ich also zum ersten Mal die Zentrale. An der Eingangstür stehen zwei CPs, die meinen Begleitern kurz zunicken und ihnen dann die Tür öffnen, da diese nicht, wie viele sonst, automatisch öffnet. Neugierig blicke ich um mich. Es gibt nicht wirklich eine Eingangshalle, sondern eine elegante Wendeltreppe aus Metall, doch ohne Geländer, beginnt direkt, sich hochzuwinden. Das Gebäude ist kreisförmig, die Treppen führen spiralförmig hinauf in die oberen Stöcke. In der Mitte der Treppen befindet sich ein Glaslift, der Passagiere ganz nach oben fährt, wohin die Treppen nicht reichen. Ein Teil der Zentrale ist nicht mit dem unteren Teil verbunden, denn dieser liegt über dem Rest und ist gestützt durch graue Titansäulen, wie diese beim Palazisko. Der Lift führt zuerst durch den unteren Teil, dann nach draußen, jedoch umgeben von einer Glassäule, bis nach oben. Ich nehme an, dort kommt man nur mit ausreichendem Einfluss hinauf. Doch zu meinem Erstaunen, und vielleicht auch Entsetzen, gehen wir direkt auf den Lift zu. Auch an diesem Eingang für den Lift stehen zwei CPs. Beide kommen mit uns in den Lift, als wir einsteigen. Ich halte den Atem an, als wir in keinem der Stöcke im unteren Gebäude anhalten.

Ich mustere interessiert die Leute, die die Treppe hochgehen, alle wirken sie geschäftig. Doch einige scheinen uns bemerkt zu haben und werfen uns merkwürdige Blicke zu. Erst als ich um mich schaue, zu den vier CPs, die mit mir im Lift stehen, die Hände hinter dem Rücken verschränkt, schleichen sich Unbehagen und Misstrauen zurück. Langsam erscheint auch mir das Ganze merkwürdig. Weshalb würde ich von vier CPs eskortiert werden und noch dazu in den oberen streng bewachten Teil der Zentrale? Was ist das für eine Beförderung, bin ich etwa so unentbehrlich und wichtig geworden plötzlich? Der Rat muss ja unheimlich viel Potenzial in mir sehen, denke ich. Doch irgendwie kann ich mich mit diesem Gedanken nicht ganz anfreunden. Er erscheint mir nicht richtig. Vielleicht hätte ich es geglaubt, wären da nicht die erst kürzlich geschehenen Vorfälle. Ich stecke meine Hände in die Jackentasche, sie sind schweißnass, denn zu fünft in diesem schmalen Lift wird es schnell stickig, noch dazu steigt Angst in mir auf und treibt mir Schweißperlen auf die Stirn. Ich schaue kurz auf mein Endgerät, die Uhr darauf zeigt 10.23. Bilde ich es mir nur ein, oder rücken die CPs näher auf? Immer höher steigt der Lift, normalerweise hätte mich der Ausblick von hier auf die Landschaft fasziniert und die immer kleiner werdenden Bäume und Häuser hätten mich in den Bann gezogen, doch das alles könnte mich im Moment nicht weniger interessieren. Nach einer gefühlten Ewigkeit öffnen sich die Türen wieder und wir treten in einen großen Raum, in welchem sich in der Mitte unser Aufzug befindet. Der Raum ist rund und besteht, abgesehen vom Boden, vollkommen aus Glas. Es gibt einen inneren Ring, in welchem wir gerade stehen, und einen äußeren, in den man, wie ich erkenne, durch einen Gang gelangt. Ich blicke durch das Glas in den äußeren Raum, doch alles, was ich erkennen kann, sind mehrere verschlossene grauen Türen, die aneinandergereiht sind und einige CPs, die wachsam den Gang im Auge behalten.

„Hier entlang", sagt einer der neuen CPs und führt mich um den Lift herum auf die andere Seite. Was ich vorhin noch nicht erkannt habe, sehe ich jetzt. Eine große Sitzecke befindet sich hier, sowie mehrere Stühle daneben und ein Tisch, an welchem eine noch relativ junge Frau im Blazer lehnt. Es riecht nach frischer Farbe und neuen Möbeln, stelle ich fest. Der ganze Bereich wirkt kalt und ungemütlich, obwohl der Sessel, auf dem ich mich niederlasse, sehr bequem ist. Der Stoff ist aus verschiedenen Grautönen, vorsichtig streiche ich darüber. Noch nie habe ich einen solch edlen Stoff gesehen, geschweige denn berührt. Die verschiedenen Farbstufen scheinen fließend ineinander überzugehen und wenn ich mit der Hand darüber fahre, wechseln die Farben. Unglaublich. Normalerweise findet man solche Dinge nicht bei uns, nicht in Zyklonia, wo alles auf den Klimaschutz ausgelegt ist, denn ich kann mir kaum vorstellen, dass die Produktion dieses Stoffes umweltfreundlich ist.

„Herzlich willkommen in der Zentrale, Benita Lassourdo", begrüßt mich die Frau mit einem Lächeln, das jedoch nicht bis zu ihren Augen reicht. „Meine Glückwünsche zu Ihrer Beförderung. Mir ist die Ehre zugeteilt worden, Sie zu empfangen." Sie stößt sich mit der Handfläche leicht vom Tisch ab und kommt näher. „Die anderen werden bald zu uns stoßen, dann werden Sie eine Einführung erhalten. Es sollte nur noch einige wenige Minuten dauern", fährt sie fort und streicht sich mit der Hand ihren blonden Pferdeschwanz glatt. Sie ist großgewachsen, hat eng zusammenstehende Augen, die leicht von hellen Wimpern umrahmt werden, und die mich nun gelangweilt mustern.

Meine zwei Begleiter vom Anfang sind beim Lift stehen geblieben, welcher, nachdem wir ausgestiegen sind, wieder hinuntergefahren ist. Als ich ihn nun mit meinen Augen suche, erblicke ich das Glasgefährt weiter unten, wie es gerade aus der Zentrale unten hinausfährt. Es müssen wieder mehrere CPs dabei sein, da ich mehrere schwarze Flecken erkennen kann.

Während ich in der Stille warten muss, erinnere ich mich plötzlich wieder an den Vorfall in der Zentrale, von dem meine Mutter erzählt hat. War der Eindringling auch hier oben? Kein Wunder wurde er gefasst, bei den vielen CPs, die hier herumschwirren. Aber was wollte er hier?

Der Lift befindet sich etwa auf der Hälfte seiner Strecke.

Was, wenn …? Nein, ich lasse den Gedanken in der Luft hängen, ohne ihn zu Ende zu denken. Unmöglich, weshalb auch?

Nun höre ich den Lift. Wer wird zu uns stoßen? Das leise Surren, das Klicken, als er oben ankommt, das Öffnen der Türen. Mehrere Schritte ertönen, sie klingen hohl und hallen leicht im großen Raum, der relativ spartanisch mit Möbeln bestückt ist. Drei Leute kommen in mein Sichtfeld. Zwei CPs und ein Junge, welcher wahrscheinlich der junge Mann ist, von dem mir schon berichtet wurde.

Einer der beiden hat dem Jungen eine Hand auf den Rücken gelegt, als ich dem Arm mit meinen Augen folge, der Uniform entlang, hoch zu seinem Gesicht, erstarre ich. Mein Herz setzt einen Schlag aus. Ich kenne ihn, den CP. Das Herz klopft mir bis in den Hals hinauf. Dieses Mal sind seine schwarzen Haare zurückgekämmt und sein Gesichtsausdruck ist gelassen, dennoch ist es unverkennbar derselbe. Ich bin nicht abergläubisch oder glaube an übernatürliche Mächte, doch dieser Zufall scheint ein gar schlechtes Omen zu sein. Falls es kein Zufall ist … darüber möchte ich gar nicht erst nachdenken.

Kapitel

Mein Blick fällt auf die Pistole an seiner Hüfte. Ist es dieselbe, mit der er den Arbeiter erschossen hat? Ich schüttle den Kopf und drehe ihn wieder zurück zur Frau, die nun den Jungen begrüßt. Melek. Trotz meines unruhigen Zustandes habe ich den Namen aufgeschnappt. Der Name tönt irgendwie exotisch. Melek Neva.

Sein Haar hat die Farbe von einem dreckigen Blond, auf der Seite ist es kurzgeschoren, oben lang, so dass sich leichte Locken zu zeigen beginnen. Er krempelt die Ärmel seiner Uniform hoch, dunkelgrün ist sie. Das Endgerät an seinem Arm sieht abgenutzt aus, was wahrscheinlich an seiner Arbeit liegt. Mit einem Nicken zur Frau, die sich inzwischen, jedoch ohne Namen, als Hauptfunktionärin für die Forschung antiker Metalllegierung vorgestellt hat, lässt er sich auf den Sessel neben mir gleiten. Er wirkt keineswegs beunruhigt oder nervös, aber studiert den Raum mit einem wachen Blick genau. Aus den Augenwinkeln beobachte ich ihn näher. Seine Hände sehen rau aus, Schwielen auf der Handfläche und die Haut ist braun gefärbt von der Sonne. Feine, blonde Härchen überziehen seine Arme, an seinem linken Unterarm ist, wie bei mir auch, die Identitätsnummer tätowiert. 290069, so lautet meine. Ich neige meinen Kopf ein wenig nach rechts, um seine entziffern zu können, doch er dreht seinen Arm nach innen. Es kommt mir so vor, als würde er mich gar nicht richtig wahrnehmen. Ich hingegen kann meinen Blick kaum von ihm lösen. Die Ruhe und Gelassenheit, die er ausstrahlt, fasziniert mich, beinahe springt sie auf mich über, doch nur beinahe. Ein Arbeiter und eine Schülerin, beide befördert. Ich schaue erneut auf mein Handgelenk, 10.32 Uhr. Mein Magen zieht sich zusammen, nur knapp zehn Minuten sind vergangen. Ich lasse mich nach hinten gleiten, tiefer sinken in den Sessel, versuche mich zu entspannen, doch vergeblich. Die vier CPs stehen neben uns, sie scheinen auf weitere Befehle ihrer Chefin zu warten.

„Sie werden nun an Ihre erste Station gebracht, der Weg bedarf einiger Fahrzeit. Alles weitere wird Ihnen vor Ort mitgeteilt werden. Haben Sie noch irgendwelche Fragen oder Wünsche?", die Funktionärin schaut uns abwechselnd an. Melek schüttelt den Kopf, ich tue dasselbe. Mit einer kurzen Handbewegung bedeutet sie uns aufzustehen und winkt die CPs mit. Zu meinem Unbehagen geht der Dunkelhaarige direkt hinter mir. Seine Anwesenheit beunruhigt mich mehr als alles andere. Ich halte meine Augen auf Meleks Rücken gerichtet und studiere seinen kräftigen Körperbau. Er strahlt Sicherheit aus, sein eiserner Blick, der muskulöse Bau, die Stille, die von ihm ausgeht. Ich gehe so eng wie möglich hinter ihm. Neben mir durch das Fenster sehe ich in der Ferne die vielen Arbeitskuppeln, sie reihen sich nebeneinander, eine nach der anderen, wie kleine Hügel, nur in Glas. Auch das gigantische Forschungszentrum kann ich von hier aus erkennen. Ob mein Vater wohl bereits wieder dorthin zurückgekehrt ist?

Trotz allem greife ich meinen Gedanken wieder auf, der mir vorhin durch den Kopf ging. Der Einbruch. Ich kann es nicht leugnen. Alles passt perfekt zusammen. Sein schneller Aufbruch nach unserem Gespräch, der Zivilist in der Zentrale, schlussendlich die Hinrichtung. Doch was sollten seine letzten Worte? Myosotis, die Blume? Bis jetzt habe ich mir keine Gedanken darüber gemacht, er war durcheinander, aufgewühlt und hatte Angst, es ist verständlich, dass er keinen richtigen, sinnvollen Satz mehr äußern konnte. Ich schiebe seine merkwürdigen Worte aus meinen Gedanken und konzentriere mich wieder auf das Warum seiner Hinrichtung. Er muss etwas getan haben, sonst wäre er nicht dort gelandet, aber eine Missachtung des Klimareglements? Wir haben oft miteinander über Zyklonia gesprochen, über die Natur und die Welt draußen, nie hat er irgendwelche

Andeutungen gemacht, dass er sich nicht an das Reglement hält oder sogar den Klimawandel und den nötigen Schutz verleugnet.

Mittwochnachmittags hat er herausgefunden, dass ich eine Zwillingsschwester habe, Mittwochabends erzählt meine Mutter vom Vorfall in der Zentrale, donnerstags sehe ich ihn den ganzen Tag lang nicht, freitags wird er hingerichtet. Ich seufze auf, angenommen er war es tatsächlich, wonach hat er genau gesucht? Wonach kann man überhaupt hier in der Zentrale suchen?

Wir sind beim Lift angekommen, mit einem leisen Surren öffnen sich die Türen und schließen sich wieder hinter uns. Die Stille, die sich über uns legt, wird nur hin und wieder gestört durch das Vibrieren oder Piepsen eines Endgerätes oder Terminals. Der Junge steht vor mir, vier weitere CPs sind außerdem mit uns im Lift, sowie unsere Funktionärin. Nein, hier stimmt etwas ganz und gar nicht. Man behandelt uns, als wären wir Kriminelle, die soeben eine Fabrik überfallen haben, um die eigene Essensration aufzustocken. Ich würde gerne nach draußen sehen, doch die CPs verdecken mir die Sicht. Sie alle tippen gelangweilt auf ihren Terminals herum. Links neben mir steht der mir bereits bekannte CP, auch er hält sein Terminal in der Hand. Vorsichtig werfe ich einen Blick hinüber und spähe auf das Display. Obwohl es sich ein wenig spiegelt, erkenne ich das Profil von Melek Neva. Oben rechts sehe ich sein Identitätsfoto, untenan listen sich die Informationen über ihn auf. Kurz stocke ich, habe ich mich versehen? Ich stelle mich ein wenig auf die Zehenspitzen, drehe meinen Kopf weiter nach links. Eine Hand bewegt sich vor meinem Gesicht und ich werde aus meinen Gedanken gerissen.

„Na, interessant?", flüstert jemand neben mir. Starr vor Angst wende ich meinen Blick langsam weiter nach links, von wo die Stimme herkam, und blicke in ein Paar eiskalte graue Augen. Ich beiße mir auf die Zunge, drehe meinen Kopf schnell wieder weg. Doch ich habe das Gefühl, ihn leise vor sich hin lachen zu hören, aber vielleicht bilde ich es mir nur ein, denn in meinen Ohren rauscht das Blut nur so. Trotzdem wage ich erneut einen Blick hinüber, denn die Idee, die sich in mir festgesetzt hat, beginnt erst, sich auszubreiten. Jetzt erkenne ich es besser, er ist tatsächlich gekennzeichnet als Waisenkind. Gleich unter dem Bild steht die Information, wie auch bei mir. Er muss Pech gehabt haben und ins Waisenhaus gekommen sein, er wurde nicht wie ich adoptiert. Da, als ich diesen Gedanken vollendet habe, ergibt es plötzlich Sinn. Es beginnt sich zusammenzufügen, wie ein vollendetes Puzzle. Ich schüttle den Kopf. Blöder, ungeschickter Domanski, weshalb hat er das für mich nur getan? Nach und nach werden mir die Konsequenzen bewusst, die Folgen. Ich verstehe.

Ich konzentriere mich auf den grünen Overall vor mir. Ich spüre die grauen Augen vom CP neben mir auf mir, versuche aber gelassen zu wirken. Obwohl ich hier in dieser Situation dank Domanski stecke, überfällt mich eine Welle der Zuneigung und des Mitleides für ihn. Er wollte mir helfen, er wollte für mich meinen Zwilling finden, doch nun das …

Melek Neva. Hat er den Nachnamen gewechselt oder ich? Wahrscheinlich bekamen wir beide neue Nachnamen, aber weshalb haben sie uns getrennt und uns die Erinnerung aneinander genommen? Ich ahne, dass ich erst ein Bruchstück kenne, dennoch, ich weiß nicht, ob ich überhaupt noch mehr erfahren möchte, denn wer weiß, was das für Folgen hat.

Mit einem leisen Klicken kommt der Lift unten zum Stehen und wir steigen aus. Unsere Funktionärin verabschiedet sich mit einem Nicken von uns, ohne ein weiteres Wort zu verlieren.

Als Domanski mir vom Zwilling erzählte, war es für mich keine Frage, dass es eine Schwester ist. Melek Neva passt nicht ins Bild, aber es besteht kein Zweifel, inzwischen bin ich mir fast sicher, dass Domanski in der Zentrale nach der Identität meines Zwillings geforscht hat. Er wurde erwischt, verdächtig sind natürlich auch die Personen, nach denen er gesucht hat. Melek und ich. Eine Beförderung, eine Chance, ein neues Leben zu beginnen, etwas zu erreichen, neue Leute kennenzulernen. Beinahe muss ich auflachen bei diesen naiven Gedanken. Die Erkenntnis, dass das hier mehr als nur eine harmlose Beförderung ist, wie ich schon fürchtete, lässt mich unerklärlicherweise kalt. Vielleicht, weil ich es unbewusst schon gespürt habe und jetzt froh bin, Gewissheit zu haben. Vielleicht, weil ich dieses Leben nicht mehr lange so hätte weiterleben können. Oder vielleicht auch, weil die Tatsache, meinen Bruder, tatsächlich meinen Zwilling, gefunden zu haben, überwiegt.

Wir ähneln uns äußerlich überhaupt nicht, doch dies ist mitunter den Umständen zu verdanken, dass wir so unterschiedlich aufgewachsen sind. Auch die Augenfarbe ist nicht im Geringsten ähnlich. Seine sind ein feines Grau, das einen leichten Blaustich hat. Ganz anders, viel ruhiger, als jene aggressiv wirkenden grauen Augen des CPs, die einen aufzuspießen drohen, sobald er seinen Blick auf einen richtet.

Wir scheinen es eilig zu haben, wir hetzen an der Treppe vorbei, hinaus aus der Tür, wo bereits ein Wagen auf uns wartet. Dieser ist größer, hat zwei Reihen und die Scheiben sind abgedunkelt. Mit einem kurzen Blick zu Melek sehe ich, dass er noch immer dieselbe Miene aufgesetzt hat, wie zu Beginn. Spürt er, dass etwas nicht stimmt? Wenn ja, lässt er es sich nicht im Geringsten anmerken. Seine Maske sitzt perfekt, wie ein geschlossenes Buch, keine Seite lässt er mich betrachten. Ich wünschte, ich könnte auch nur ein noch so kleines Anzeichen erkennen, aus dem ich schließen könnte, dass auch er das nicht einfach so über sich ergehen lässt, dass auch er sich der heiklen Lage bewusst ist. Eine Hand legt sich auf meinen Rücken und schiebt mich nach vorne, auf die offen stehende Autotür zu. Noch einmal atme ich tief die frische Luft ein, dann ducke ich mich und steige ein.

„Wohin werden wir gebracht?" Zum ersten Mal spricht Melek. Seine Stimme ist tief und hat einen melodischen Klang, lässt aber keine Emotionen erkennen.

„Nach Eskania. An die südliche Grenze von Zyklonia", antwortet einer der CPs kurz angebunden.

„Automatische Abfahrt in zehn Sekunden. Destination Eskania", ertönt denn auch schon die automatische Ansage.

Die Stille, die uns fast während der ganzen Fahrt umhüllt, erdrückt mich beinahe. Kein Wort wird gesprochen, keine Anweisungen werden erteilt, keine Telefonate werden geführt. Nur Stille. Auf eine Weise realisiere ich vielleicht nicht richtig, was gerade alles am Passieren ist. Mein Kopf scheint die vielen neuen

Eindrücke nicht schnell genug aufzunehmen, sodass ich noch nicht mit den Auswirkungen zu kämpfen habe. Ich bin erstaunlich ruhig für den Umstand, dass ich gerade mit meinem Bruder und vier CPs in einem Elektroauto an einen Ort fahre, von dem ich nicht weiß, was mich erwartet. Aber ich darf mir nicht weiter Gedanken darüber machen, ich bin froh und so schnell soll sich mein Zustand nicht ändern, denn ich weiß nicht, was ich ansonsten anstellen werde, wenn ich beginne, alles vollständig zu begreifen. Ich denke zurück an meine Mutter, an meinen Vater, an den Abschied. Wie lange her es mir schon vorkommt, obwohl nur einige wenige Stunden seither vergangen sind.

Als das Auto zum Stehen kommt, der Gurt sich löst und die Türen aufgehen, bleibe ich einen Moment lang sitzen, die Augen geschlossen gehalten. Dann spüre ich, wie jemand meinen Arm packt und mich aus dem Auto zieht.

„Los, ihr beiden, ihr werdet erwartet." Vielleicht ist es die Tatsache, dass ich plötzlich geduzt werde, vielleicht die Stimme, die nicht mehr denselben unbeteiligt seriösen Ton hat, oder es ist der amüsierte Ausdruck auf dem Gesicht des dunkelhaarigen CPs. Auf jeden Fall wird mir plötzlich mulmig zumute. Draußen lässt er meinen Arm wieder los und als ich sein Handgelenk betrachte, bin ich nicht überrascht, die zwei Striche zu sehen, obwohl ich noch immer nach deren Bedeutung suche.

Das Auto steht auf einer breiten Straße, einige Meter entfernt führt ein schmaler Weg zu einer Arbeitskuppel und gleich dahinter befindet sich die Zyklonia eingrenzende Glaswand. Weiter weg, in der anderen Richtung, sehe ich weitere Arbeitskuppeln und ein Stück des Flusses, ansonsten säumen mehrere Bäume den Straßenrand und Grünflächen erstrecken sich über den restlichen Platz. Die Straße ist noch immer nass vom morgendlichen Regen und das Gras glänzt von den einzelnen Tröpfchen, die noch an den Grashalmen hängen. Unschlüssig stelle ich mich neben Melek, der mich beinahe um einen ganzen Kopf überragt. Gerne würde ich mit ihm sprechen, ihm von uns erzählen, doch die CPs, die bei uns stehen, halten mich davon ab. Doch auch wenn sie weg gewesen wären, weiß ich nicht, ob ich den Mut aufgebracht hätte, ihn anzusprechen. Er wirkt abweisend und hat mich noch nie wirklich angeschaut, während ich mir ständig Gedanken über ihn mache. Ein paar Meter vor mir steht wieder derselbe CP, der mich aus dem Auto geholt hat. Er hält sein Endgerät an den Mund und scheint mit jemandem zu kommunizieren.

„Noch nicht, nein. Ja, Sir, wir sind hier, wir warten", er blickt genervt auf sein Gerät. Was der andere am Ende ihm daraufhin antwortet, verstehe ich nicht, da der Wind zu stark ist und die Stimmen fortträgt. Geradeaus blickend nickt er einige Male, verabschiedet sich und lässt sein Handgelenk sinken.

„Zajac, wir haben nicht mehr viel Zeit, die beiden hier", er deutet mit einem Kopfnicken auf Melek und mich, „müssen wir möglichst bald abliefern." Der CP neben mir, der gesprochen hat, schaut seinen Kollegen, der demnach Zajac genannt wird, dringlich an. Zajac wirft uns einen Blick zu, grinst kurz und nickt dann dem anderen zu. Seine anfangs sorgfältig zurückgekämmten Haare hängen ihm ins Gesicht und verdecken ihm die Sicht. Wieder erinnere ich mich, wie er mit gezückter Pistole in der Menge stand, ein selbstgefälliges Grinsen auf seinem Gesicht. Nein, mit ihm möchte ich mich nicht anlegen, wer weiß, wozu dieser Typ fähig ist. Obwohl er nur etwa fünf bis zehn Jahre älter sein kann als ich, traue ich ihm alles zu. Ich hoffe inständig, er bleibt hier zurück und begleitet uns nicht noch weiter. Auch wenn ich es ungern zugebe, macht mir seine Unberechenbarkeit Angst. Mehr Angst als die Tatsache, in Begleitung von vier CPs an einem abgelegenen Ort zu stehen.

Mit einer schnellen Handbewegung streicht er sich das dunkle Haar wieder zurück, geht zum Auto und lehnt sich mit dem Rücken daran an. Keineswegs scheint er beunruhigt oder besorgt, während die anderen sich nervös umsehen. Der Wind streicht mir übers Gesicht und lässt mich frieren. Ich ziehe die Jacke enger um mich. Melek neben mir steht steif da, immer noch mit hochgekrempelten Ärmeln, ohne dass eine Gänsehaut seine Arme überzieht. Die Hände hat er in den Hosentaschen vergraben. Wohl scheint er sich nicht zu fühlen. Immer wieder zieht er sie wieder hinaus, knackst seine Finger, einen nach dem anderen, dann steckt er seine Hände wieder zurück in die Taschen. Als Zajac unsere Unruhe bemerkt, kommt er wieder zu uns hinüber.

„Keine Sorge, es dauert nur noch einige Minuten, wir warten auf einen eurer Vorgesetzten, der euch anscheinend noch ein wenig warten lassen möchte." Er lächelt, doch es ist keineswegs ein nettes Lächeln, das sich auf seinen Lippen abzeichnet.

Einige Minuten höre ich ein Zischen und die Eingangstür zur Kuppel öffnet sich. Ein Mann tritt hinaus und kommt auf uns zu. Zajac, der sich wieder an den Wagen gelehnt hatte, richtet sich schnell auf und stellt sich zu den anderen CPs. Interessant, eine solch hohe Position kann er also doch nicht haben, denke ich erleichtert, und, zugegeben, ein wenig schadenfroh.

Der Mann, wie es sich herausstellt, ist zuständig für die Arbeitskuppel, welche gleich neben der Straße liegt und vor der wir seit geraumer Zeit warten. Wir folgen dem Funktionär den schmalen Weg dorthin, hinter uns noch immer unsere Begleiter. Ich höre, wie Melek hinter mir seine Finger wieder zu knacksen beginnt. Ein Finger, zwei, drei. Zehnmal knackst es. Gerne möchte ich mich zu ihm umdrehen, Halt suchend seine Hand ergreifen, doch natürlich mache ich es nicht. Womöglich würden die CPs sonst nur Verdacht schöpfen, außer natürlich sie sind eingeweiht ins Geheimnis unserer Zwillingsschaft.

„11.53. Willkommen in Kuppel 31." Die Schiebetür der Arbeitskuppel öffnet sich, als der Mann in den Scanner blickt. Öffnen sich die Türen normalerweise nicht automatisch in den öffentlichen Arbeitskuppeln? Ich spüre, wie sich Nervosität wieder in meinem Magen zusammenbraut und ich zu schwitzen beginne, obwohl ich gerade zehn Minuten lang draußen in der Kälte gestanden bin und es hier drinnen ohne Heizung nicht viel wärmer ist.

Der Mann, welcher zu uns gestoßen ist, scheint sich gut auszukennen, es reiht sich eine Tür an die andere, links und rechts führen Treppen hinunter und verschiedene Gänge erstrecken sich in alle Richtungen. Die Türen sind nummeriert und tragen nicht wie sonst oft Namen der Arbeitnehmer. Es sieht nach einem Bürogebäude aus, doch was hier gearbeitet wird, kann ich nirgendwo erkennen. Für eine Arbeitskuppel ist es unglaublich still, denke ich, in Gedanken zurück beim Tag, als ich meinen Vater besuchen war in seiner Kuppel. Überall eilten Leute in Anzügen umher, Türen wurden geöffnet, geschlossen, es wurde diskutiert in den Gängen, alles war lebendig, aber hier … Es wirkt beinahe ausgestorben.

Die plausibelste Erklärung ist, dass Melek und ich hier eine Stelle bekommen, wobei diese Beförderung dann eher eine Degradierung wäre. Die Arbeit muss relativ unbeliebt sein, sonst würden uns nicht so viele CPs begleiten, um aufzupassen, dass wir uns nicht plötzlich dazu entscheiden, umzudrehen und davonzulaufen. Isolation, das droht uns hier. Abschottung vor der Bevölkerung, falls wir irgendwelche aufständischen Aktivitäten machen wollten, so wie Professor Domanski. Melek haben sie auch gleich dazu geholt, wahrscheinlich weil sie Angst hatten, er wäre auch in diesem angeblichen Pakt, da Domanski nach ihm in der Zentrale gesucht hat, so wie nach mir. Doch weswegen fürchtet sich der Rat vor mir? Deshalb? Ich seufze auf, es wäre mir doch lieber, weiter in der Ungewissheit zu leben, wie vor einigen Wochen noch. Kein Domanski, kein Melek, keine Beförderung.

Wir nehmen eine der vielen Treppen hinunter, sie ist eng und erinnert mich an jene in unserer Wohneinheit. Doch sie führt nicht wie zuhause in ein helles Esszimmer, sondern endet in einem dunklen Gang, in welchem mit einigen Sekunden Verzögerung ein grelles, weißes Licht den Weg dahinter beleuchtet. Die Wände sind weiß und glatt und so nahe zusammenstehend, dass wir alle hintereinander gehen müssen. Die CPs hinter mir sind nicht mehr beunruhigt, wie sie es vor einigen Minuten noch waren, was mich wiederum nervöser werden lässt. Wie weit müssen wir bloß noch gehen und können sie uns nicht endlich sagen, wie unsere Arbeit aussehen wird? Sie glauben doch wohl nicht, dass wir ihnen die Geschichte mit der Beförderung noch abkaufen, oder halten sie uns etwa für so zurückgeblieben? Wir nähern uns dem Ende des trostlosen Ganges, wo vor uns eine Tür den Abschluss bildet. Glänzend grau, mit einem Bildschirm statt einer Türklinke. Der Mann beginnt mit schnellen Bewegungen auf dem Display zu tippen. Sein Gesicht wird gescannt, ein roter Streifen fährt über sein weißes Gesicht. Seine Pupillen sind geweitet, er beißt sich auf die Lippen. Hinter mir höre ich Melek schwer atmen und als ich mich nach ihm umdrehe, hängt sein Blick konzentriert an dem Bildschirm. Mir ist heiß hier drinnen, nicht nur weil meine Nervosität langsam, aber sicher ins Unerträgliche ansteigt, sondern weil wir zu siebt in diesen schmalen Gang gequetscht sind und der Mann noch immer nicht fertig ist. Ich ziehe meine Jacke aus, hänge sie mir über die Schulter und wische mir mit dem Ärmel übers Gesicht. In diesem Moment ertönt ein Surren, mehrmals klickt es, als würden sich in der Tür mehrere Schlösser lösen, dann öffnet sich die Tür einen Spaltbreit. Erst jetzt erkenne ich, wie massiv sie wirklich ist. Mindestens zwei Handbreiten dick. Eine Hand legt sich auf das Metall, drückt sie langsam auf. Melek zieht scharf die Luft ein. Plötzlich geht alles sehr schnell. Zwei Hände stoßen mich auf die Seite, so dass ich gegen die Wand pralle. Ein Schmerz durchfährt meinen Kopf. Ein lauter Schlag ertönt, nicht jedoch von meinem Zusammenprall, gefolgt von einem unterdrückten Aufschrei. Weitere Hände drücken mich gegen die Wand, um an mir vorbei zu gelangen. Jemand brüllt etwas durch den Gang, doch ich verstehe nichts. Dann packt mich jemand am Kragen und zieht mich weiter nach vorne. Mein Blick fällt auf einen bewusstlosen Mann, der neben der Tür am Boden liegt, ich kann meine Augen nicht von ihm abwenden. Grob werde ich weitergezogen, hinaus aus der Tür, die nun ganz offen steht. Ich blinzle. Durch den Zusammenprall mit der Wand bin ich noch immer etwas benommen, doch als ich meine Augen vollständig öffne, glaube ich kaum, was ich vor mir sehe.

Kapitel 9

Geblendet. Mit zusammengekniffenen Augen versuche ich mehr zu erkennen, doch mit einem Ruck drückt mich jemand an eine Wand. Mein Kopf pocht vor Schmerz, genauso wie mein Herz, das kaum nachzukommen scheint mit Pumpen. Adrenalin schießt durch meinen Körper, das Blut durch die Venen und Arterien. Die Luft riecht frisch und … da ist noch ein anderer Geruch, den ich nicht einordnen kann, doch ich glaube ihn zu kennen. Verbrannt? Hinter mir höre ich gepresste Atemstöße. Der CP, der mich hinausgezerrt hat, steht dicht hinter mir. Mit einem Ruck versuche ich mich umzudrehen, doch erneut schlägt mein Kopf gegen das Glas. Doch das Bild von eben hat sich in meinen Kopf eingebrannt, wie die Sonne sich auf die Netzhaut des Auges brennt, wenn man sie zu lange anschaut. Trockene, braune Erde, vereinzelte Gestrüppe, weiter weg einige Bäume, an denen vereinzelt Blätter hängen, die sich mit aller Kraft versuchen am Ast festzuhalten und nicht vom Wind fortgetragen zu werden. Hier draußen ist der Wind um einiges stärker als drinnen. Draußen, drinnen. Es ist wahr! In der Ferne ertönen Schreie, ich möchte mich erneut umdrehen, doch der CP steht noch immer hinter mir und presst seinen Arm gegen meinen Rücken, sodass ich keine Chance habe, mich auch nur mehr als ein paar Zentimeter zu bewegen. Wir sind tatsächlich draußen, ganz draußen! Oft habe ich davon geträumt, wie es sein würde, hinauszutreten. Doch in meinen Träumen waren es stets große Türen, die aufschwangen, wenn man auf sie zuging, und es durchströmte mich stets das Gefühl von Freiheit. Das einzige Gefühl, das nun von mir Besitz ergreift, ist Angst. Angst und Verzweiflung. Ich kann mir nicht vorstellen, was wir hier draußen zu suchen haben und es kann beim besten Willen nichts Gutes sein. Weshalb sonst wäre Melek beim Anblick der Außenwelt direkt davon gestürmt? Ich höre, wie sich uns wieder Schritte nähern. Nochmals versuche ich, mich loszureißen, doch es gelingt mir nicht.

„Halt still oder willst du deinem Freund hier etwa Konkurrenz machen?", zischt mir der CP ins Ohr. Mein Atem zittert und er muss es gehört haben, denn er schnaubt verächtlich. Sein Griff lockert sich und er umfasst meine Arme. Dann zieht er mich ruckartig von der Glaswand weg und dreht mich wieder um. Mit offenem Mund starre ich die karge Landschaft an. Verwüstet, vertrocknet und verwaist. Trotzdem fasziniert mich der Anblick so sehr, zieht mich so in den Bann, dass ich erst einige Sekunden später Melek und den Rest unserer Gruppe wieder wahrnehme, die auf uns zukommen. Als sie näher kommen, erkenne ich, dass Meleks dunkelgrüne Uniform schmutzig und an einer Stelle am Knie sogar aufgerissen ist. Seine Haare hängen ihm tief ins Gesicht, sein Kopf ist vornüber gebeugt. Neben ihm geht Zajac, eine Hand umfasst Meleks Oberarm, die andere seine Pistole. Es läuft mir kalt den Rücken hinunter, als ich sie erblicke. Sie werden uns doch nichts antun? Melek hat überreagiert, wir haben eine Arbeit hier draußen, die wir für den Rat erledigen müssen, rede ich mir ein, doch je näher Zajac mit seiner Waffe kommt, desto unsicherer werde ich. Zajac ist nicht größer als Melek, doch dafür ist er umso muskulöser gebaut. Als wäre er nicht schon genug einschüchternd, denke ich.

Als sie bei uns angekommen sind, versuche ich in Meleks Gesicht zu blicken, um zu sehen, wie er sich fühlt. In diesem Augenblick hebt er den Kopf und seine Augen treffen auf meine. Jetzt wird mir bewusst, weshalb er den Blickkontakt gemieden hat. Seine Augen sind das Einzige, das er nicht kontrollieren kann. Keine Maske kann er über sie streifen, um zu verbergen, was in ihm vorgeht. Ich sehe Wut in ihnen, Wut und Angst. Schweiß steht ihm auf der Stirn, er muss gerannt sein, doch mit drei CPs hinter ihm, alle bewaffnet und aufs Beste trainiert, ist er nicht weit gekommen. Erst als er seinen Blick wieder von mir abwendet, fällt mir auf, dass ich die ganze Zeit die Luft angehalten habe. Erleichtert atme ich wieder aus, fülle dann meine Lungen erneut mit der kühlen Luft.

„Sieh mal einer an", sagt Zajac und stupst Melek mit der Waffe in die Rippen, „deine kleine Freundin hier war um einiges intelligenter als du, nicht wahr?" Ich presse meine Lippen fest aufeinander, während er mich lächelnd ansieht. Als ich nichts darauf erwidere, wendet er sich den anderen zwei CPs hinter ihm zu.

„Kümmert euch um ihn, wir wollen schließlich nicht, dass er uns nochmals davonläuft." Er stößt Melek auf sie zu und steckt seine Pistole zu meiner Erleichterung aber wieder zurück in den Gürtel, als er auf mich zukommt.

„Was macht ihr mit uns?", stoße ich hervor. Ich weiß nicht, ob ich es wissen möchte, aber jetzt sollten sie kein Problem mehr haben, mit der Wahrheit herauszurücken.

„Was wir mit euch machen?", er sieht mich an wie ein kleines Kind, das soeben ein neues Spielzeug erhalten hat. „Lass mal sehen; ihr standet in Kontakt mit einem gewissen Professor, der gedacht hatte, er könne unbemerkt in die Zentrale eindringen und danach genauso unbemerkt wieder herausschleichen, ohne dass auch nur einer von uns etwas bemerken würde. Na ja, wenigstens bekam er einen schnellen Tod", er stößt ein kurzes raues Lachen aus. „Solche kleinen Rebellen sollten meiner Meinung nach anders behandelt werden. Wie auch immer, dein Freund und du, ihr seid in rebellische Aktivitäten verwickelt, was bedeutet", bewusst legt er eine Pause ein und mustert mich intensiv, „dass du deinem netten, ach so hilfsbereiten Professor folgen wirst. Tut mir leid, wir machen hier keine Ausnahmen", bedauernd zuckt er mit den Schultern. Die Erkenntnis trifft mich mit voller Kraft und fühlt sich an wie ein Schlag ins Gesicht. Die ganze Zeit habe ich nicht richtig erfassen können, was passiert, doch jetzt steht es mir klar und deutlich vor Augen. Es war noch nie eine Beförderung, auch keine Degradierung oder Umsiedlung, nein, es war von Anfang an eine Vernichtung. Ein Wegschaffen von möglichen Verbündeten. Domanski haben sie öffentlich hingerichtet, uns lassen sie unbemerkt verschwinden, unter dem Deckmantel einer Beförderung. Niemand wird sich fragen, wo ich abgeblieben bin. Niemand wird Verdacht schöpfen, niemand wird wegen meinem Tod trauern. Adrenalin schießt mir durch den Körper, nein, so einfach werde ich nicht gehen, ich werde mich nicht einfach fügen. Ich werde nicht als kleines, schüchternes Mädchen sterben, das noch nicht einmal versucht hat, zu entkommen. Der Überlebensinstinkt erwacht in mir. Ich werde kämpfen!

Ich entreiße meinen Arm aus dem lockeren Griff des CPs, ramme ihm den Ellbogen mit aller Kraft in den Magen und spüre, wie er sich krümmt und mich loslässt. Zajac will nach mir greifen, doch ich verpasse ihm einen Tritt ans Schienbein. Das Adrenalin rast in meinem Blut umher, verteilt sich im gesamten Körper, von Angst ist keine Spur mehr. Nur Wut, Wut, gebraut aus Angst und Verzweiflung. Ohne einen Blick zurück, renne ich los, ich kann es schaffen. In der Zeit, als andere mit Freunden unterwegs waren, war ich im Sportzentrum und habe meine Kondition trainiert, jetzt wird sich die ganze Anstrengung gelohnt haben.

Etwas Hartes trifft mich am Bein, ich stürze nach vorne und lande auf der staubigen Erde. Ich unterdrücke einen Schmerzensschrei, mit aller Kraft beiße ich mir auf die Lippen. Ich muss mich wieder hochrappeln, weiterlaufen, doch gerade als ich genug Kraft gesammelt habe, um mich mit meinen Händen hochzudrücken, presst mich etwas zurück auf den Boden. Was ich vorhin für einen Stein gehalten habe, über den ich stolperte, war Zajacs Fuß, der nun auf meinem Rücken zu liegen gekommen ist und mich am Aufstehen hindert. Ich höre, wie er in die Hocke geht, zufrieden stelle ich fest, dass er schwer atmet vom Rennen. Ein Surren ertönt und im nächsten Moment hat er meine Hände auf dem Rücken zusammengebunden. Er reißt mich an beiden Armen wieder hoch und führt mich zurück.

„Was soll das, freust du dich etwa nicht, hier draußen zu sein?" Seine Stimme ist gefährlich nah an meinem Ohr. Ich schnaube.

„Ist euch bewusst, dass ihr mehr Nutzen von uns habt, wenn ihr uns am Leben lässt?" Ich muss meine Taktik ändern. Davonlaufen muss ich ausschließen, ich muss verhandeln. Diese CPs sind nur auf ihren eigenen Vorteil aus, sie schlagen sich stets auf die Seite des größeren Eigennutzens, das heißt zum Höchstbieter. Wir müssen höher bieten als der Rat, nur dann sind Verhandlungen möglich.

„Nutzen? Von euch beiden? Ich denke nicht, meine Liebe."

„Der Rat, er spielt uns gegeneinander aus, nur die Bokowskis stehen auf der Gewinnerseite. Nicht wir, nicht ihr, nur sie. Außerdem", ich stocke kurz, „nein, das solltet ihr vielleicht besser nicht wissen", unterbreche ich mich selbst.

„Außerdem was?"

„Nichts, ich denke nicht, dass es von Vorteil wäre für mich, euch einzuweihen." Es ist gefährlich, aber da Gewalt nichts nützt, muss ich mich der Worte bedienen.

„Nun sag schon, oder soll ich dir gleich hier den Hals umdrehen, sodass dir deine Worte in ihm stecken bleiben?"

Seine Fingernägel bohren sich in meine Haut, es tut weh, aber ich versuche, mir nichts vom Schmerz anmerken zu lassen. Innerlich zähle ich bis fünfzehn. Seine Hände legen sich um meinen Hals, gerade als er erneut zum Sprechen ansetzen möchte, ergreife ich das Wort. Gespielt seufze ich laut auf.

„Domanski hat, wie soll ich das erklären …" Ich merke, wie Zajac hinter mir langsam die Geduld verliert, „er hat gesagt, sobald die Bokowskis dank eurer Hilfe, ohne sich selbst die Finger schmutzig zu machen, all ihre Feinde bewältigt haben, werden die CPs, die ihrer Meinung zu viel wissen, umgebracht." Ich mache eine Pause. Schon bald sind wir zurück bei Melek, ich muss mich beeilen. Als Zajac nichts darauf erwidert, merke ich, dass er angebissen hat. Schnell fahre ich fort. „Kein Risiko auf eine Verbreitung der heiklen Informationen, die die Regierung gefährden könnten. Die Bokowskis brauchen solche Machtspielchen, denn es liegt in der Hand der Bevölkerung, sie zu akzeptieren oder eben nicht, denn mit vereinten Kräften könnten sie sie stürzen. Ihr CPs, ihr seid mitten in diesen Machtspielchen gefangen. Und was passiert, wenn sie vorüber sind, wenn ihr in der Mitte steht, den Rücken ungedeckt, eurem Nutzen entzogen, und eure Rolle ausgespielt habt?" So viel habe ich schon lange nicht mehr gesprochen. Die Worte sind nur so aus meinem Mund gepurzelt, hoffend auf ein offenes Ohr bei Zajac. Ob er es mir abkauft? Ich kenne ihn kaum, kann ihn nicht wirklich einschätzen. Aber auch wenn er mir glaubt, besteht nur eine geringe Chance, dass sie uns am Leben lassen. Ich fixiere die braungrünen Pflanzen, die direkt vor uns auf dem dürren Boden wachsen, aber ich habe keine Zeit, sie zu betrachten. Mein Herz pumpt das Blut in Sekundenschnelle durch meinen Körper. Ich höre, wie es mir in den Ohren rauscht, doch ich muss das Geräusch ausblenden, denn ich fürchte, dass mich sonst die Angst wieder überfällt, die ich momentan so erfolgreich mit der Wut in Schach halte.

Ich spüre einen Stoß in meinen Rücken und im nächsten Moment liege ich auf dem Boden, den Kopf direkt neben den erbärmlichen Pflanzen. Genauso erbärmlich fühle ich mich. Dürr, zerbrechlich, in der großen weiten Welt ausgesetzt, dazu bestimmt, beim nächsten Windstoß auseinanderzufallen. Die einzelnen Stücke vom Wind weggeweht, ohne dass je jemand etwas von ihrem Verschwinden mitbekommt.

„Die Einzige, die hier ihre Machtspielchen treibt, bist du", wütend schaut Zajac von oben auf mich herab. Ich rapple mich wieder auf und schaue ihn mit hochgezogenen Augenbrauen an. Er ist impulsiv, seine Wut, die er als Vorwand für seine Gleichgültigkeit herhält, verrät ihn. Wie oft ich schon beobachtet habe, dass Leute ihre Emotionen nicht mehr unter Kontrolle haben, sobald sie unsicher werden.

„Ganz deine Entscheidung", sage ich grinsend, doch innerlich zieht sich mir der Magen zusammen. Jeder mögliche Ausweg wurde uns versperrt und mit meinen Worten kann ich höchstens im Dunkeln herumtappen, ohne wirklich etwas zu erreichen. Als Zajac mich wieder an sich reißt, eiskalt mustert und die Augen leicht zusammenkneift, sehe ich für einen Moment lang Misstrauen in ihnen. Doch es gilt nicht mir, sondern dem Rat. Ich wage kaum Luft zu holen, mein Knie pocht vom Schmerz durch den Aufprall und ich spüre, wie ein Rinnsal von Blut mein Bein entlang hinunterläuft, dennoch halte ich meinen Blick starr auf

Zajacs graue Augen gerichtet. Ich bemühe mich um einen ehrlichen und offenen Blick, nichts, was auf eine Lüge schließen lassen könnte. Doch Sekunden später sind Zajacs Augen wieder so emotionslos wie immer.

Auch Melek hat inzwischen die Hände auf dem Rücken und er wirft mir einen kurzen Blick zu, fast anerkennend. Beinahe muss ich ein Lächeln unterdrücken. Was ist nur mit mir los? Werde ich etwa verrückt vor Angst vor dem Tod oder weshalb bin ich so gelassen? Es wäre mir lieber, ich würde vor Angst zittern, als gar keine zu verspüren und sogar den Drang zu haben, zu lächeln. Ich bin geradezu gelassen, ein wenig wütend noch immer, aber auch dies hat sich gelegt. Habe ich mich selbst aufgegeben?

Wie es aussieht, haben sie nicht vor, uns direkt vor unserem Zuhause umzubringen. Wir machen uns auf den Weg Richtung Süden, immer weiter weg von Zyklonia. Ich werfe einen kurzen Blick zurück, erkenne erstmals, wie hoch unsere Kuppel überhaupt ist, wie abweisend sie von außen wirkt und wende mich dann endgültig ab.

Wir sind erst einige Schritte gegangen, als ich etwas Kühles an meinem Nacken spüre. Ich erstarre, unterbreche jedoch nicht meinen Gang und drehe mich nicht um. Ich starre auf Meleks Rücken, der vor mir zwischen zwei CPs geht.

„Keine weiteren Lügengeschichten. Keine weiteren Fluchtversuche. Ansonsten", er entsichert die Waffe, es klickt, „landet eine dieser schönen Kugeln in deinem Fuß, habe ich mich verständlich ausgedrückt?"

Ein Schauer durchläuft mich und ich spüre, wie sich meine Nackenhaare aufstellen. Sein warmer Atem streicht mir übers Gesicht und ich bekomme eine Gänsehaut.

„Wie erfreulich", murmle ich, nicht wissend, von wo der plötzliche Trotz kommt.

„Was war das?" Noch immer geht er dicht hinter mir.

„Geht klar", sage ich, dieses Mal eine Spur lauter.

„Das dachte ich mir." Endlich lässt er mich los. Die Stelle, wo der Pistolenlauf lag, fühlt sich heiß an. Ich widerstehe dem Drang, mich nach Zajac umzudrehen. Langsam beruhigt sich mein Herzschlag wieder. Bewusst atme ich tief aus, dann wieder ein, möglichst viel frische Luft in meine Lunge ziehend, ihre volle Kapazität ausschöpfend. Die Luft ist angenehm kühl, doch das Atmen verursacht ein Stechen in meinen Lungen, da ich Anstrengung in der Kälte nicht gewöhnt bin. Ich hätte erwartet, dass das Atmen hier draußen schwerer ist, dass man schneller atmen muss, da weniger Sauerstoff vorhanden ist, und dass die Lunge belegt wird und man zu husten beginnt wegen den vielen Dreckpartikeln in der Luft, doch bis jetzt fühlt sich alles gleich an wie in Zyklonia. Nur den verbrannten Geruch kann ich noch immer riechen.

In der Zwischenzeit tauchen immer häufiger vereinzelte Gesträuppe auf und einige dieser blätterlosen Bäume, die ich aus der Ferne schon gesehen habe. Ab und zu begegnen wir Überresten alter Häuser. Meistens sind es nur Steine, die herumliegen, manchmal steht noch eine Wand halbwegs. Die Landschaft ist hügliger, als ich erwartet habe, doch von Zyklonia aus konnte ich auch nie wirklich erkennen, wie die Oberfläche draußen aussieht.

Der Rest des Weges verläuft ruhig, aber dafür schleichen sich neue Gedanken in meinen Kopf. Meine Eltern. Was, wenn der Rat plötzlich entscheidet, dass auch sie zu gefährlich sind? Ich schüttle den Kopf, es ist zum Lachen, ich weiß noch nicht einmal, welche Information ich angeblich habe, die dem Rat gefährlich werden könnte. Wer war Domanski? Meine Eltern haben ihn noch nicht einmal gekannt, sie sollten nicht auch noch unter den Folgen seines Handelns leiden. Tränen treten mir in die Augen, ich mache mir Sorgen um sie. Das schlechte Gewissen plagt mich, doch ich weiß nicht, woher. Immer und immer wieder sage ich mir, dass ich nichts dafür kann, falls ihnen etwas passiert, während wir immer weiter durch die ausgetrocknete Landschaft gehen.

Mein Endgerät ist verstaubt und mehrere Kratzer ziehen sich über das Glas, dennoch erkenne ich, dass wir etwa eine halbe Stunde unterwegs sind. Betrachtet jemand gerade von der Zentrale aus, die Tracker beobachtend, sechs kleine Punkte, die sich immer weiter von Zyklonia entfernen? Nein, und wenn schon, dann sicherlich ein Komplize dieser ganzen Verschwörung. Gerade als wir über die Kuppe eines kleineren Hügels gestiegen sind, bleiben die beiden CPs mit Melek stehen. Sie drehen sich zu uns um und Zajac nickt ihnen zu.

„Destination erreicht", sagt er in fröhlichem Ton, die kühle Frauenstimme der automatisierten Ansage imitierend, als wären wir soeben an einer Picknickstelle angekommen. Er stößt mich weiter. Ich werde das Gefühl nicht los, dass die Aufgabe uns wegzuschaffen ihm Spaß bereitet. Genau die richtige Einstellung für einen CP, denke ich. Wir gehen den Hang hinunter, unten angekommen halten wir an. Hier ist der Wind schwächer, da der Hügel in unserem Rücken Windschutz bietet. Als ich spüre, wie einer der CPs sich an meinem Handgelenk zu schaffen macht, denke ich für einen kurzen Moment, dass sie uns freilassen, um uns hier draußen sterben zu lassen, doch die Hoffnung verschwindet sofort, als ich sehe, was er in den Händen hält. Mein Endgerät. Gegenüber von mir wurde Melek auch seines abgenommen.

„Diese werdet ihr nicht mehr brauchen", sagt einer von ihnen und ich erkenne, dass es jener war, der mich zu Beginn zurückgehalten hat. Sein hellbraunes Haar ist kurzgeschoren, die Augen sind klein, darüber hat er dichte dunkelbraune Augenbrauen, welche stark geschwungen sind und nicht zu den winzigen Augen passen. Er lässt die beiden Geräte fallen, holt seine Pistole aus dem Gürtel und schießt dreimal darauf. Drei laute Knalle, deren Schallwellen sich in alle Richtungen ausbreiten. Splitter wirbeln umher und Staub weht um uns herum. Die Schüsse haben mich wieder in die Wirklichkeit zurückgeholt, in jene, in der ich sterben soll. Zum ersten Mal, seit wir aus Zyklonia hinaus sind, ergreift mich Panik, regelrechte Panik. Solche, die alle anderen Gedanken aus dem Kopf löscht, die Glieder lähmt, einem Wahnsinn in den Kopf pflanzt und Schweiß und Übelkeit verursacht. Ich sacke zusammen, wäre auf den Boden geprallt, hätte mich nicht eine Hand festgehalten. Die Tränen verschleiern mir die Sicht, rollen mir über die Wangen und befeuchten die trockene Erde. Dunkelbraune, runde Punkte entstehen unter mir, nach einigen Sekunden verschwinden sie wieder. Vertrocknet in der Erde, als wären sie nie da gewesen. Mein Handgelenk brennt an der Stelle, wo das Endgerät lag, es fühlt sich komisch an, ohne es.

Es scheint, als wäre alle Kraft und aller Willen aus mir geströmt, hinfort getragen durch den Wind. Meine Hände schmerzen, mein Knie, mein Kopf.

Ein Schmerz durchzuckt mich, als ich auf die Knie gedrückt werde, direkt neben Melek. Hinter uns steht Zajac, der soeben eine Nachricht durch sein Endgerät gibt. Ich spüre seine kühle Hand an meinem Arm, dann höre ich ein Piepsen, kurz darauf lässt er meinen Arm los. Ich drehe meinen Kopf nach links zu Melek, gerade um zu sehen, wie auch über seinen Unterarm das Terminal gehalten wird, sein Bild erscheint, kurz aufblinkt und dann verschwindet. Gelöscht. Vernichtet aus dem System, als tot abgestempelt, als erledigt. Die Stimmen um mich herum vermischen sich, ich kann das Gemisch aus zusammengewürfelten Worten nicht verstehen. Es scheint, als würde mein Gehirn nichts mehr prozessieren, gar nichts mehr hineinlassen. Das Sprachzentrum, mein Wernicke Areal, ist geblockt.

Die Tränen auf meinen Wangen fühlen sich heiß an auf meiner unterkühlten Haut, ich suche Meleks Blick. Zu meinem Erstaunen dreht er sich nicht ab, als unsere Augen sich treffen. Er nickt mir zu, aufmunternd, doch ich sehe Schmerz in seinen Augen aufblitzen. Wie gerne hätte ich ihn besser kennengelernt, sein Vertrauen gewonnen, ihn von einer anderen Seite gesehen, nicht nur von der stillen und abweisenden. Ich wende mich von ihm ab, doch ich merke, wie er näher an mich heranrutscht, seine Hände berühren meine. Nur ganz sanft, wie eine Feder, die darüber streicht, doch es ist, als würde er einen Teil seiner Stärke auf mich übertragen. Ich hebe den Kopf, mache einen geraden Rücken und schaue die CPs geradewegs an.

Es hat keinen Sinn, erneut zu versuchen davonzukommen, alle vier CPs stehen mit gezückter Waffe um uns herum, jederzeit bereit, den Abzug zu drücken.

„Nun, das Formale ist erledigt, kommen wir zum Wesentlichen", sagt Zajac und baut sich vor uns auf, die Hände mit der Pistole hinter dem Rücken verschränkt. „Jemand muss zuerst gehen, Freiwillige?" Er geht vor uns in die Knie und starrt uns mit hochgezogenen Augenbrauen an. „Lassourdo", er zieht meinen Namen in die Länge. Erwartungsvoll blickt er mich an, beinahe provozierend. „Neva?", er blickt Melek in die Augen, „Niemand?" Bedauernd richtet er sich wieder auf.

„Jetzt tu es einfach, wir wissen beide, dass es vorbei ist, also tu es endlich", presst Melek hervor. Seine Stimme jagt mir eine Gänsehaut über den Körper. Ich möchte ihm beistehen, doch die Pistole in Zajacs Hand ist gefährlich nahe bei mir, ich bleibe still. Zajac grinst uns an, steht wieder auf und gibt den beiden CPs hinter uns ein Zeichen. Ich spüre den Lauf der Pistole am Hinterkopf und schließe die Augen. Melek hingegen ist noch nicht fertig.

„Die Drecksarbeit den anderen überlassen, was für ein Feigling", wirft er Zajac provozierend ein. Ich stöhne auf, er sollte besser ruhig sein. Schritte nähern sich wieder und ein dumpfer Ton, gefolgt von einem Stöhnen ertönt. Nun öffne ich doch wieder meine Augen. Melek ist nach hinten gefallen, an der Unterlippe blutend wird er wieder auf die Knie gehievt. Zajac muss ihm die Pistole in den Kiefer gerammt haben. Dennoch richtet noch immer nicht er die Waffe auf uns, sondern die beiden hinter uns. Ich presse meine Augen erneut fest zusammen, denn wenn Dunkelheit mich umgibt, kann ich mir vormachen, dass ich mir alles nur einbilde. Plötzlich ertönt ein Schuss, der Druck der Waffe an meinem Hinterkopf ist weg. Ist es vorbei? Ich reiße meine Augen auf, was zu meinem Erstaunen funktioniert. Hinter mir ist der CP auf den Boden gestürzt. Ich möchte mich umsehen, woher der Schuss gekommen ist, doch Melek reißt mich mit sich zu Boden.

„Unten bleiben", zischt er. Ich tue, was er sagt, über uns werden Schüsse abgefeuert. Ich schmecke Erde auf der Zunge. Der Staub, der umherwirbelt, lässt mich husten. Er ist überall und ich kann kaum meine Augen öffnen. Ich höre Schritte, die näher kommen, es wird durcheinandergeschrien. Auf einmal ist die Gegend nicht mehr still und ausgestorben. Überall höre ich Schreie, Rufe und Schüsse, doch ich presse meinen Kopf fest auf den Boden, neben mir spüre ich, wie Melek dasselbe tut. Plötzlich ist sein Körper neben dem meinen weg, ich höre ihn stöhnen und im nächsten Moment werde auch ich hochgezogen. Ich blicke meinem Helfer ins Gesicht und schaue in ein Paar eiskalte graue Augen. Blitzschnell dreht mich Zajac nach vorne und presst mir die Waffe an die Schläfe. Sein Atem geht schnell. Endlich sehe ich, von wem die Schüsse gekommen sein müssen. Vor uns stehen fünf Leute, vermummt, alle bewaffnet. Sie haben schwarze Tücher bis über die Nase und Mützen und Kappen tief ins Gesicht gezogen. Niemand rührt sich, nur der aufgewirbelte Staub senkt sich langsam, wie in Zeitlupe, wieder. Zwischen den Unbekannten steht Melek mit unbewegter Miene. Alle haben sie ihre Gewehre auf uns gerichtet, auf Zajac und mich. Langsam geht Zajac ein paar Schritte zurück, mich mit sich ziehend. Er presst mich an sich, als hinge sein Leben an mir, was es wahrscheinlich gerade auch tut. Der Geruch von Schweiß sticht mir in die Nase. Ich stolpere, doch sein fester Griff hindert mich am Umfallen. Als ich nach unten blicke, wird mir schlecht vor Angst. Augen starren mich an, geöffnet, auf etwas gerichtet, das ich nicht sehen kann. Das hellbraune Haar ist staubig, rechts auf seiner Brust breitet sich ein Blutfleck aus. Nur seine schön geschwungenen Augenbrauen scheinen noch immer perfekt. Ich zittere unkontrolliert, als ich um uns herum weitere Fremde sowie die zwei anderen CPs tot am Boden liegen sehe, überall haben sich rote Blutlachen gebildet.

„Lass sie los, dann werden wir dich gehen lassen", sagt einer der Vermummten und kommt einen Schritt näher. Doch seine Stimme straft ihn Lügen. Wollen sie uns gerade helfen oder werden wir nur von der einen Hölle in die nächste gebracht? Wie auch immer, so wie es aussieht, ist Zajac gefährlicher für mich und die Fremden haben seine Kollegen getötet, ich muss von ihm loskommen. Hinter mir stößt Zajac ein verächtliches Schnauben aus.

„Wisst ihr was, ich behalte sie lieber." Die Worte sind lässig, doch ich kann die Anspannung in seiner Stimme hören, so nahe wie sie an meinem Ohr ist. Ohne lange zu überlegen, hole ich mit meinem Fuß aus und ramme ihn ihm erneut in dasselbe

Schienbein wie vorhin. Er unterdrückt einen Schmerzensschrei. Ich winde mich in seinen Armen, versuche loszukommen, doch noch immer sind meine Hände gefesselt, das Metall hält stand, und gegen seine Kraft habe ich keine Chance.

„Lass das", zischt er mir ins Ohr, „ich kann dir noch immer in den Fuß schießen." Er geht mit mir vorsichtig weitere Schritte zurück, ohne die Fremden aus den Augen zu lassen. Sobald er sich sicher ist, dass er davonkommt, wird er mich loslassen. Er ist zu sehr darauf fixiert, seine eigene Haut zu retten, dafür wird er, ohne ein zweites Mal darüber nachzudenken, seinen Auftrag unfertig zurücklassen. Jedenfalls hoffe ich, dass ich ihn damit richtig einschätze.

Wir sind wieder oben auf dem Hügel angekommen.

„Ich werde sie nicht loslassen, wenn ihr dort alle schön aufgereiht steht, bereit mich abzuknallen, sobald ich sie freigebe", ruft Zajac den Vermummten zu. Noch immer hält er das Metall an meine Schläfe gepresst, doch ich merke, wie seine Hand leicht zittert. Einen Moment lang denke ich, dass er mich, selbst wenn er es wollte, nicht erschießen könnte. Vorhin seine Kollegen, die uns erschossen hätten, jetzt sein Zittern. Aber wahrscheinlich bilde ich es mir auch nur ein und möchte mich damit unbewusst beruhigen. Schweiß sammelt sich auf meiner Stirn, da alle meine Muskeln angespannt sind. Ängstlich sehe ich, wie unsere Retter, wenn sie es denn sind, rückwärts gehen.

„Weiter, weiter", ruft Zajac hinter mir ungeduldig.

„Es reicht, sie sind weit genug weg." Es gelingt mir nicht, die Nervosität zu überspielen. Doch Zajac beachtet mich ohnehin nicht.

„Legt eure Waffen auf den Boden und dann geht ihr schön weiter zurück." Hier oben ist der Wind wieder stärker und wirbelt mir die Haare umher. Der Pferdeschwanz von heute Morgen ist nicht mehr wirklich vorhanden, die Hälfte der Haare hat sich daraus gelöst. Hinter mir flucht Zajac, meine Haare fliegen auch ihm ins Gesicht. Kurz nimmt er die Pistole von meiner Schläfe, streicht mir mit der Hand grob die Haare hinter die Ohren, einen Moment später liegt die Waffe bereits wieder an meinem Kopf.

Ich sehe, wie unter uns die Vermummten diskutieren. Melek, noch immer mit den Händen auf dem Rücken, wird von einem der fünf festgehalten, doch er redet eindringlich auf sie ein. Was, wenn sie ohne mich gehen? Ich erschauere bei der Vorstellung, alleine mit Zajac zurückzubleiben. Schweiß läuft mir die Schläfen hinunter und vermischt sich mit meinen Tränen.

„Nicht weinen, meine Liebe. Solange diese Verräter ihre Waffen ablegen, findest du dich schon bald wieder in den Armen deines Bruders. Wenn nicht, naja", er gibt ein raues Lachen von sich.

Zu meiner Erleichterung sehe ich, wie endlich der Erste von ihnen seine Waffe fallen lässt. Die anderen tun es ihm nach. Einer nach dem anderen. Nur noch ein Letzter hält sein Gewehr fest in der Hand. Stur blickt er zwischen Melek und mir hin und her. Nun mach schon, denke ich. Nach einer sich unendlich lang anfühlenden Pause lässt auch er endlich seine Waffe fallen. Genauer ausgedrückt wirft er sie auf die Erde, mit einem dumpfen Ton prallt sie auf. Dann gehen sie noch weiter zurück. Zajac murmelt zustimmend etwas vor sich hin.

„Na endlich", flüstert mir Zajac ins Ohr, „bis bald, meine Liebe." Bevor ich weiß, was passiert, rammt er mir mit voller Wucht den Pistolenlauf gegen die Schläfe und stößt mich von sich. Unfähig, mich aufzufangen, falle ich den Hügel hinunter. Schüsse ertönen, jemand schreit auf, doch alles geht an mir vorbei, Dunkelheit umschließt mich.

Kapitel

Leises Klimpern, ein Trommeln von Fingern auf Metall. Ich spüre die Anwesenheit einer Person, obwohl ich meine Augen geschlossen halte. Was ist geschehen? Der Sturz, die Dunkelheit, das Pochen. Die Erinnerungen fließen wieder zurück in mein Bewusstsein. Sofort schießen mir alle möglichen Szenarien durch den Kopf, welche sich nach meinem Bewusstseinsverlust abgespielt haben könnten. Bin ich zurück in Zyklonia? Nein, unwahrscheinlich. Ich bin mir noch im Unklaren darüber, ob ich meine Augen öffnen soll. Will ich wirklich wissen, wo ich bin? Für einen Augenblick lang wünsche ich mir, meine Lider nie wieder heben zu müssen, das alles vergessen zu können. Ich höre Fingerknacksen. Melek, denke ich und öffne nach kurzem Zögern nun doch die Augen.

Der Raum, in welchem wir uns befinden, ist düster und die Luft ist stickig hier drinnen. Eine einzelne Glühbirne baumelt lose an einem Kabel von der Decke und gibt ein schwaches, flackerndes Licht ab. Gegenüber von mir in einer Ecke lehnt Melek, mit Sicherheitsabstand von der Tür. Auch ich sitze in einer Ecke, den Kopf habe ich gegen die Wand gelehnt. Als sich meine Augen der Düsterheit anpassen, erkenne ich, wie spärlich der Raum ausgestattet ist. Einige alt aussehende Röhren zieren die schwarz wirkende Steinmauer und ziehen sich über die Decke hinüber weiter bis auf die andere Seite des Zimmers. Ansonsten gibt es eine metallene Tür, die etwas rostig scheint und ein unförmiges Loch unter der Türklinke hat. Oben an der Wand, direkt unter der Decke, liegen zwei schmale, in die Länge gezogene

Fenster, die ein wenig Licht hineinlassen. Schmutz verunreinigt das Glas und überall scheint sich Staub niedergelassen zu haben, als wäre dieser Raum seit Ewigkeiten nicht mehr benutzt worden. Der Sicht aus dem Fenster nach zu urteilen, befinden wir uns unter der Erde.

„Melek", mein Hals fühlt sich rau an, als ich die Worte forme. Kaum mehr als ein Krächzen dringt hinaus. „Melek", wiederhole ich. Er wendet mir den Kopf zu, unter seinen Augen liegen tiefe Schatten und seine blonden Haare hängen ihm so tief ins Gesicht, dass ich mich wundere, dass er mich überhaupt noch sehen kann. Wir sitzen ein paar Meter auseinander, aber ich kann dennoch den erschöpften Ausdruck in seinen Augen erkennen. Die schwarzen Pupillen verdrängen das bläuliche Grau fast vollständig und lassen seine Augen bedrohlich wirken. Unwillkürlich ziehe ich meinen Kopf ein. Ohne meine Frage abzuwarten, beginnt Melek zu erzählen.

„Diese Leute haben uns hierher gebracht, wir sind unterirdisch, im Keller eines riesigen Gebäudes. Wie eine unserer Fabriken, einfach viel heruntergekommener und älter. Aber das sagt dir ohnehin nichts, weil du noch nie in den Slums gewesen bist." Ich höre den Spott aus seiner Stimme. „In dem Moment, als dieser Zajac dir eine verpasst und dich den Hang hinuntergestoßen hat, haben die anderen auf ihn geschossen, doch er war nicht so blöd, dir beim Herunterfallen zuzusehen. Er ist davongerannt und als die anderen über den Hügel gekommen sind, war er schon zu weit weg", fährt er fort in einer monotonen, beinahe gelangweilten Stimme, als wäre nicht ihm gerade dieser Schrecken widerfahren.

„Und … und was geschieht nun?"

„Wie, was geschieht nun? Eingesperrt sind wir, das geschieht. Wahrscheinlich holen auch sie demnächst die Pistolen heraus und knallen uns ab." In seinem genervten Ton schwingt Wut mit. Ich traue mich nicht, ihn weiter auszufragen, offensichtlich möchte er allein gelassen werden. Er mustert mich nochmals, wendet dann seinen Kopf ab und beginnt wieder, seine Finger einzeln zu knacksen. Mit einem Ruck möchte ich mich aufrichten, doch sofort kehrt der Schmerz zurück. Meine Beine zittern, als ich vorsichtig aufstehe, und mit einer Hand stütze ich mich an der kühlen Wand ab. Kurz vernebelt sich meine Sicht, doch nach einigen Sekunden habe ich mich wieder gefasst. In drei großen Schritten bin ich bei der Tür angelangt und lege meine Hand um die Klinke. Aus Gewohnheit sucht mein Blick den Scanner neben der Tür, doch da ist weder ein Bildschirm neben der Tür noch ein Endgerät an meinem Handgelenk. Schmerzvoll denke ich an die Schüsse auf unsere Geräte zurück. Vielleicht werde ich mein zerstörtes ersetzt bekommen, wenn ich nach Zyklonia zurückkehre. Ich werde sagen müssen, dass ich meines verloren habe, denn wie sonst könnte ich den Funktionären das Geschehene erklären? Ein Missverständnis ist es, dennoch ist es wahrscheinlich nicht die beste Idee, in diesem Missverständnis herumzuwühlen, da ich ansonsten tatsächlich verdächtigt werde. Doch die dringendere Frage ist, wo wir hier sind und wie wir hier wieder wegkommen. Entschlossen drücke ich die Klinke hinunter, stoße, ziehe, doch die Tür lässt sich nicht öffnen. Hinter mir höre ich Melek aufseufzen. Ich rüttle noch einige Male daran, doch sie möchte nicht aufspringen. Schließlich drehe ich mich wieder zu Melek um und gehe auf ihn zu.

„Hab doch gesagt, sie ist verschlossen", sagt er, ohne mich anzusehen.

„Wir müssen hier weg, und zwar schnell. Zurück nach Zyklonia und möglichst ohne dem CP zu begegnen." Die Sätze sprudeln nur so aus mir hinaus und meine Verzweiflung zeigt sich deutlich.

„Zurück?" Melek lacht verächtlich auf. Nun wendet er mir doch seinen Blick zu. Natürlich zurück, was hat er denn gedacht? Hier ist etwas gewaltig schief gegangen und alles, was uns übrig bleibt, ist das Geschehene zuhause zu erklären. „Benita, das Letzte, was ich tun werde, ist zurückzugehen in dieses Drecksloch. Ist dir bewusst, dass die gleich wieder versuchen werden, uns abzuknallen, sobald wir einen Fuß nach Zyklonia setzen? Ich werde ihnen bestimmt nicht in die offenen Arme laufen. Was du tust, das ist dir überlassen, aber halt mich da raus, verstanden?!"

„Es war ein Missverständnis, wir haben doch beide nichts getan und Zyklonia ist bestimmt kein Drecksloch, wir tun alles, um unsere Natur wieder so zurückzubekommen, wie sie einmal war!" Meine Stimme wird lauter, seine sture Art macht mich wütend. Sieht er denn nicht ein, dass alles, was wir haben, in Zyklonia ist? Ohne Zyklonia sind wir nichts. „Und übrigens, es ist Nita", rufe ich laut, erstaunt über mein eigenes Selbstbewusstsein. Das liegt wahrscheinlich an den Nerven, denke ich.

„Also gut, Benita. Tu, was du für richtig hältst, aber im Moment gehst du sowieso nicht von hier fort, weil wir, wie du mittlerweile vielleicht bemerkt hast, hier festsitzen." Diesmal bin ich an der Reihe mit verächtlichem Schnauben. Das soll mein Zwillingsbruder sein? Im Moment fühle ich mich alles andere als mit ihm verbunden. Doch was, wenn es wirklich eine schlechte Idee ist zurückzukehren? Die Zwillingsgeschichte. Weshalb wurden wir getrennt? Es beängstigt mich, dass mein ganzes Leben, mein ganzes Sein, ja, mein Wesen von Zyklonia abhängt. Was, wenn ich wirklich nicht mehr zurückkehren werde, was soll ich dann bloß tun, was kann man überhaupt tun? All die Zeit habe ich mir gewünscht, in die Außenwelt zu gehen, doch nun bin ich hier und fühle mich so verloren und einsam, wie eine dieser übrig gebliebenen Landstücke im weiten Meer. Als ich mir vorgestellt habe, nach draußen zu gehen, hatte ich immer Zyklonia als Zuhause, ein Ort, an den ich jederzeit zurückkehren konnte, doch was, wenn mir das nun nicht mehr möglich ist? Das Bild meiner Eltern, Hände haltend, Tränen in den Augen, drängt sich in mein Bewusstsein. Sie sind mein Zuhause, mein Zuhause ist in Zielony und dorthin werde ich auch gehen, denke ich entschlossen. Doch für den Augenblick muss ich meine Eltern aus meinen Gedanken verdrängen, um herauszufinden, ob Melek das von uns beiden weiß.

Er ist gerade damit beschäftigt, mit seinen Nägeln etwas in den Boden zu ritzen, als ich mich vor ihn hinsetze. Vornübergebeugt sitzt er da. Als ich ihn betrachte, fällt mir plötzlich der dunkle Fleck an der Außenseite seines Unterschenkels auf. Der grüne Stoff seiner Uniform ist an der Stelle zerfetzt und ich weiß nicht, ob es nur meine Einbildung ist, aber es kommt mir vor, als würde der Fleck größer und größer werden. Ich möchte ihn schon danach fragen, als mir einfällt, dass es warten kann, zuerst muss ich ihn nach dem Dringenderen fragen.

„Ich nehme an, du weißt von uns beiden, da du sonst anscheinend auch alles zu wissen scheinst." Vielleicht hätte ich einen freundlicheren Ton anschlagen sollen, doch es war noch nie eine meiner Stärken, nach Auseinandersetzungen der Person direkt wieder verzeihen zu können und so zu tun, als wäre nichts geschehen.

„Von uns beiden, was soll das heißen?" Noch immer fährt er mit seinen Nägeln über den Steinboden, sichtlich desinteressiert.

„Wir, also du und ich, wir sind verwandt." Betont langsam forme ich die Sätze. Ich frage mich, ob er sich aus Absicht unwissend stellt, um mich zu nerven. Als er nicht antwortet, spreche ich weiter: „Du bist mein Bruder, Melek, und aus irgendeinem Grund hat uns der Rat getrennt und die Erinnerung aneinander genommen."

„Unsinn! Wer hat dir das eingetrichtert? Dieser Zajac?" Noch immer ist er mit dem Boden beschäftigt, weshalb ich ihn kurzerhand an der Schulter packe und nach hinten drücke, so dass er mir endlich in die Augen sehen muss.

„Zwillinge, um genau zu sein." Wütend macht er sich von mir los. Sichtlich unter Schmerzen steht er auf und lehnt sich ein wenig entfernt von mir an die Wand.

„Sag mal, Benita, wie kommst du auf solche abartigen Ideen? Dass die Bokowskis so manche Dinger drehen, ist mir schon klar, aber darin sehen sie stets ihren eigenen Vorteil, was bei deiner schönen Geschichte eindeutig nicht der Fall ist."

„Hast du noch nie gespürt, dass dir etwas fehlt, dass da jemand in deinem Leben sein müsste, der es aber nicht ist? Eine Sehnsucht, die du dir selbst nicht erklären konntest, sie deswegen wahrscheinlich verdrängt hast?" Mittlerweile bin auch ich aufgestanden und schaue ihn eindringlich an. In seinen Augen regt sich etwas, obwohl sein Gesichtsausdruck derselbe bleibt, wie aus Stein gemeißelt, unveränderlich. „Melek, sei ehrlich zu dir selbst. Bitte." Meine Stimme wird wieder ruhiger. Doch Melek hat seinen Entschluss gefasst, vielleicht war es die Verzweiflung, die in meiner Stimme mitgeklungen hat, die ihn wieder zurück zu seinem sturen Selbst gebracht hat, oder vielleicht will er sich die Wahrheit einfach noch nicht eingestehen. Aber wenn ich ehrlich bin, tönt das Ganze wirklich abgedreht, weshalb es nicht verwunderlich ist, dass Melek mir nicht auf Anhieb glaubt.

„Es ist ja süß von dir, dass du eine neue Beziehung suchst. Verwandte, da deine Eltern nicht mehr hier sind, aber Benita, ich bin nicht …"

„Nita", unterbreche ich ihn, die Verzweiflung ist der Wut gewichen.

„Ich bin nicht dein Bruder", sagt er energisch und stößt sich von der Wand ab. Aus seiner Miene spricht Gereiztheit.

„Domanski, mein Professor, er hat es herausgefunden. Dieser Mann, der am letzten Freitag hingerichtet wurde. Er ist in die Zentrale eingedrungen und hat es herausgefunden, weil der Rat dort noch alle Informationen abgespeichert hatte." Ich gehe hinter ihm her. „Melek", beharre ich nachdrücklich, „ich werde dich sicher nicht wieder verlassen, nachdem ich dich jetzt endlich gefunden habe." Meine Stimme versagt. Daraufhin sagt er nichts mehr, sondern lässt sich langsam der Wand entlang hinunter auf den Boden gleiten. Auch er muss die Traurigkeit in meiner Stimme gehört haben, die sich auf einmal hereingeschlichen hat. Er lässt seine Schultern hängen und als ich ihn zusammengesunken am Boden sehe, überkommt mich plötzlich das Gefühl, ihn in die Arme nehmen zu wollen, aber das geht nicht. Deswegen setze ich mich vorsichtig neben ihn an die Wand, allein mit meinen Gefühlen und Gedanken. Wir sollten uns nicht streiten, Uneinigkeiten untereinander helfen uns in dieser Situation nicht im Geringsten weiter, wir müssen zusammenstehen, wenn wir das hier hinter uns bringen wollen, was auch immer es sein wird. Im Moment haben wir nur uns, wir müssen zusammenhalten, ob Geschwister oder nicht.

Für lange Zeit ist es still zwischen uns beiden, ich frage mich, worüber er sich wohl gerade Gedanken macht. Ich schiele zu ihm hinüber, ein Bein hat er angezogen, das verletzte ausgestreckt, den Kopf auf die Hand gestützt.

„Was ist mit deinem Bein geschehen?", frage ich vorsichtig. Er hebt seinen Kopf und seufzt auf.

„Ein Schuss hat mich gestreift, ob von den Kontrollfreaks oder den anderen, weiß ich nicht, aber es geht schon." Wenn er nicht gerade wütend ist und stur auf seiner Meinung beharrt, klingt seine Stimme schön. Tief und rau, melodisch. Kontrollfreaks? Aus irgendeinem Grund muss ich bei diesem Wort lächeln. Recht hat er. Ich unterdrücke das Verlangen, meine Hand nach ihm auszustrecken. Doch zu meiner Verwunderung wendet er sich mir zu und sucht mein Gesicht mit seinem Blick ab. Mit zusammengekniffenen Augen fixiert er eine Stelle neben meinem rechten Auge. Vorsichtig streckt er seine Hand aus und fährt über die Schwellung. Ich zucke leicht zusammen, sofort zieht er seine Hand zurück.

„Sieht es schlimm aus?", frage ich ihn und senke peinlich berührt den Kopf.

„Es geht schon, könnte schlimmer sein, aber es wird sicher eine Weile dauern, bis es wieder geheilt ist. Er hat ganz schön hart zugeschlagen, du hast ziemlich schnell dein Bewusstsein verloren." Ich erinnere mich daran, wie Zajac mir die Waffe an die Schläfe presste, sein Atem über mein Gesicht streifte, seine laute Stimme, wie er den anderen Befehle zurief, die Angst davor, zurückgelassen zu werden. „Bis bald", das waren seine letzten Worte. Ich versuche, die Erinnerung an ihn zu verdrängen, aber es möchte mir nicht recht gelingen. Immer und immer wieder höre ich seine Stimme in meinem Kopf.

„Er wird zurückkommen, wenn der Rat es ihm befiehlt." Es ist keine Frage, es ist eine simple Feststellung. Melek nickt.

„Es wird den Bewohnern hier nicht passen. Eine von ihnen wollte dich opfern. Sie wollte den Freak nicht entkommen lassen, dafür war sie auch bereit, dein Leben zu riskieren, indem sie auf ihn schoss. Bestimmt hätte dich eine Kugel erwischt." Das wird jene gewesen sein, die die Waffe als Letzte fallen gelassen hat. Nur dass ich dachte, es sei ein Mann gewesen, wegen dem Bandana, welches das Gesicht verdeckte.

„Was meinst du, werden sie mit uns tun?"

„Wenn mehr von ihnen so eigennützig denken wie diese, dann stehen unsere Chancen nicht so gut. Wenn nicht, dann …" Er führt den Satz nicht zu Ende. Wir beide wissen nicht, was passieren wird.

Ein Klirren und gedämpfte Stimmen wecken mich. Neben mir springt Melek in einem Satz auf und streckt mir seine Hände hin, um mich hochzuziehen. Wir stellen uns mit dem Rücken an die gegenüberliegende Wand der Tür, als würden wir vor den näher kommenden Stimmen flüchten, was wir vielleicht auch tun. Als ich merke, wie nervös ich werde, presse ich meinen Rücken an die Wand, um das Zittern zu unterdrücken, das meinen Körper erfassen möchte. Melek neben mir steht ruhig da, die Hände in den Hosentaschen, aber sein Blick ist starr auf die Tür gerichtet, an welcher sich nun jemand von außen zu schaffen macht. Nun stecke auch ich meine Hände in die Hosentaschen, welche jedoch kaum Platz für meine Hände bieten. Meine Fingerknöchel sind knapp unter dem Stoff verborgen, meine Daumen lasse ich ohnehin aus der Tasche. Die Stimmen von draußen sind verstummt, auch das Klimpern hat aufgehört. Ich lausche. Neben mir steht Melek, kerzengerade, nun doch sichtlich angespannt, auch wenn sein Gesichtsausdruck derselbe ist und nichts von seiner inneren Anspannung verrät.

Die Tür quietscht ein wenig, als sie aufgedrückt wird. Ein schlanker Mann, ganz in Schwarz gekleidet, tritt ein, gefolgt von einer ebenso dunkel angezogenen Frau. In der Hand hält sie einen Metallgegenstand, den ich nicht identifizieren kann. Um was es sich dabei wohl handelt? Kaum größer als der Daumen, perfekt in die Handfläche passend.

„Kommt, ihr zwei, wir haben noch was vor." Der Mann winkt uns zu sich. Ich schätze ihn ein wenig jünger als meinen Vater, um die Mitte dreißig. Ich blicke kurz zu Melek, der mir zunickt, dann gehen wir in Richtung Tür. Gerade als wir vorne angekommen sind, legt sich eine Hand an meinen Arm.

„Einen Moment." Die Frau umfasst meinen Unterarm. „Seb, wir werden die beiden doch wohl nicht frei herumlaufen lassen", sagt sie mit einem Blick zu ihrem Begleiter. Ihre Stimme klingt fremdartig, sie hat einen Akzent, den ich noch nie zuvor gehört habe.

Ich merke, wie meine Muskeln sich anspannen. Ihre Hand ist zierlich, doch der Griff ist kräftig. Ihre schmalen, dünnen Hände haben die Farbe eines hellen Brauns, das sich auch über den Rest ihrer Haut zieht. Mein Blick wandert zu ihrem Gesicht, makellose Haut, hohe Wangenknochen und schwarze, geschwungene Augenbrauen, die sie gerade fragend in die Höhe zieht, wodurch sich an der Stirn Hautfalten bilden. Ohne die Antwort von Seb abzuwarten, zieht sie mit ihrer freien Hand einen weiteren metallenen Gegenstand aus ihrer Tasche des linken Oberschenkels. Einen Augenblick lang zögere ich, es erinnert mich an etwas, doch es will mir nicht einfallen, an was. Gleich darauf liefert sie mir die Antwort darauf. Kurzerhand dreht sie mich um und etwas legt sich um mein Handgelenk. Was in Zyklonia automatisch und über Technik funktioniert, läuft hier mit altmodischen Mitteln, die ich noch nie gesehen habe. Erinnerungen kommen hoch. Ohne auf weitere Anweisungen meines Verstandes zu warten, reiße ich reflexartig meinen Arm aus dem Griff der Frau, bevor sie meine Handgelenke aneinander binden kann. Doch als hätte sie mein Widerstreben schon erwartet, greift sie wieder nach meinem Arm, den sie jedoch nicht mehr zu fassen kriegt, da sich Melek schützend vor mich stellt.

„Was soll das?", faucht er. Mit seinem Blick fixiert er aber nicht die Frau, sondern Seb. Dieser ist schon bei der Frau und zieht sie von Melek weg, dessen Arm sie gepackt hat. Beschwörend redet er auf sie ein, doch so leise, dass wir ihn kaum verstehen können. In der Zwischenzeit betrachte ich die Handschellen, die noch an einem meiner Handgelenke hängen. Wie sie diese wohl verriegeln, denn wie es aussieht, scheinen sie kein Terminal mit sich herumzutragen, geschweige denn ein Endgerät. Melek und ich sprechen kein Wort, wir warten, bis die beiden fertig sind. Die Frau bombardiert mich mit feindseligen Blicken, nickt aber zu dem, was Seb sagt, wenn auch ein wenig unwillig, wie es mir scheint. Seb klopft ihr kumpelhaft auf die Schulter und kommt dann auf mich zu, um, mit einem ähnlichen metallenen Gegenstand wie die Frau zu Beginn in der Hand gehalten hatte, die Handschellen zu lösen. Neben mir nickt Melek zufrieden.

„Wir bringen euch vorerst einmal vor die anderen, dort wird entschieden, was mit euch passiert. Wenn ihr euch benehmt, stehen eure Chancen besser, ansonsten", er hebt die Handschellen hoch, „tut, was ich euch sage."

Sie nehmen uns in die Mitte und führen uns durch die Tür hinaus. Wir treten in einen großen Raum, an dessen gegenüberliegender Wand, die mehrere Meter weit weg liegt, weitere Türen aufgereiht sind. Der Anblick, der sich uns bietet, fesselt meine Augen. Über die Wände ziehen sich etliche Bilder, Wörter und Karikaturen in allen Farben. Fasziniert bleiben meine Augen an ihnen hängen. Einige scheinen schon älter zu sein, verblasst, die Farben nicht mehr gleich grell wie jene der benachbarten. Auch Melek scheint einen Moment lang irritiert durch das, was wir hier vor uns sehen. Sein Blick springt von einem Bild zum nächsten, möglichst viel auf einmal aufnehmend. Die Bilder versprühen Lebensfreude und Freiheit mit einer Spur Verwegenheit. Sie sind wild, ziehen sich über alle Wände, ungestüm, ein Totenkopf, einäugige Fantasiewesen, riesige Buchstaben, deren Wörter ich nicht erkennen kann, da sie überdeckt werden von neuen Zeichnungen. Great Again, steht direkt neben einer der Türen und weiter rechts steht in silbrig schwarzen Ballonbuchstaben BLM. Für was diese Abkürzung wohl steht? Ohne meine Augen von dieser abartigen Kunst zu lösen, immer noch alles in mich aufsaugend, folge ich der Gruppe. Von oben dringt Stimmengewirr zu uns hinab. Schwer einzuschätzen, aber es scheint mir, als wäre eine ordentliche Anzahl Leute über uns. Rechts nehmen wir eine schmale Stahltreppe hinauf, die an einigen Stellen rötlich aufschimmert durch den Rost, der nach und nach das Metall auffrisst. Jedenfalls nehme ich an, dass es sich um Stahl handeln muss, da unser Metall in Zyklonia deutlich anders aussieht und Stahl einer der früher meist gebrauchten Baustoffe war. Die Herstellung von Metall ist äußerst energieintensiv, Holz hingegen wächst wieder nach, doch diese Ressource steht uns in Zyklonia nur in geringen Mengen zur Verfügung, da der Rohstoff schon enorm erschöpft ist und eine Überbeanspruchung zu einer kompletten Ausrottung des Holzes geführt hätte. Da bleiben uns noch Beton, Zement und Glas übrig, was jedoch auch nicht viel umweltfreundlicher ist. Die chemischen und physikalischen Einzelheiten kenne ich nicht, aber ich weiß, dass es dem Rat gelungen ist, ein neues Metall herzustellen, dessen Produktion auf einen minimalen Energieverbrauch reduziert wurde. Durch ein neues, künstlich erzeugtes Element, welches eine chemische Reaktion mit weiteren künstlichen eingeht, wird der energieverschwenderische Prozess der Erhitzung des Erzes umgangen. Noch immer haben wir Metalle, wie zum Beispiel Titan, doch diese sind Ausnahmen, das meiste besteht aus dem neuen Powietium, das dunkelgrau ist und einen leichten Glanz aufweist. Diese Treppe aber ist nicht aus unserem Metall, allein schon wegen der Tatsache des Rostes. Aber die Konstruktion ist äußerst optimal, da so wenig Rohstoffe wie möglich verbraucht wurden. Die einzelnen Treppenstufen sind aus horizontalen und senkrechten Gitterteilen, sodass sich in der Mitte kleine leere Quadrate bilden. Es gibt kein Geländer und zwischen den einzelnen Stufen ist kein weiteres Metall, sodass ich hindurch nach unten blicken kann. Ein Löwenkopf, dessen Mähne trotz der Dunkelheit hier unten goldgelben strahlt, prangt an der Wand und verbirgt die abgenutze und zum Teil durchlöcherte Mauer dahinter.

Am Ende der Treppe angekommen sehe ich, dass es keine Tür gibt, stattdessen mündet die Treppe direkt in den nächsten Stock. Die Stimmen sind um einiges lauter geworden und ich höre dumpfe Schritte. Als ich in den nächsten Stock sehe, bin ich geschockt. Wer sind diese Leute? Ich hätte höchstens um die zwei Dutzend Leute erwartet, aber das hier sind deutlich mehr als das. Ich schätze die Zahl der Anwesenden auf gut hundert! Ich trete auf harten Beton, der an manchen Stellen Risse aufweist und schaue unsicher zu Melek. Gleich vor uns geht eine weitere Treppe nach oben. Der Raum ist unglaublich groß und hoch. Ich lege meinen Kopf in den Nacken. Durch einige verdreckte Scheiben dringt Licht hinein, neben diesen Fenstern ziehen sich

Röhren und Leitungen über die Decke. Noch immer stehen wir knapp oberhalb der Treppe, niemand scheint uns bemerkt zu haben. Auch an den Seitenwänden hat es einige schmale, aber hohe Fenster, sowie große Metallsäulen, die das Gebäude zu stützen scheinen. Die Halle ist etwa so groß wie unser ganzes Schulareal in Eskania.

Seb sieht sich kurz um, einen Moment lang fliegen seine Augen durch die Halle, dann findet sein Blick, was er sucht, und er hebt die Hand. Ich folge seinem Blick, er scheint nach oben zu sehen. Da sehe ich, mit wem er gerade kommuniziert. Auf halber Höhe der Halle, am Rand, gibt es einen offenen Gang, zu welchem die Treppe weiterführen muss, welche ich vorhin gesehen habe. Dort oben steht er, die Hände auf das Geländer abgestützt. Mit seiner dunklen Haut und der schwarzgrauen Kleidung steht er unscheinbar dort. Unauffällig. Sein Blick und die Haltung aber machen deutlich, dass er alles wachsam observiert, was unter ihm geschieht. Er hat schwarzes, kurzgeschorenes Haar, einen ebenso dunklen Bart und um den Hals hat er eines der Bandanas gewickelt. Kurz nickt er Seb neben mir zu, dann wendet er sich ab und geht den Gang nach hinten weiter.

„Kommt", sagt Seb mit lauter Stimme, um den Lärm um uns herum zu übertönen. Vier lange Tische aus abgenutztem Holz stehen in der Halle. Zwei links, zwei rechts, so dass sich in der Mitte ein Gang bildet, welchen wir gerade entlang gehen. Nach rechts und links blickend, versuche ich alles in Sekundenschnelle aufzunehmen, doch es ist unmöglich, all das Neue auf einmal zu verarbeiten … Vor mir geht Seb, direkt hinter mir Melek und am Schluss die Frau. Es sind rund zweihundert Leute, schätze ich, aber keineswegs nur Erwachsene. Mehrere Kinder sehe ich und sicher die Hälfte davon sind Jugendliche, kaum älter als ich. Wir drängen uns durch die Menschenmenge, kaum jemand bemerkt uns. Wir zwängen uns an allen vorbei. Die Luft ist stickig und es riecht nach etwas Unbekanntem. Qualm steigt hoch und bald darauf entdecke ich auch, woher. Viele der Leute halten eine Art Glimmstängel zwischen den Fingern, den sie sich in den Mund stecken und daran ziehen. Einige, die uns bemerken, mustern uns, manche interessiert, andere feindselig und abweisend. Wieder frage ich mich, wo wir hier sind und wer diese Leute sind.

„… weshalb sie diese zwei wohl hergebracht haben?" Ich schnappe einige Gesprächsfetzen auf. Weshalb sie uns mitgebracht haben, ja, das würde ich auch zu gerne wissen. Ich drehe meinen Kopf in Richtung der Stimme, um zu sehen, wer gesprochen hat. Ein Mädchen, vielleicht ein, zwei Jahre älter als ich. Helle Haaren mit einem Rotstich umrahmen ihr schmales Gesicht.

„Würde ich auch gerne wissen, sie werden ja wohl eine gute Begründung dafür haben. Denn wenn der Rat …" Mehr höre ich nicht mehr von dem, was der hochgewachsene Junge neben dem Mädchen sagt, da wir zu weit weg sind. Noch einmal schweift mein Blick über das Gesicht des Mädchens. Etwas Silbernes glänzt an ihrer Lippe. Ich versuche zu erkennen, was wohl mit ihrer Lippe geschehen ist, doch ich kann es nicht mehr erkennen.

Der Gang kommt mir unendlich lange vor und es wird nicht besser, als sich immer mehr Leute an die Tische zu setzen beginnen und der Lärmpegel zu sinken beginnt. Da sich mittlerweile viele gesetzt haben, sehe ich endlich, wohin wir geführt werden. Vorne steht, quer, ein fünfter Tisch. Davor steht der Mann von vorhin, die Hände gefaltet, die Augen auf uns gerichtet. Er scheint kaum älter als dreißig zu sein, aber alles deutet darauf hin, dass er hier das Sagen hat. Neben ihm steht eine etwas jüngere Frau, deren dunkelbraunes Haar ihr in dicken wirren Zöpfen über die Schulter hängt. Sie überragt den Mann neben ihr, strahlt aber dennoch nicht dieselbe Selbstsicherheit aus, wie er es tut. Ihre Hosen sind an den Knien aufgerissen, sodass ein Teil ihrer hellbraunen Haut entblößt wird. Haben sie hier keine neuen Kleider?

Als wir uns vor ihnen aufstellen, Seb und die Frau neben uns, spüre ich, dass ich zu zittern begonnen habe. Aus Gewohnheit blicke ich auf mein Handgelenk, finde dort aber nur einen hellen Ring, als Erinnerung an mein Endgerät. Beschämt senke ich meinen Kopf, starre auf den Boden und presse meine Nägel in die Handfläche. Es könnte schlimmer sein, denke ich. Wenigstens sieht der Mann vor uns um einiges gutwilliger aus als Zajac. Melek wirkt grimmig, die Hände in den Hosentaschen vergraben und die Augen zusammengekniffen. Egal was hier passieren wird, ich werde ihn überzeugen von meiner Theorie. Nein, nicht meiner Theorie, von der Wahrheit.

Ich schrecke zusammen, als ein lauter Knall ertönt. Hastig sehe ich nach vorne und erkenne sogleich, was geschehen ist. Mit in die Höhe gestrecktem Arm steht der Mann vorne, mit festem Griff umfasst seine Hand eine veraltet aussehende Pistole. Ist er wahnsinnig?! Mit kurzem Blick nach hinten vergewissere ich mich, dass keiner beunruhigt ist, ihre Gespräche aber sind versiegt. Verwundert drehe ich mich wieder nach vorne. Langsam senkt der Mann seinen Arm wieder und steckt die Waffe hinten in seinen Hosenbund. Es scheint mir, als würde er aus voller Absicht seinen Auftritt so theatralisch machen, nur um uns einzuschüchtern und vielleicht auch abzuschrecken. Doch die Tatsache, nicht zu wissen, wo und bei wem wir sind, verunsichert mich schon genug.

„Seit zehn Jahren sind wir hier. Das erste Mal ist unsere Sicherheit in Gefahr, die Ursache dafür steht direkt vor uns." Seine Sätze sind kurz und unschön formuliert, aber mit seiner tiefen, lauten Stimme spielt das keine Rolle, die Autorität, die er hineinpackt, macht die ungeschickten Worte wieder wett. „Wir haben schon viele Entscheide hinter uns, aber diese hier, diese ist verdammt viel wichtiger als alle anderen zusammen!" Die letzten Worte schreit er beinahe. Selbst die Letzten haben nun ihren Blick nach vorne gewandt. Ich versuche, die starrende Menge hinter mir auszublenden. „Ich bin ehrlich mit euch, ich habe noch keinen Blaze, was als Nächstes passieren wird. Wir können nur hoffen, dass es nicht allzu bald geschieht." Er legt eine kurze Pause ein und richtet dann seinen Blick auf Melek und mich. „Diese beiden haben wir einige Kilometer weiter im Norden aufgegriffen, anscheinend kurz davor, abgeschossen zu werden von ein paar Blacks." Er kommt einige Schritte auf uns zu, bevor er fortfährt: „Da wir nicht gleich primitiv wie der Rat sind, haben wir beide gerettet. Aber durch die Rettung entkam einer der Blacks." Neben mir schnaubt die Frau empört. Es dauert einen Moment, dann bricht Lärm aus. Leute rufen wild durcheinander, einige stehen sogar auf, andere schlagen mit der Faust auf den Tisch. Zajac ist entkommen, das weiß ich schon, aber ihre Reaktion wirkt unverhältnismäßig darauf. Selbst ich, die Zajac am liebsten tot gesehen hätte, habe nicht in diesem Ausmaß reagiert.

Melek beugt sich zu mir hinunter und flüstert mir zu: „Die Frau hier neben dir", er nickt zu ihr hinüber, „das ist die, die dich opfern wollte." Das erklärt einiges, denke ich und betrachte ihr aufgebrachtes Gesicht. Erneut knallt es, wieder erschrecke ich, doch dieses Mal zucke ich nur noch leicht zusammen.

„Was geschehen ist, ist geschehen. Es bringt nichts, wenn ihr herumschreit. Wir werden jetzt über die Flüchtigen entscheiden." Mit diesen Worten baut er sich vor Melek und mir auf. „Eure Namen, eure Geschichte", sagt er mit lauter Stimme. Unwillkürlich blicke ich auf den Boden. Melek hingegen denkt gar nicht erst daran, sich zurückzuhalten.

„Eure Herkunft, euer Aufenthaltsort", kontert Melek mit fester Stimme. Als ich aufblicke, sehe ich, wie er unerschrocken den Augenkontakt mit dem Mann hält.

„Nein, zuerst erzählst du", er tippt mit seiner Pistole auf Meleks Brust, „dann werden wir weitersehen." Melek erwidert nichts. Alle um uns herum sind still, kein Wort wird gesprochen. Als Meleks Gegenüber die Waffe noch immer auf ihn gerichtet hat, beginnt er endlich zu sprechen. Erleichtert atme ich die Luft aus, die ich unbewusst angehalten habe. Mit jeder Verweigerung stehen unsere Chancen schlechter, versteht er das denn nicht?

„Mein Name ist Melek, das hier", er zeigt mit seinem Daumen auf mich, „ist Nita. Wir wissen weder, weshalb die Freaks uns erschießen wollten, noch weshalb genau wir beide ausgewählt wurden. Wir kennen uns nicht. Sie wird ausgebildet, ich bin ein Arbeiter, also kein Plan, was das Ganze soll."

„Mit wem hattet ihr Kontakt in Zyklonia?", hakt der Dunkelhäutige nach.

„Wer seid ihr?", Melek gibt nicht nach, doch niemand antwortet ihm. Neben mir greift die Frau nach meinem Arm, Seb packt Melek. Hektisch schaue ich um mich, alle sind angespannt. „Mit niemandem. Alles, was ich getan habe, war, den ganzen

Tag lang arbeiten und abends schlafen", ruft Melek empört. Doch der Mann scheint nicht zufrieden mit der Antwort. Misstrauisch studiert er Melek.

„Emmanuel", erstmals spricht die Frau mit den abgedrehten Haaren, „was, wenn sie wirklich nichts wissen?" Emmanuel dreht sich zu ihr um und sieht sie einen Augenblick lang nachdenklich an, dann lässt er von Melek ab und geht einige Schritte zurück.

„Wenn das so ist, Melek, was wollte dann der Rat von dir? Siehst du, deine Geschichte ergibt keinen Sinn. Besser, du erzählst uns gleich, was Sache ist, oder wir müssen annehmen, dass du ein Spion bist und dich wieder ins Loch werfen." Er gibt Seb ein kurzes Zeichen, woraufhin dieser die Handschellen hervorholt und Meleks Arme auf den Rücken dreht.

„Melek ist kein Spion. So wie auch ich keiner bin!" Meine Stimme ist nicht annähernd so sicher wie Meleks, weshalb es umso mehr auf die Wörter ankommt. Ich weiß nicht, was mich dazu bewogen hat, den Mund zu öffnen, und gleich darauf bereue ich es auch schon, aber es ist schon zu spät. Emmanuel wendet sich mir zu. Mein Blick wandert zu Seb, der mitten in seiner Bewegung innegehalten hat. Ich weise mit meinem Finger auf Melek und blicke Emmanuel fest in die Augen. Kurz darauf lockert Seb seinen Griff und verstaut die Handschellen wieder in seiner Tasche.

„Wir sind hier durch ein Missverständnis. Wir haben weder bedeutende Informationen, noch haben wir etwas Reglementwidriges getan." Zitternd hole ich Luft. Der Griff um meinen Arm verstärkt sich.

„Stronzata", zischt mir die Frau ins Ohr. Ich sehe in Emmanuels Augen, dass er nicht überzeugt ist, aber was soll ich ihm schon sagen, wenn ich selbst nichts weiß? Das Einzige, was ich sagen könnte, ist die Geschichte mit Domanski, doch ich weiß nicht einmal selbst, was es damit auf sich hat. Zajac hat gesagt, wir seien in rebellische Aktivitäten verwickelt. Ich nehme an, dass der Rat es nicht mag, wenn man in seinen alten Dateien herumforscht, doch noch immer verstehe ich nicht, weshalb Melek und ich getrennt wurden.

Abwartend ruht Emmanuels Blick auf mir. Ich muss auf die einzige Karte setzen, die wir besitzen. Der Schmerz meiner Hände nimmt zu, als ich die Nägel noch tiefer in die Haut bohre.

„Ein Professor von mir ist in die Zentrale eingedrungen und hat dort nach Informationen gesucht, von der der Rat anscheinend nicht wollte, dass er sie findet. Melek und ich", kurz stocke ich, wissen sie von Zyklonia? „Die Zentrale, Zyklonia, also … die Kuppel …"

„Wir wissen schon", unterbricht mich Emmanuel harsch. Ich nicke nervös.

„Melek und ich, wir sind Zwillinge, das hat der Professor herausgefunden. Kurz darauf wurde er hingerichtet, wir wurden weggebracht und die CPs wollten uns umbringen. Aber wir beide wissen nicht, weshalb der Rat uns für gefährlich hält. Wir besitzen keinerlei Informationen, wir wissen von nichts, wir …", meine Stimme versagt und ich senke meinen Kopf. Ich zittere am ganzen Körper. Ich höre, wie Emmanuel näher kommt. Wahrscheinlich wird er uns gleich als Spione abstempeln und wir werden wieder hinunter in den Keller geworfen. Jedenfalls hoffe ich, dass dieses Zimmer das Loch ist, von welchem er gesprochen hat.

„Dieser Professor, wie war sein Name?"

„Domanski. Filip Domanski." Ich spreche so leise, dass ich erstaunt bin, dass er mich überhaupt versteht. Kurzerhand dreht er sich zur Frau mit den kaputten Hosen um.

„Lori, es war Alanders." Seine Stimme ist wieder genug laut, sodass alle in der Halle verstehen können, was er sagt, aber ich bezweifle, dass vorhin viele mitgekriegt haben, was ich gesagt habe. Noch einmal wiederholt Emmanuel den Namen, dieses Mal an die Menge gerichtet.

„Lass sie los, Alessandra." Mit befehlendem Ton schnauzt er die Frau an, die mich noch immer festhält. Widerwillig löst sie ihre Finger und stößt mich von sich. Melek schaut mich intensiv an, kommt einige Schritte näher und drückt dann kurz meine Schulter.

„Ist dir bewusst, in welch einer scheiß Situation wir stecken, Emmanuel!" Alessandra baut sich wütend vor ihrem Anführer auf. „Lass mich mal aufzählen; die Blacks wissen jetzt von unserer Existenz, weil wir zwei Kinder gerettet haben. Aber wie sich herausstellt, sind sie nichts anderes als Verräter. Es ist eine Falle, wir können ihnen nicht trauen, sie sind bereits manipuliert durch die Tyrants, sie wollen uns ausschalten. Alanders hat versagt, er ist aufgeflogen, alles ist aufgeflogen." Ihre hohe Stimme hallt durch das große Gebäude und klingt in allen Ohren nach. Ohne etwas darauf zu erwidern, dreht sich Emmanuel ab.

„Sei still jetzt, Alessa", faucht Lori. „Zitta!"

„Col cazzo", erwidert Alessandra daraufhin und bedenkt sie mit einem wütenden Blick. Was Alessandra danach sagt, geht in dem Stimmengewirr unter, das nun wieder einsetzt, doch ich ahne, dass ich die Worte ohnehin nicht verstanden hätte.

Nachdem wir einen Augenblick verloren herumstehen, kommt Lori zu uns und zieht uns mit sich weiter nach vorne. Alessandra hat sich inzwischen an den Rand verzogen und macht zu meiner Freude ein grimmiges Gesicht. Emmanuel hat sich mit dem Rücken zu uns vor die Menge gestellt und feuert erneut zwei Kugeln durch die Decke. Hört diese Schießerei denn nie auf?

„Wie ihr wisst, haben wir vor einiger Zeit Alanders nach Zyklonia geschickt. Seine Mission war klar und was wir hier vor uns haben", er deutet mit seinem Daumen über den Rücken auf uns, „ist das Endresultat. Er hat es nicht geschafft." Einige Ausrufe aus der Menge folgen. „Das bedeutet noch lange nicht, dass er dafür verantwortlich gemacht werden darf. Keiner trägt verdammt nochmal die Schuld daran, auch nicht diese beiden Kinder. Einzig die Tyrants, die scheiß Tyrants", ruft Emmanuel laut. Neben mir atmet Melek hörbar aus.

„Kinder", murmelt er genervt vor sich hin.

„Alanders hat ihnen nichts gesagt, aber er war verdächtig und somit auch Melek und Nita, weshalb die Blacks die Drecksarbeit dazu erledigen sollten. Wir tun uns keinen Gefallen, wenn wir den Flüchtigen nicht helfen. Der Schaden ist angerichtet, ein Loch, das wir nicht mehr flicken können." Emmanuel dreht sich zu uns um und bedeutet uns, zu ihm nach vorne zu kommen.

„Die Entscheidung liegt bei euch!", schreit er in die Menge, sodass ihn auch die Hintersten verstehen.

Noch immer sind wir im Ungewissen, aber ich nehme an, die Chancen stehen besser für uns, wenn wir hier akzeptiert werden. Ich blicke Emmanuel an, der mich nur um einige Zentimeter überragt. Auch wenn er für uns einsteht, wenn alle dagegen sind, wird er nichts für uns tun können, wie es aussieht. Er schürzt seine Lippen und schreit mehrmals in die aufgebrachte Menge, bis alle wieder still sind. Meine Hände sind schwitzig, schnell stecke ich sie in die Hosentaschen. Überfordert mit all dem Gehörten, versuche ich gar nicht erst zu ermitteln, was gerade passiert ist. Was jetzt zählt, ist, erst mal die Fremden von unserer Unschuld zu überzeugen.

„Gegen Nita und Melek!", schreit Emmanuel. Erschrocken zucke ich zusammen, als seine laute Stimme erneut ertönt. Ängstlich durchsuche ich die Menge nach den Befürwortern. Keiner hebt die Hand. Erleichtert atme ich aus, doch da sehe ich aus dem Augenwinkel einen Arm in die Höhe gehen. Alessandra. Ich presse meine Kiefer aufeinander. Langsam heben sich immer mehr Hände und bald schon sind es zu viele, als dass ich sie zählen könnte. Nervös nehme ich meine Hände wieder aus den Taschen und wische mir an den Hosen den Schweiß ab. Was heißt das für uns? Wenn wir als Spione abgestempelt werden, kann das keine guten Folgen haben. Verunsichert drehe ich mich zu Melek, der mir zuflüstert: „Wir müssen weg von hier, so schnell wie möglich, falls diese hier", er nickt zur Menge, „die Mehrheit haben." Ich nicke. Natürlich.

„Für Nita und Melek!", ruft Emmanuel. Es ist gelaufen, denke ich. Zu viele Hände waren vorhin oben, die Frage, die sich nun nur noch stellt, ist, was sie mit uns machen werden. Ich schließe meine Augen und hoffe darauf, dass Melek eine Idee hat, uns aus diesem Schlamassel zu holen, in welchen uns Domanski gebracht hat. Ohne ihn, da bin ich überzeugt, säße ich jetzt in der Schule in Eskania. Ohne Melek, ohne Natur, ohne umgeben zu sein von fremden, bewaffneten Leuten. Ich dachte, hier draußen wäre man frei, aber im Moment fühle ich mich weniger frei als ich mich jemals in Zyklonia mit den CPs gefühlt habe.

Ich höre einige Stimmen, zunehmend mehr. Plötzlich spüre ich warmen Atem an meinem Ohr.

„Nita", murmelt jemand, „vergiss den Fluchtplan für den Moment einmal, ja?" Sein Grinsen ist unüberhörbar und als ich meine Augen wieder öffne und zu Melek hinüberblicke, sind die Grübchen nicht zu übersehen. Meine Augen werden groß, als ich mehrere Dutzend Arme in der Luft sehe. Ich schenke Melek ein glückliches Lächeln. Mit einem Seitenblick auf Emmanuel sehe ich auch bei ihm ein zufriedenes Lächeln auf den Lippen. Er schaut uns an und nickt uns aufmunternd zu. Dann dreht er sich ab und geht davon, auch die Leute stehen auf und die Menge löst sich langsam auf. Automatisch sucht mein Blick Alessandra, die ich gerade noch am Ende der Halle erkennen kann, bevor sie die Treppe hochstürmt. Nur wir bleiben hier zurück, verloren und den Kopf voller unbeantworteter Fragen.

Einen Augenblick stehen wir so da, während sich die Gruppe langsam auflöst. Jetzt, da die unmittelbare Gefahr überwunden ist, kommen die Fragen und Ängste wieder zurück. Alanders, wen meinen sie bloß damit und woher kennen sie bloß Domanski?

„Nita, kommst du?" Loris Stimme reißt mich wieder zurück in die Gegenwart. Ich blicke über meine Schulter und sehe, wie Lori mit Melek bereits Richtung Treppe geht. Ich drehe mich ab und folge ihnen. Lori führt uns nicht zurück zu jener Treppe, von der wir hergekommen sind, sondern zu der auf der anderen Seite der Halle. Auch dort befindet sich in der Ecke eine identische Treppe, die in denselben Gang hoch führt. Schweigend steigen wir die Stufen nach oben. Ich lasse die laut rufenden Stimmen über mich hinweggleiten. Den Gang entlang eilen wir mit zielstrebigen Schritten an diversen Türen vorbei. Die Wände sind auch hier teils bedeckt mit Bildern und Schriftzügen. Während wir immer weiter hetzen, betrachte ich faszinierend das Gewimmel, die fehlende Ordnung, das Durcheinander. In Zyklonia sind alle stets mit schnellen Schritten unterwegs, irgendwohin eilend, ohne sich mit anderen zu unterhalten. Alle tragen ihre vorgeschriebenen Uniformen, sodass wir zusammen eine Einheit bilden und keiner auffällt. Hier hingegen fallen alle auf, ich weiß kaum, wohin mit meinen Augen. Beinahe wieder auf der anderen Seite angekommen, öffnet Lori eine der Türen und schiebt uns hinein.

„Ich sperre nicht zu, ihr könnt gehen, wohin ihr wollt, aber seid vorsichtig."

„Und ihr? Was tut ihr nun?", fragt Melek. Ohne sich von Meleks harschem Ton beeindrucken zu lassen, antwortet sie: „Wir werden besprechen, was zu tun ist. Wir, das heißt Emmanuel, einige wenige andere und ich." Melek nickt knapp. „Seid für den Abend zurück in der Mall fürs Essen. Alles klar?" Ich nicke und gehe einige Schritte tiefer ins Zimmer hinein. Die Tür fällt ins Schloss und die Stimmen von draußen dringen nur noch gedämpft durch. Der Raum ist um einiges gemütlicher als der von heute Morgen, auch wenn die Fenstergläser milchig sind, sodass wir zu meinem Bedauern von draußen nichts erkennen können. Ich lasse mich auf das schwarze Sofa fallen, Melek setzt sich in den Sessel daneben.

„Sie kennen diesen Domanski", ergreift Melek das Wort.

„Ja, aber weshalb bloß? Es ergibt noch immer keinen Sinn. Weshalb fühlen sie sich plötzlich nicht mehr bedroht durch uns? Nur wegen Domanski?"

„Hmm", macht Melek nur und damit ist unser Gespräch erst einmal zu Ende. Ich frage mich, ob ich erneut einen Versuch starten soll, ihn zu überzeugen von uns beiden, doch ich lasse es. Zu meiner Überraschung nimmt er einige Minuten später das Gespräch wieder auf.

„Alanders, damit meinen sie Domanski, das ist dir schon klar, oder?"

„Hmm", mache ich nur wie Melek zuvor. Vermutet habe ich es ja bereits. „Demnach war er einer von ihnen, konnte aber nicht erledigen, was sie ihm aufgetragen haben ..." Melek nickt zustimmend. „Wer sind diese Leute überhaupt?" Die Frage, die mir längst auf der Zunge brennt, platzt aus mir heraus. Melek antwortet mir nicht mehr, wahrscheinlich weil auch er noch keine schlüssige Antwort auf diese Frage hat. Ich dachte immer, hier draußen gäbe es nichts, keine Lebewesen, kein Überleben, aber offensichtlich lag ich falsch, denn diese Leute hier tun genau das. Die Frage ist nur, weshalb, denn offensichtlich wissen sie über Zyklonia Bescheid.

Noch immer sind wir keinen Schritt weiter. Ich weiß noch gar nicht, bei welcher Frage ich ansetzen soll, um die Antwort zu suchen. Sie drehen sich in meinem Kopf umher, umschwirren mich, ziehen ihre stählernen Fäden um meine Gedanken und formen daraus einen dicken Knäuel. Die Kopfschmerzen setzen wieder ein. Laut seufze ich auf und sinke tiefer ins Sofa. Ich halte meine Hand vors Gesicht und betrachte meinen Ring ... Da fallen mir die roten Abdrücke auf meinen Handflächen auf, welche von meinen Nägeln stammen, die ich vorhin hinein gepresst habe. Noch immer zittere ich ein wenig, doch die Angst hat abgenommen und die Nervosität ist an ihre Stelle getreten. Noch nie habe ich mich eingesetzt für jemanden, doch vorhin, als Emmanuels Drohung in der Luft hing und Seb Melek in seiner Gewalt hatte, da geschah etwas mit mir. Trotz all den Leuten hinter mir wollte ein Teil von mir Melek helfen, vielleicht ist die Bindung zu ihm doch stärker, als ich vorhin dachte. Ich schaue zu ihm hinüber. Sein Gesicht ist verschwitzt, sein Haar strähnig und er ist blass trotz der Bräune. Auch wenn er es nicht zugeben möchte, die Wunde an seinem Bein ist schlimm. Er blickt starr zur Tür, die Stimmen dahinter werden immer weniger. Ich schließe die Augen und versuche alles auszublenden. Das Sofa hinter mir ist weich und für einen Moment lang gelingt es mir, den Gedankenknäuel aufzuwickeln. Ich lasse die karge Landschaft zurück, das spärlich beleuchtete Zimmer, die vielen CPs, den Toten mit den offenen Augen, die starrenden Blicke der Menge, alles, was sich in den letzten paar Stunden aufgestaut hat und meinen Kopf schmerzen lässt. Doch kurz darauf drängen sich Bilder von meinem Zuhause in mein Bewusstsein. Meine Eltern, die wahrscheinlich glücklich beisammen sitzen, den Erfolg ihrer Tochter feiern und nur im Geheimen einige Tränen wegdrücken. Habe ich vorhin noch das regellose und wirre Sein dieser Menge bewundert, so vermisse ich jetzt die strikte Ordnung von Zyklonia. Alles an seinem Platz, man weiß stets, was tun und was nicht. Das Endgerät sagt einem, tu dies, tu das, ohne nachzudenken kann man sich seinem Alltag hingeben. Aber hier? Wie finde ich mich überhaupt zurecht? Noch nie zuvor ist mir aufgefallen, wie strukturiert mein Leben eigentlich war. Eine Weile lang starre ich noch vor mich hin, dann stehe ich auf und gehe auf und ab im Zimmer, doch die Hand lasse ich von der Türklinke. Die Angst vor dem Ungewissen hält mich davon ab. Manchmal dringen von weiter weg Stimmen zu uns und ich frage mich, ob die Fremden wohl vorhaben, uns aufzuklären.

Mehrere Stunden vergehen und das Licht, das durch das milchige Glas ins Zimmer dringt, wird immer schwächer. Trotz der Müdigkeit, die meine Glieder lähmt, bringe ich kein Auge zu. Die Zeit vergeht schleppend, wie immer, wenn man nichts zu tun hat, aber das war ich bei mir zuhause nicht gewohnt.

Meleks Augen sind hinter seinen Haarsträhnen versteckt, sodass ich nicht erkennen kann, was in ihm vorgeht oder ob er sie überhaupt geöffnet hat. Wie er so dasitzt, wage ich es nicht, ihn anzusprechen. Seine Ausstrahlung hat etwas Einschüchterndes, etwas Dominantes. Noch immer trägt er seinen Overall, die Ärmel hat er hochgezogen. Auch an seinem Handgelenk prangt eine weiße, runde Stelle, wo das Endgerät befestigt war. Grün ist seine Uniform und am Oberarm steht eine kleine, weiße Nummer geschrieben. Meine Schüchternheit tut meiner Neugier nicht gut, denn sonst wüsste ich schon lange, wo er arbeiten würde.

Eine Weile lang studiere ich noch Melek, versuche herauszufinden, was seiner natürlichen Autorität zu Grunde liegt, komme aber zu keinem Schluss. Ich sollte mir an ihm ein Beispiel nehmen. Zu fragen und zu sagen, was mir durch den Kopf geht und mich so zu verhalten, als wüsste ich es immer besser, keine andere Meinung zulassend, sodass andere vor mir den Kopf einziehen. Mit finster Dreinblicken wäre ein Anfang schon einmal gemacht, die Augenbrauen leicht zusammenziehen und die Augen zusammenkneifen. Keinen an einen heranlassen. Aber möchte ich wirklich eine solche Maske aufsetzen, mich in dieser

Art aufspielen und den anderen präsentieren? Ruhig sein, nichts von mir preisgeben und mit keinem sprechen beherrsche ich gut, aber dabei verstecke ich mich. Mich ganz anders geben, als ich es überhaupt bin, da weiß ich nicht, ob ich es kann. Denn da ist eine große Lücke zwischen sich als jemanden auszugeben, der man eigentlich nicht ist, und nicht alles zu zeigen. Ob Melek uns das alles nur vorspielt? Verbirgt er jemanden hinter seiner Maskerade? Ich wage es nicht, ihn noch länger anzuschauen aus Angst, dass er plötzlich meinen Blick bemerkt.

Plötzlich klopft es an der Tür, dreimal. Melek setzt sich gerade auf.

„Was gibts?", fragt er mit heiserer Stimme, die einen direkt einmal einen Schritt zurückweichen lässt. Doch die Person draußen öffnet dennoch die Tür. Es ist das Mädchen von vorhin mit den rötlichen Haaren. Für einen Moment sieht sie aus wie Elisa, nur um einiges älter. Die Haarfarbe, die fröhliche Ausstrahlung und ein Touch Verwegenheit. Meine Aufmerksamkeit wird sofort wieder auf das glitzernde Etwas an ihrer Lippe gelenkt. Nun, da ich sie länger betrachte, erkenne ich mehrere ähnliche Stücke an ihren Ohren glänzen.

„Heyhey, ich bin Ivana, dachte mal, ich komme nachschauen, ob alles läuft hier." Ich blicke kurz zu Melek, der sie misstrauisch mustert. Als keiner von uns beiden antwortet, redet Ivana einfach weiter. „Alles top bei euch?"

„Was soll denn schon top sein? Was willst du?" Ich beiße mir auf die Lippen, als ich sehe, wie Ivanas Miene sich verdunkelt. Warum muss er nur so direkt sein? Es wäre an meiner Stelle, nun etwas Nettes zu sagen, aber ich belasse es beim Schweigen. Beschämt von meiner eigenen Schüchternheit senke ich den Kopf.

„Na, kommt schon, ich nehm euch mit in die Mall." Sie sieht mich aufmunternd an und ich stehe langsam auf, Melek neben mir bleibt sitzen. Als ich bei Ivana angekommen bin, legt sie kurz ihre Arme um mich. Im nächsten Augenblick hat sie mich auch schon wieder losgelassen.

„Nita, cool, dich kennenzulernen", sagt sie mit einem Lächeln, das ich spontan erwidere.

Wir treten auf den Gang hinaus. Die Halle hat sich wieder gefüllt und wird dieses Mal durch einige große Scheinwerfer beleuchtet, die in allen vier Ecken aufgestellt wurden und ein gelbliches Licht abgeben. Ivana bemerkt meinen Blick und schaut mich belustigt an.

„Lowkey anders als bei euch, was", sagt sie grinsend über ihre Schulter hinweg, als sie vor mir den Gang zur Treppe hinunter schreitet, sichtlich stolz, mir ihr Leben hier zu präsentieren.

Ich drehe mich kurz nach hinten, um mich zu vergewissern, dass Melek uns folgt, was er tatsächlich auch tut. Lässig mit den Händen in den Hosentaschen trottet er einige Meter hinter uns her, genug Abstand haltend, um nicht zu uns gezählt zu werden. Aber auffallen tut er ohnehin, auch wenn keiner ihn kennen würde von vorhin, er würde die Blicke auf sich ziehen. Nicht nur seiner Ausstrahlung wegen, sondern auch seinem Aussehen geschuldet. Der grüne Overall ist verdreckt und an einigen Stellen aufgerissen, am Bein ist der Stoff noch immer dunkel von seinem Blut und auch sein Gesicht ist schmutzig und verschwitzt. Ich muss nicht besser aussehen, denke ich, während ich an mir hinunterschaue. Meine Hosen sehen nicht sehr schlimm aus, dafür aber das weiße Shirt, welches nun eher braun ist. Außerdem fühle ich mich ungewaschen und verschwitzt. Seit Ewigkeiten habe ich nicht mehr geduscht. Ich wünschte, ich könnte eine Dusche nehmen, egal ob sie kalt ist oder nicht, aber ob ich hier überhaupt fließendes Wasser zu Gesicht bekomme, weiß ich nicht. In Zyklonia habe ich, soweit ich mich erinnern kann, noch nie einen Tag lang nicht geduscht. Immer hatte ich in meinem Zeitplan eine Duscheinheit markiert, jetzt gibt es gar keine Einheiten mehr. Einheitslos, könnte man sagen.

Als wir unten an der Treppe angekommen sind, schlängelt sich Ivana vor mir durch die Menge. Nur mit Mühe kann ich ihr folgen. Kurzerhand greift Ivana nach meiner Hand und zieht mich weiter durch die Menge. Währenddessen erzählt sie, ohne eine Pause einzulegen, von diesem und jenem, doch ich bekomme nur die Hälfte mit. Irgendwas über die Essenszeiten sagt sie und dann darüber, wie sehr sie sich freut, dass ich hier bin.

140

„… Tommy suchen. Vielleicht siehst du ihn ja, einen großen Typen, braune Locken und dunkle Augen. Wirklich sehr groß, ich weiß auch nicht, weshalb ich ihn nicht finde", plappert sie immer weiter, als wären wir bereits beste Freundinnen. Wir zwängen uns weiter an den anderen vorbei, bis Ivana endlich diesen Tommy entdeckt und laut nach ihm ruft. Er sitzt an einem der Tische, neben ihm lässt sich gerade ein weiterer Junge nieder und klopft ihm auf die Schulter. Mit der Hand fährt er sich über das kurz geschorene, schwarze Haar und für einen Moment bin ich überrascht. Da ist keine Identitätsnummer an seinem Handgelenk wie bei mir, stattdessen zieht sich ein keltisches Muster um seinen ganzen Unterarm und überdeckt seine braungebrannte Haut. Ich folge dem Tattoo weiter seinen Arm hinauf, doch es verschwindet unter seinem schwarzen Shirt, welches eng seinen Oberarm umschließt. Fasziniert studiere ich die schwarzen Tintenstreifen, die alles andere als langweilig sind, im Gegensatz zu den Identitätsnummern, die wir tragen. Plötzlich wünsche ich mir, auch solche Verzierungen zu haben, sie wirken abenteuerlich und weshalb schon sollte ich meine Nummer behalten, wenn ich ohnehin nicht nach Zyklonia zurückkehren kann? Doch der Gedanke versetzt mir einen Stich ins Herz. Was ist mit mir los, natürlich muss ich zurückgehen, ich werde einen Weg finden, denn ich kann meine Eltern nicht zurücklassen.

„Nita, Nitaaa", Ivana rüttelt an meiner Schulter und holt mich wieder zurück. „Das ist Tommy und der hier", sie boxt dem Tätowierten in den Oberarm, „das ist Timur, aber lass dich bloß nicht von ihm einschüchtern", sagt sie lachend und zieht mich auf die andere Seite des Tisches, wo wir uns den beiden gegenübersetzen. Timur schenkt mir ein lässiges Lächeln und mustert mich unangenehm lange mit seinen schwarzen Augen.

„Tommy, sei kein Geek", sagt Ivana zu ihrem Gegenüber und berührt seine Hand leicht und, wie mir scheint, fast zärtlich. Dieser blickt mir daraufhin kurz in die Augen und lächelt mich an.

„Freut mich", sagt er und streckt mir die Hand hin. Ein wenig irritiert nehme ich sie und drücke kurz zu.

„Wo warst du in Zyklonia?", fragt mich Timur und schaut mich intensiv an.

„In … in Zielony …?", antworte ich, unsicher, welche Antwort er erwartet.

„Zielony", er zieht das Wort in die Länge, „also keine Arbeiterin, sick."

„Sick?", fragend schaue ich ihn an. Nicht nur ihr Leben hier, nein, auch die Art, wie sie sprechen, unterscheidet sich von der zuhause.

„Na klar, ist doch nice, wenn du zur Schule gehen konntest, oder hättest du lieber den ganzen Tag auf der Straße oder in der Fabrik verbracht?"

„Nein, ich denke nicht", antworte ich schüchtern und denke an Melek.

„Dein Freund aber, der hat es schlechter erwischt, was?" Noch immer blickt er mich an und langsam wird mir unwohl unter seinem starrenden Blick und seiner Fragerei. Doch zum Glück merkt Ivana, dass es genug ist.

„Timur, jetzt lass sie doch, sie ist soeben angekommen", mischt sie sich ein und legt mir den Arm um die Schulter. „Twit", flüstert sie mir zu und lacht leise vor sich hin. Timur, der es gehört hat, verdreht genervt die Augen. Twit? Was soll das denn nun schon wieder heißen?

Einen Moment lang ist es still und ich versuche, Melek in der Menge auszumachen. Im Gedränge vorhin habe ich ihn verloren, doch als ich nun nach seiner großen Gestalt und den blonden Haaren Ausschau halte, sehe ich ihn nicht. Ein wenig beunruhigt es mich und ich wäre froh um seine Anwesenheit unter den vielen fremden Leuten, aber im Moment komme ich nicht von hier weg.

Die andern drei unterhalten sich noch ein wenig übers Essen, doch ich höre nur mit halbem Ohr zu, da ich immer noch versuche, Melek ausfindig zu machen. Kurz darauf ertönt ein lauter Gong, der lange nachhallt in der großen Halle. Da die anderen aufstehen, tue ich es ihnen gleich und folge ihnen nach vorne in Richtung des quer gestellten Tisches, wo Melek und ich nur vor wenigen Stunden, ausgestellt vor der Menge, standen und unser Urteil abwarteten. Nun weiß ich, dass wir, für den Moment auf jeden Fall, hier bleiben können, alles andere muss ich noch herausfinden. Aber irgendetwas sträubt sich in mir, die anderen drei danach zu fragen, hier, inmitten aller Leute. Außerdem, muss ich mir selbst eingestehen, habe ich ein wenig Angst davor, mich lächerlich zu machen mit meinen Fragen, die für sie wahrscheinlich dämlich erscheinen müssen. Sie werden mich wohl für dumm und ungebildet halten, wenn ich mich danach erkundige bei ihnen. Vielleicht findet Melek ja mehr heraus, hoffe ich jedenfalls. Aber was, wenn wir gewisse Dinge besser nicht erwähnen? Was, wenn sie sich dann wieder umentscheiden und wir in ihren Augen doch Spione sind? Besser, wir riskieren vorerst einmal nichts.

Der Gong tönt noch immer, aber ich kann nicht ausmachen, woher der Klang kommt, da ich mit meiner Größe nicht über die Leute hinwegblicken kann. Wir stellen uns zusammen in eine der zwei Reihen, die sich gebildet haben, und warten. Ivana redet erneut ohne Pause und ich sehe, wie Timur und Tommy sich ein wenig genervte Blicke zuwerfen.

„Weißt du was, Nita", wendet sie sich plötzlich an mich, „ich hab noch einige alte Kleider, die dir passen könnten, dann musst du nicht mehr in diesen hier herumlaufen."

„Echt?"

„Yep, du kannst dir was aussuchen." Dankbar lächle ich sie an. Da ich mich nicht schon wieder in Schweigen hüllen möchte, versuche ich dieses Mal ein Gespräch zu starten, denn ansonsten werden sie schon bald genug von diesem abartigen, stillschweigenden Mädchen haben.

„Sag mal, was sind denn diese … na, du weißt schon." Ich zeige auf ihre Silberstücke, die sie überall trägt.

„Piercings, sick, oder?" Vorsichtig nicke ich und versuche mir meine Irritation nicht anmerken zu lassen. Aber sie bemerkt es ohnehin. „Ach so, die gibts in Zyklonia nicht, sorry. Eigentlich gibt es da gar nix zu erklären, man sticht sich als Schmuck einfach Metallringe ins Gesicht oder in die Ohren. Die Tyrants finden es überflüssig, deshalb gibt es sie bei euch nicht." Das macht Sinn, weshalb würde man solche kleinen Ringe herstellen, nur um dann das eigene Gesicht zu durchbohren? Aber wenn ich darüber nachdenke, ist mein Ring genauso überflüssig. Als Antwort strecke ich Ivana deshalb meine Hand hin.

„Wow, also seid ihr doch nicht so langweilig und brav in eurer Kuppel", erwidert diese. Ich verdrehe gespielt die Augen, was Ivana ein Lachen entlockt. Inzwischen sind wir am Ende der Schlange angekommen und an der Reihe. Vorne aufgerichtet ist ein zugänglicher, schmaler Tisch, auf welchem mehrere verschiedene Behälter, Teller und Schüsseln stehen. Ivana reicht mir eine braungraue Schüssel, die schwer in meiner Hand liegt. Ich wiege sie in meiner Hand, aber mir fällt nicht ein, aus was sie gefertigt sein könnte.

„Porzellan", klärt mich Ivana auf und ich nicke ihr zu. Ich halte mein Porzellan dem Mann hin, welcher es mit Reis füllt und ein wenig Gemüse hinzugibt. Ich lächle ihm dankbar zu und warte auf Ivana. Sie nimmt mich mit auf die andere Seite der Halle, wo ein rostiger Hahn angebracht ist und nebenan aufeinandergetürmte Trinkbecher stehen, wie ich sie noch nie zuvor gesehen habe. Man muss den Hahn von Hand aufdrehen und nach einem Quietschen läuft in einem dünnen ungleichmäßigen Strahl Wasser hinaus. Unvergleichbar mit dem Hahn bei uns zuhause, aus welchem automatisch, in einem dicken, weißen Strahl, Wasser hinausfließt, sobald man die Hand darunter hält.

Während dem Essen spreche ich nur wenig, meistens, wenn jemand mich etwas fragt. Viel mehr bin ich damit beschäftigt, das Geschehen um mich herum zu beobachten. Mein Abendessen habe ich bisher immer mit meinen Eltern eingenommen, in unserer Wohneinheit, nie mit anderen Leuten. Es gibt keine Restaurants bei uns, so wie es sie früher gab, wie Domanski uns erzählt hat. Die Menge an Foodwaste dabei war immens und den Luxus, das eigene Essen auswählen zu können, war alles andere als vorteilhaft für einen nachhaltigen Konsum. Ich dachte, es würde keine Nachteile mit sich bringen, nur einen Verlust an

Luxus, den wir aber ohnehin nicht verdient hatten, aber jetzt, als ich mich umblicke, merke ich, welche Einschränkungen wir dadurch hatten. Das gemeinsame Beisammensein, der soziale Aspekt, ging bei uns gänzlich verloren. Die Möglichkeit des Austausches, zusammen zu essen, sich zu unterhalten und zu lachen, das alles haben wir verloren. Obwohl ich mir nicht sicher bin, ob man etwas verlieren kann, das man nie hatte.

Jedenfalls fühle ich mich ein wenig befreiter als vorhin. Dennoch hängen das Unwissen und die Aussicht auf eine Aufklärung schwer über mir.

Doch schon diesen Abend hat sich mir die Gelegenheit angeboten, das Risiko einzugehen und endlich meine Fragen loszuwerden. Vielleicht haben alle angenommen, wir wüssten bereits Bescheid oder sie wollten uns prüfen, jedenfalls hat niemand sich die Mühe gemacht, uns Erklärungen zu liefern, also habe ich es selbst in die Hand genommen. Aber mittlerweile bin ich mir nicht mehr sicher, ob es nicht besser gewesen wäre, im Unwissen geblieben zu sein. Unter der Oberfläche zu bleiben und das über mir lastende Wasser, das mit Fragen überfüllt war, zu ignorieren.

Kapitel

Vor einigen Wochen haben wir im Unterricht Kant kennengelernt. Immanuel Kant, an welchen ich nun erinnert werde. Der Mensch ist von Natur aus faul. Die Aufklärung sei der Ausgang des Menschen aus seiner selbstverschuldeten Unmündigkeit, das war seine Ausgangslage. Damals dachte ich, aufgeklärt zu sein, bringe nur positive Effekte mit sich, rationales Denken und ein Hinterfragen der Umstände. Mittlerweile weiß ich es besser. Nicht immer sucht man einen Ausgang, wenn man umherirrt. Nicht immer soll das höchste Ziel in allen Bereichen die Eroberung der eigenen Mündigkeit sein. Bestimmt nicht immer ist die Wahrheit das, wonach man streben soll.

Alles, was ich je zu wissen glaubte, zerrinnt mir zwischen den Fingern, als ich hinaus in die Nacht blicke und die Worte, die aus Timurs Mund kamen, zu verstehen versuche.

Ich dachte, meine Nerven hätten ihre Belastungsgrenze bereits erreicht, doch da wusste ich noch nicht, dass der Schlag des Hammers erst noch kommen würde und ich bis jetzt erst den Hammer vor Augen hatte.

Als ich später mit Melek zusammentraf, sprach aus seiner Miene Schadenfreude. Aus meiner, wie ich annehme, Fassungslosigkeit. Keinen meiner Gedanken kriege ich mehr zu fassen, sie rinnen mir wortwörtlich durch die Finger.

„Unmöglich", sage ich kopfschüttelnd. „Nein, bestimmt nicht."

„Weißt du, was einmal ein sehr schlauer Mann gesagt hat, Nita?", fragt mich Timur und sucht in meinem Blick nach einer

Regung. In der Dunkelheit wirken seine Augen noch dunkler, wie kleine schwarze Löcher, die von unzähligen dicht beieinander liegenden Wimpern umrahmt sind. „Dass alle verschwiegenen Wahrheiten giftig werden. Meine Mutter sagte mir das immer, wenn ich sie früher anlog oder ihr den wahren Grund nicht verriet, weshalb ich wieder einmal verschwunden war." Er lächelt leicht vor sich hin, als er in alten, vergangenen Erinnerungen schwelgt. Er hat Recht, aber trotzdem bin ich überfordert mit dem eben Gesagten, das eher nach einer Verschwörungstheorie klingt, als nach der Wahrheit. Mein Blick ruht auf seinem tätowierten Unterarm. Die vielen verschiedenen Muster gehen ineinander über, ohne dass ich einen festen Punkt ausmachen könnte, wo sie sich zu verändern beginnen. Plötzlich kommt mir ein neuer Gedanke und ich springe auf. Meine Eltern! Wenn das stimmt, was Timur mir hier gerade erklärt, dann … Sie waren auch Arbeiter … sie sind noch am Leben, denn das Virus … nein, kein Virus. Sie müssen hier sein … geflüchtet, wie alle anderen. Aber kann das wirklich wahr sein?

„Meine Eltern", rufe ich, „wo sind sie? Ich muss zu ihnen!" Habe ich sie womöglich vorhin schon gesehen? Unbewusst? Erstaunt blickt Timur zu mir hoch, dann verändert sich sein Gesichtsausdruck und sofort wendet er sich von mir ab. Vorsichtig richtet er sich auf, stellt sich vor mich hin und blickt mir fest in die Augen.

„Sie sind nicht hier, ich …" Mit gequältem Gesicht wendet er sich erneut ab und sieht auf seine schwarzen Stiefel hinunter. „Nicht alle von uns konnten fliehen, die Explosion … es gab tatsächlich Tote." Nein, nein, es darf nicht wahr sein. Ich fahre mit den Händen durch meine Haare und schluchze auf. Ich sacke zusammen, als hätte jemand die Hoffnung auf einmal aus mir hinausgezogen. Bevor ich auf den Boden falle, umfassen mich zwei Hände und ziehen mich in eine Umarmung. Fest drückt mich Timur an sich und ich lasse meinen Tränen freien Lauf. Ich möchte wegrennen und doch kralle ich mich noch fester an Timurs T-Shirt. So fest ich kann, beiße ich mir auf die Lippen, bis ich Blut schmecke und schlucke es hinunter. Immer mehr Schluchzer dringen aus mir, doch ich bin zu aufgelöst, um mir darüber Sorgen zu machen, was Timur gerade von mir denken mag. Er legt eine Hand an meinen Hinterkopf und versucht mich zu beruhigen, aber ich glaube nicht, dass ich je wieder ruhig werden kann.

Nach langer Zeit macht sich Timur wieder von mir los. Er sagt nichts, wir setzen uns wieder an die Dachkante und schauen in die Nacht hinaus. Nach einer Weile habe ich mich wieder mehr oder weniger gefasst. Meine leiblichen Eltern hatte ich mein ganzes Leben lang noch nie, ich werde ohne sie zurechtkommen, aber meine anderen Eltern, auch die habe ich nun verloren. Werde ich ganz ohne Eltern auskommen?

Ich bin dankbar dafür, dass Timur bei mir bleibt, obwohl wir nicht sprechen, auch darüber bin ich gerade froh. Als wir vorhin das Essen beendet hatten, gingen wir zu viert hinauf aufs Dach, auf das man über eine weitere Treppe im fünften Stockwerk gelangt. Da ich noch nie zuvor hier oben war und total überrumpelt wurde von diesem neuen Gefühl der Freiheit und Unerreichbarkeit, wollte ich länger bleiben. Timur verweilte auch oben und ich wusste, dass es keinen vertraulicheren Augenblick geben würde, in dem ich endlich meine Fragen loswerden konnte, also tat ich es. Lieber hätte ich Ivana gefragt, die mir anstelle des spöttischen Timurs lieber gewesen wäre, aber vielleicht war er doch die bessere Option. Entgegen meinem ersten Eindruck war er doch einfühlsamer, als ich dachte.

Plötzlich hören wir wieder Schritte, Timur und ich blicken nach hinten zur Treppe, an deren Ende Ivana erscheint.

„Wenn du möchtest, kannst du dir kurz ein paar Kleider aussuchen kommen", ruft sie mir zu und ich gebe ihr den Daumen hoch. Glücklicherweise sind die Tränenspuren eingetrocknet, sodass sie keine unangenehmen Fragen aufwerfen. Als wir bei Ivana sind, erwähnt Timur mit keinem Wort, was eben vorgefallen ist. Ivana aber mustert mich einen Moment länger als nötig, ihr Blick springt von meinem Gesicht zu Timurs noch feuchtem Shirt und dann zurück zu meinen geröteten Augen.

„Komm mit", sagt sie zu mir und zieht mich die Treppe hinunter, die sich in der Mitte des Daches befindet. Ivanas Zimmer liegt auf demselben Stock wie jenes, in welchem Melek und ich unsere Zeit vorhin verbracht hatten. Es ist nicht groß und bietet gerade einmal Platz für eine schmale Matratze, die Ivana in die Ecke gelegt hat, und für einen Schrank, welchen sie nun öffnet. Darin hängen verstreut mehrere Kleidungsstücke, das meiste schwarz und abgenutzt. Mit schnellen Handgriffen nimmt Ivana einige Dinge heraus und schmeißt sie auf die Matratze.

„Hier", sie weist mit dem Finger auf den Kleiderhaufen, den sie soeben erstellt hat, „such dir was aus." Unsicher nähere ich mich dem Stapel und untersuche ihn vorsichtig. Beinahe alle der Hosen haben diese Löcher, wie ich sie schon bei Lori gesehen habe, und schwarz sind sie allesamt. Auch die T-Shirts haben ähnliche Farben, aber keines trägt eine Aufschrift, wie ich sie bei Ivana gesehen habe. Woher diese Kleider wohl kommen? Sie erinnern mich an unsere Schuluniformen, schwarz und simpel, ohne unnötige Accessoires. Ich greife nach einer engen Hose, die am Oberschenkel eine Seitentasche hat und an den Knien leicht aufgerissen ist. Mein weißes T-Shirt tausche ich gegen ein schwarzes mit V-Ausschnitt ein und nehme mir auf Ivanas Aufforderung hin auch noch einen Kapuzenpullover. Schnell ziehe ich mich um und bedanke mich bei Ivana, die aber abwinkt und mich wieder aus der Tür schiebt.

„Du siehst super aus. Ace!" Dankbar grinse ich sie an.

„Hast du vielleicht Melek gesehen, du weißt schon, der Junge, der mit mir mit war?"

„Den großen Blonden? Vorhin hab ich ihn mit dem Creep gesehen, aber das ist auch schon wieder eine Weile her."

„Dem Creep?"

„Yep, eigentlich heißt er Zacharias, aber niemand nennt ihn so. Du erkennst ihn schnell, er ist überall gepierct, hat tiefe Schatten unter den Augen und überall Tattoos, ziemlich hip."

„Okay, ich werde nach Melek suchen. Falls du ihn siehst, gib mir Bescheid."

Nach Melek Ausschau haltend eile ich durch die Halle, die trotz der späten Zeit noch belebt ist. Mit der dunklen Kleidung fühle ich mich sicherer, nicht mehr so fremd, hier in der Fabrik und auch in meiner eigenen Haut. Es liegt nicht nur an der Kleidung selbst, sondern auch daran, dass niemand mir vorgeschrieben hat, dass ich diese tragen muss.

Dort, wo vorhin die Essensausgabe war, stehen nun mehrere aufeinander gestapelte Holzkisten in einem Halbkreis und bilden eine Art Theke. Ich erkenne kaum, wer dahinter steht, da die Scheinwerfer mit buntem Stoff überspannt wurden und so ein farbiges Licht abgeben. Als ich näher auf die Theke zuge-he, erkenne ich auf Anhieb diesen Typen, von welchem Ivana gesprochen hat. Unwillkürlich möchte ich umdrehen. Mir fehlen die Worte, ihn treffend zu beschreiben, aber er sieht ziemlich abgedreht aus, zugleich aber auch angsteinflößend und irgendwie abgesifft. Sein dunkelbraunes Haar reicht ihm bis in den Nacken und hängt ihm vorne in dicken, fettigen Strähnen ins Gesicht, sodass seine Augen fast dahinter verborgen sind. Was ich vorhin für Schmutz gehalten habe, identifiziere ich nun bei näherem Hinsehen als Tätowierungen. Vom Hals hinauf zieht sich schlangenartig eine Art Pflanze, die bis hoch über seine linke Augenbraue reicht. Auch auf der anderen Seite sehe ich den Ansatz eines solchen Tattoos, aber dieses reicht nur bis ans Ende seines Halses. Die schwarzen Knopfaugen, die vielen Piercings in seinen Augenbrauen und die weite, schwarze Kleidung vervollständigen seine Erscheinung. Unschlüssig, ob ich nähergehen sollte, um ihn nach Melek zu fragen, bleibe ich einige Meter von der Theke entfernt stehen, an der sich viele Jugendliche und junge Erwachsene drängen. Als ich mich nicht dazu überwinden kann, zu diesem Zacharias zu gehen, drehe ich mich um und mache mich auf den Weg zur Treppe. Ich weiß ohnehin nicht, weshalb ich eigentlich zu Melek wollte, denn weiterhelfen kann er mir bestimmt nicht.

„Hey, Benita!", schreit jemand weiter hinten und ruckartig drehe ich mich um. Nur einer hier in dieser Fabrik kennt meinen vollen Namen. Melek. Gleich gegenüber von Zacharias steht er jetzt, den Ellbogen lässig auf einer der Kisten abgestützt, die Mundwinkel zu einem Grinsen verzogen. Er winkt mich zu sich und mir fällt auf, dass auch er seine Kleider gewechselt hat. Er trägt ein weites, schwarzes Shirt mit einem weißen Schriftzug auf der Brust und eine ebenso schwarze, an mehreren Stellen aufgerissene Hose. Ich dränge mich durch die vielen Leute zu ihm hindurch und blicke erwartungsvoll zu ihm hinauf.

„Dachte schon, wir hätten dich verloren", begrüßt er mich, schenkt mir aber trotz der provozierenden Worte ein aufrichtiges Lächeln. Irritiert erwidere ich es.

„Melek", setze ich an, „wir müssen sprechen." Er dreht sich genervt ab. „Jetzt", insistiere ich. Ich habe gar nicht gewusst, dass ich so bestimmend sein kann, aber ich fühle mich so anders hier. Viel befreiter auf eine Art, auch wenn ich hier wohl eher eingeschränkter bin.

„Siehst du, Nita gehört zu den Scums, auch wenn ihre Eltern solche von uns waren", sagt Melek an Zacharias gewandt. „Übrigens, Nita, das ist Zach." Er hebt die Hand und ich nicke ihm zu.

„Scums?", frage ich empört und drehe mich zu Melek.

„Yep", antwortet dieser amüsiert, „ich dachte, du wolltest reden?" Fragend hebt er eine seiner Augenbrauen.

„Ja, können wir kurz von hier weg?" Melek wendet sich zu Zacharias und meint, er würde gleich wieder bei ihm sein. Dann legt er mir seine Hand auf den Rücken und schiebt mich durch die Menge. Obwohl sich etwas in mir gegen sein Herumkommandieren sträubt, genieße ich die Wärme seiner Hand. Auch wenn wir bereits aus der Menge raus sind, lässt er seine Hand dort liegen und führt mich in Richtung Treppe, die wir ganz zu Beginn vom Keller hochgestiegen sind. Gleich daneben liegt eine Tür, die mir bis jetzt noch nicht aufgefallen ist, so schmal wie sie ist. Melek umfasst mit der anderen Hand die Türklinke und drückt sie nach unten. Zu meiner Verblüffung lässt die Türe sich öffnen und unter lautem Quietschen, das aber im Lärm untergeht, drückt Melek sie auf. Die Luft ist kühl und erst jetzt wird mir die stickige Luft der Halle bewusst. Geschieht das hier tatsächlich? Haben wir wirklich freien Zugang nach außen? Jeden Augenblick erwarte ich einen Aufpasser, jemanden, der nach uns ruft und uns zurück hinein befiehlt, aber es bleibt ruhig. Ist das nicht das, was ich immer wollte, das, was ich Freiheit nannte? Ja, das war es. Hinaus zu gehen, wann immer ich möchte. Nicht nur hinaus aus der Wohneinheit oder der Schule oder in den Naturbereich hinein, nein, auch ganz hinaus. Nun, als ich hier vor der Tür stehe, fühle ich es. Die Unerreichbarkeit. Grosses Verlangen ergreift mich und reißt mich in die Tiefe. Ein Verlangen, diese neue Freiheit in allen Facetten auszukosten, sie zu ergründen und zu entdecken und neu zu definieren. Ist das nicht alles, was ich brauche? Freiheit?

„Toll, was?", ertönt Meleks raue Stimme neben mir.

„Ja", hauche ich, zu überwältigt von den eigenen Gedanken, um mehr als einzelne Wörter herauszubringen, weshalb ich es dabei belasse. Ich bin gefangen in einem Moment der Verblüffung. Melek muss diese neue Freiheit auch verspüren, denke ich. Er noch mehr als ich, da er noch stärker unter Einschränkungen gelitten hat. Plötzlich fühle ich mich zu ihm hingezogen, vielleicht sind wir uns doch ähnlicher als ich gedacht habe.

„Ich nehme an, du hast es auch schon mitbekommen, nicht wahr?", spricht er das Thema behutsam an. Er geht einige Schritte nach vorne und dreht sich dann zu mir um.

„Die Tyrants, wie sie uns ausnutzen, der Aufstand", seine Stimme ist leise, aber ich höre seine unterschwellige Wut heraus. Es fällt mir auf, dass er die Bokowskis, den Rat, so nennt, wie Emmanuel es getan hat.

„Das erfundene Virus, die Vortäuschung ihres Todes, ja."

„Und dieser Domanski, oder besser gesagt Alanders, wusste davon. Er kam uns suchen." Als ich genauer hinhöre, meine ich, Schadenfreude aus seinen Worten heraus zu hören. Doch weshalb würde er sich über einen solchen Verrat durch den Rat freuen?

„Und deshalb sprach Zajac von rebellischen Aktivitäten, weil wir eine Verbindung zu Domanski hatten, der ehemalige Arbeitskinder aufsuchte", seufze ich. Domanski muss genau gewusst haben, dass sie Melek und mich wegschaffen würden, als er gefasst wurde.

„Mhm, er suchte genau uns", murmelt Melek vor sich hin und lehnt sich dann gegen die Wand des Gebäudes. Einen Augenblick lang überlege ich, ob ich ihn auf unsere Eltern ansprechen soll, denn nun gelten nicht mehr nur Domanskis Wort und meine Gefühle als Beweis für unsere Verwandtschaft. Nein, nun stehen alle ehemaligen Arbeiter hinter mir. Gerade als ich mich dafür entschieden habe, das Wort wieder aufzugreifen, kommt mir Melek zuvor.

„Nita", sagt er ruhig und dreht seinen Kopf in meine Richtung, „danke."

„Danke?", hake ich irritiert nach.

„Fürs Sprechen vorhin vor Emmanuel, ich weiß schon, dass du das nicht magst. Vor so vielen Leuten sprechen, meine ich." Ich schiele zu ihm hinüber, noch immer blickt er in meine Richtung, aber ich kann seine Augen wegen der Dunkelheit kaum erkennen. Ehrlich gesagt hätte ich ihm nicht zugetraut, dass er das tatsächlich bemerkt hat und mir dafür sogar dankt. Aber solche Dinge sollte man besser nicht hinterfragen, sondern einfach annehmen. Da ich nicht weiß, was ich daraufhin erwidern soll, lehne ich mich neben ihn an die Mauer und nach kurzem Zögern ergreife ich seine Hand. Schließlich sind wir Geschwister und haben uns noch nicht einmal umarmt, ein bisschen Berührung ist völlig in Ordnung. Auch wenn ich versuche, mir das einzureden, fühlt es sich komisch an, seine Hand zu halten. Nicht, weil ich es nicht mag, sondern weil es sich schlichtweg nicht anfühlt, als wären wir Zwillinge. Würde jemand hinaustreten, würde er uns womöglich für ein Pärchen halten. Ich schiebe den Gedanken beiseite und spüre, wie Melek mit seinem Daumen über meinen Handrücken fährt. Behutsam, als könne er mich dabei verletzen. Nach einer Weile löse ich meine Hand von der seinen und stoße mich von der Wand ab. Die Dunkelheit verschluckt beinahe alles um uns herum und legt sich wie ein schwarzer, schwerer Mantel über die Landschaft. Alles, was noch zu erkennen bleibt, sind nur einige Silhouetten von Bäumen, Gestrüppen und Hausruinen. Mit der Landschaft hat sie die Freiheit verschluckt, vergraben unter ihrem Mantel.

„Glaubst du mir jetzt, dass wir Zwillinge sind?", frage ich ihn nun doch, während ich meine Augen vom Nachthimmel löse und ihn ansehe. Melek erwidert nichts, sondern starrt stattdessen weiter in die Nacht hinaus. „Es muss so sein, es gibt keine andere Erklärung dafür, Melek", fahre ich vorsichtig fort.

„Ich weiß schon, ich weiß schon, aber glauben tue ich es trotzdem nicht. So was fühlt man doch, hier drinnen", er klopft sich mit der flachen Hand auf die Brust, wo sein Herz liegt, „aber bei mir, da ist nichts. Nichts, was sich annähernd anfühlt wie Geschwisterliebe." Die Worte treffen mich hart, obwohl Melek sie so behutsam wie möglich ausgesprochen hat. Gerade dachte ich noch, wir kämen uns näher. Kopfschüttelnd wende ich mich von ihm ab und gehe zurück zur Tür. Frustriert reiße ich sie auf und pralle im nächsten Moment mit einer breiten Gestalt zusammen. Erschrocken trete ich einige Schritte zurück und murmle eine Entschuldigung. Eine Hand umfasst meinen Unterarm und kurz darauf blicke ich in das Gesicht von Emmanuel.

„Nicht so schnell", meint er mit tiefer Stimme und schiebt mich wieder weiter weg vom Eingang und lässt mich dann los. „Gut, dass ich euch beide hier treffe, gerade habe ich euch gesucht. Ich nehme an, mittlerweile habt ihr euch selbst die ganze Geschichte zusammengedichtet. Es tut mir leid, dass wir euch nicht direkt aufgeklärt haben, aber wir mussten dringend entscheiden, was wir als Nächstes tun werden. Jetzt, da die Blacks und mittlerweile auch die Tyrants von uns Bescheid wissen." Stirnrunzelnd mustert er uns. Als wir nichts darauf erwidern, fährt er fort: „Wie ihr vielleicht schon wisst, sind wir dabei, möglichst viele Leute innerhalb Zyklonia zu mobilisieren, wozu wir die Eingeschleusten haben. Ihr werdet hier bei uns bleiben können unter der Bedingung, dass ihr mithelft und euch ausbilden lasst, um uns später nützlich zu sein."

„Ausbilden, worin?", fragt Melek nach.

„Kommt darauf an. Im Kampf, in der Ressourcenaufteilung, in der Expedition oder in der Nahrungsbeschaffung. Wir werden schon sehen, wohin ihr am besten passt und wo der größte Bedarf ist." Ich werde hellhörig. Expedition? Sofort entschlüpft mir die Frage, was er damit meint, ohne dass ich darüber nachdenke, dass Emmanuel vielleicht keine lästigen Fragen beantworten möchte. Doch er ist keineswegs genervt und wenn, lässt er es sich nicht anmerken.

„Genau, wir müssen unsere Umgebung kennen, wie auch unsere Feinde."

„Feinde?" Erneut stocke ich bei dem Begriff.

„Wir sind nicht die Einzigen hier draußen. Vor uns waren die Gangs schon hier. Oder besser gesagt eine Gang." Ich schweige. Sie scheinen hier draußen allerhand Probleme zu haben. Noch immer brennen mir Fragen auf den Lippen, die ich loswerden möchte. Ihr ganzes Leben und Überleben ist mir noch ein Mysterium, aber auch Emmanuel scheint noch etwas zu sagen zu haben.

„Als sich die Information über das Ausnutzen der Bokowskis unter uns Arbeitern verbreitete, begannen viele Eltern mit Kindern zu fürchten, dass sie von ihren Kindern getrennt werden oder selbst nicht überleben würden, falls es zu einem Aufstand käme. Wie also würden wir die Kinder wiederfinden, die zu uns gehören, die uns später unterstützen würden?" Fragend blicke ich zu Melek, der ebenso wenig versteht wie ich, worauf Emmanuel hinaus will. „Nita", mein Blick landet wieder auf Emmanuel, „oder soll ich besser Benita sagen?"

„Be… Benita? Wie kommen Sie … Weshalb …", stottere ich vor mich hin. Wie kann er meinen vollen Namen wissen, wenn Melek mich doch mit Nita vorgestellt hat?

„Deine Eltern, oder soll ich sagen eure Eltern, waren solche, die fürchteten, euch zurücklassen zu müssen in Zyklonia. Sie hatten Angst, dass die Tyrants jede Verbindung zwischen euch und ihnen verschwinden ließen und sie euch nicht mehr finden würden. Bei der Explosion, bei welcher wir angeblich ums Leben gekommen sind, entkamen sie dem Feuer nicht. Wir sind uns fast sicher, dass das eure Eltern waren, da mehrere hier bestätigt haben, dass sie Zwillinge hatten, die nun etwa in eurem Alter sein dürften." Ich werfe Melek einen Blick zu. Er kann es noch so lange abstreiten, aber die Wahrheit verleugnen kann er nicht. „Benito Mussolini und Meles Zenawi, so sollte man euch wiederfinden und euch aufnehmen können, solltet ihr in Zyklonia zurückbleiben. Berühmte Machthaber und Diktatoren, wie es die Tyrants sind."

Emmanuel verschränkt seine Arme vor der Brust. Als wir nichts erwidern, nickt er uns kurz zu und verschwindet wieder durch die Tür.

Benito Mussolini. Plötzlich kommt meinem Namen eine völlig neue Bedeutung zu. Kurz stocke ich, als ich über meinen abgekürzten Namen nachdenke. Hat nicht Elisa mir diesen gegeben? In Sekundenschnelle fügt sich alles ineinander, Puzzlestücke setzen sich zusammen und heraus kristallisiert sich Elisas Geschichte, über welche ich bis jetzt noch gar nicht nachgedacht habe. Zu intensiv war ich damit beschäftigt gewesen, diese wilden Theorien zu verstehen und zu glauben. Wurde Elisas Familie eingeschleust? Hatten ihre Eltern denselben Auftrag wie Domanski? Die elternlosen Arbeiterkinder ausfindig zu machen, sie einzuweihen und auf ihre Seite zu ziehen? Auch sie sind gescheitert, nur dass ich bei ihnen nicht die Mission war. Obwohl, vielleicht doch? War das der Grund, weshalb Elisa so viel Zeit mit mir verbracht hatte? Nicht weil sie mich mochte, sondern weil ich Vertrauen zu ihr aufbauen sollte, damit sie mich aufklären konnten? Sofort verwerfe ich den Gedanken wieder, nein, Elisa war meine Freundin, sie wird mir nichts vorgespielt haben. Jedenfalls rede ich mir das ein, denn die andere Variante wäre unerträglich. Schon springen meine Gedanken zum nächsten Punkt, als ich meine Hände aneinander reibe und den Ring an meinem Finger spüre. Natürlich! Ein weiteres Erkennungszeichen für die Eingeschleusten. Elisa muss den Ring von hier draußen haben, so wie auch Domanski, der ja auch von hier kam. Weshalb hat Melek dann keinen …

„Nita, lass das", unterbricht Melek mich mitten in meinen Gedankengängen. Erst jetzt fällt mir auf, dass ich vor ihm nervös auf und ab gegangen bin.

„Melek, sie sagen die Wahrheit, alles ergibt Sinn", sage ich aufgeregt zu ihm. Eine neue Entschlossenheit macht sich in mir breit, die aber nur kurz währt.

„Hmm", macht er nur.

„Was denn?"

„Ich traue ihnen nicht", antwortet er mir knapp.

„Was? Weshalb nicht?"

„Woher können wir wissen, dass sie uns nicht genauso ausnutzen wie die Bokowskis, hm? Was, wenn das nur neue Slums sind, in denen wir wie Sklaven arbeiten müssen und ständig überwacht werden?"

„Weshalb würden sie solche Absichten haben, Melek? Wir stehen auf ihrer Seite, wir wurden ausgenutzt vom Rat und so auch sie."

„Ach, stimmt", er rollt mit den Augen, „was erzähl ich dir das überhaupt. Du hattest ja sowieso ein gutes Leben. Da war kein tagelanges Schuften in deinem Alltag, keine misstrauischen Blicke aller Freaks und kein Leben in diesem verdammten Waisenhaus!", schreit er mich an. Erschrocken weiche ich einige Schritte zurück, doch er ist noch nicht fertig. „Kein Wunder vertraust du allen auf Anhieb. Du unterscheidest dich in keiner Hinsicht von den anderen Scums. Ich dachte, es stecke vielleicht eine Arbeiterin in dir, aber ich habe mich getäuscht. Zuerst glaubst du den Bokowskis, jetzt diesem Emmanuel und als Nächstes kommen die Gangs und dann glaubst du diesen. Du hast keine Ahnung vom richtigen Leben, Nita, also sprich nicht davon, dass wir hier ein gutes Leben haben werden, verstanden?" Ohne weitere Hasstiraden abzuwarten, stürme ich davon, reiße die Tür auf und knalle sie hinter mir zu, laut genug, dass er mein Schluchzen nicht hören kann. Die zuknallende Tür verschafft mir ein kleines bisschen Genugtuung. Mit schnellen Schritten haste ich die Treppe hoch. Was ist nur in Melek gefahren? Alles, was ich gesagt hatte, war, dass wir hier ein neues Leben starten können. Ich wische mir mit dem Ärmel die Tränen weg, was dunkle Spuren auf dem Stoff hinterlässt. Als ich die vielen Leute sehe, die sich noch immer herumtreiben, ziehe ich mir kurzerhand die Kapuze über den Kopf. Meine Haare habe ich im Nacken zu einem Knoten zusammengebunden und nur einige Strähnen hängen mir ins Gesicht. Ich hoffe, dass mich niemand wahrnimmt.

Während ich den Gang hinunter hetze, hätte ich beinahe Zacharias übersehen, der langsam auf mich zu schlurft. Ich vergrabe meine Hände in der Bauchtasche des Pullovers und senke meinen Kopf. Gerade als wir einander passieren, scheint er mich zu erkennen und ruft: „Nita!" Mitten in der Bewegung halte ich inne und blicke zu ihm hoch. Seine Augen fixieren mich und es scheint mir, als suche er gerade passende Worte, die er zu einem Satz zusammensetzen kann.

„Wo ist … ähm … Melek?", fragt er mich und steht dabei bedrohlich nahe bei mir. Sein Atem riecht süßlich, als er sich vornüberbeugt und mich abwartend beäugt.

„Draußen", antworte ich knapp und möchte mich an ihm vorbeidrücken. Als er mich nicht vorbeilässt, wird mir ein wenig mulmig zumute, unsicher blicke ich umher. Ich fühle mich keineswegs sicher unter seinem starrenden Blick, kein Wunder nennen ihn alle Creep, wenn er sich so aufführt. Noch dazu kenne ich ihn kaum, was ist ihm zuzutrauen? „Zacharias, Melek ist draußen", erkläre ich ihm laut und deutlich, in der Hoffnung, er würde mich endlich in Ruhe lassen.

„Was … oh, sorry, bin ein bisschen zonked." Mit diesen Worten geht er endlich aus dem Weg und schlendert langsam davon. Ich schüttle den Kopf. Was will Melek bloß mit diesem abgewrackten Typen?

Als ich in unserem Zimmer angekommen bin, lasse ich mich geradewegs auf das Sofa fallen. Ich versuche, die Tränen zu unterdrücken, da ich jeden Moment erwarte, Melek hineinstürmen zu hören, um mich erneut anzuschreien, aber es gelingt mir nicht. Zu viel ist geschehen, als dass ich noch wüsste, was ich fühlen sollte. Unmündigkeit wäre verlockend, denke ich. Wieder zurück zu sein an der Stelle, als ich noch nichts von der Verschwörung wusste und mich einfach meinem Leben hingeben und mir den Kopf über alltägliche Dinge zerbrechen konnte, wie einen bevorstehenden Leistungstest. Lange noch lausche ich den Stimmen und erwarte bei allen Schritten, die an der Tür vorbeigehen, dass es Meleks sind und er hereinkommt. Vielleicht wünsche ich mir, dass er zu mir kommt, vielleicht möchte ich aber auch, dass er mir nicht mehr unter die Augen kommt. Trotzdem denke ich zu verstehen, weshalb er sich gefreut hat, wobei Freude vielleicht die falsche Beschreibung dafür ist. Er ist hin und hergerissen zwischen Wut und Schadenfreude gegenüber dem Rat und Misstrauen gegenüber den Fabrikleuten. Vielleicht ist es tatsächlich ein wenig zufriedenstellend, wenn man erfährt, dass die Machthaber, auf welche man große Wut hegt, nicht so gut sind, wie alle vorhin behauptet haben und nun plötzlich andere die eigene Meinung, den eigenen Hass, teilen und dieser einen Namen bekommt. Auf eine Art kann ich Melek verstehen, denn ich spüre, wie auch die Wut in mir wächst. Wut auf die Bokowskis, Wut auf die Tyrants.

Kapitel

Hohe Kinderstimmen wecken mich und als ich die Augen vorsichtig öffne, blendet mich das grelle Licht. Sofort springe ich auf, als die Erinnerungen an gestern zurückkommen. Ich fühle mich ausgeruht und ein merkwürdiges Gefühl macht sich in mir breit, als ich bemerke, dass kein Endgerät mich geweckt hat. Voller neuer Zuversicht ziehe ich mir den Pullover über, den ich gestern Nacht abgelegt hatte. Bevor ich aus dem Zimmer gehe, lasse ich meinen Blick durch den Raum schweifen, doch Melek ist nicht hier. Ist er schon wach oder war er gar nicht hier drinnen in der Nacht? Aber im Moment verdränge ich den Gedanken und die sich anschleichenden Sorgen um ihn und trete in den Gang hinaus. Unter mir erstreckt sich ein wildes, lebhaftes Gewimmel und als ich den Gang hinunterblicke, sehe ich die Kinder, deren Schreie mich geweckt haben. Zuerst mache ich mich auf den Weg zum Bad, über welches mir Ivana gestern schon berichtet hat. Sie sagte mir, ich solle jenes auf diesem Stock benutzen, das am Ende des Ganges liegt.

Dort angekommen spritze ich mir Wasser ins Gesicht, das erfrischend kalt ist und meine Haut abkühlen lässt. Das eiskalte Wasser vertreibt die Gedanken, die ruhelos um mich schwirren, lässt mich wieder klar denken und kühlt meinen überhitzten Kopf. Ich reibe mir die Schläfen und starre in den Spiegel, der vor mir an der Wand hängt und über welchen sich schräg ein länglicher Riss zieht, weswegen mein Gesicht verzerrt ist. Die Stelle neben meinem Auge ist angeschwollen und hat sich rotblau verfärbt. Vorsichtig befeuchte ich die Wunde, belasse es dann aber damit, da die Stelle noch zu empfindlich ist. Das Geschehene draußen zu vergessen, fällt mir nicht leicht, wenn ich jedes Mal, wenn ich in den Spiegel schaue, die große Wunde erblicke, die an meiner Schläfe prangt. Gestern war ich erfüllt davon, dass alles plötzlich Sinn ergibt, doch über die Nacht hat sich etwas geändert. Vielleicht waren es Meleks Worte, vielleicht sind aber auch die Neuigkeiten nun erst richtig bei mir durchgesickert. Mein Zuhause, ist alles eine Lüge? Wurde ich tatsächlich mein Leben lang ausgenutzt? Der Gedanke lässt mich unwillkürlich zittern. Mit den Händen stütze ich mich auf dem Beckenrand ab. Auch wenn mir nicht alles passte in Zyklonia, glaubte ich an unser System, es ist ein gutes Zuhause, alles funktionierte. Bitter verbessere ich mich; es war ein gutes Zuhause. Ich vertreibe die emotionalen Gedanken und erinnere mich daran, dass die Bokowskis mir meine leiblichen Eltern genommen haben. Ich löse vorsichtig den Griff meiner Hände wieder, meine Knöchel sind weiß hervorgetreten, so stark habe ich den Rand umfasst.

Als ich erkenne, wie verknotet meine Haare sind, löse ich den Pferdestrang im Nacken und stecke mir den Haargummi ans Handgelenk. Mit feuchten Fingern durchkämme ich das Haar und flechte es anschließend nach hinten zu einem Zopf. Zufrieden mit dem Resultat mache ich mich auf den Weg in die Halle.

Wie es scheint, habe ich den richtigen Zeitpunkt des Aufstehens getroffen, denn die meisten sind am Frühstücken. Unsicher blicke ich um mich, die vorherige Zuversicht ist wieder verflogen. Unschlüssig stehe ich am Ende der Treppe und suche nach Ivana und Timur. Vielleicht ist es besser, mich nicht schon wieder anzuhängen, sonst werden sie wohl denken, ich wäre unselbstständig, überlege ich. Deswegen mache ich mich auf den Weg zum Esstisch, nehme mir einen Behälter, dieses Mal eine runde metallene Schüssel, und lasse mir etwas von dem Brei schöpfen. Mit beiden Händen umfasse ich die nun warme Schüssel und setze mich an eines der Enden eines Tisches. Weiter unten sitzen einige Erwachsene, die mich misstrauisch mustern. Langsam beginne ich, den Brei in mich hineinzulöffeln und versuche die Blicke auszublenden.

Erschrocken lasse ich den Löffel fallen, als mir eine Hand auf die Schulter schlägt. Irritiert drehe ich mich nach hinten um und blicke direkt ins Gesicht von Timur.

„Morgen", sagt dieser grinsend, stellt seine Schüssel neben meine und setzt sich direkt neben mich. Hinter ihm erscheinen Ivana, Tommy und ein kleiner Junge mit hellblondem Haar, die sich allesamt zu mir setzen. Überfordert mit der Situation bringe ich kein Wort heraus. Setzen sie sich tatsächlich zu mir? Vielleicht sind sie auch nur freundlich oder wurden dazu beauftragt, sich um mich zu kümmern, denke ich. Aber wenn dem so ist, dann spielen sie ihre Freude sehr gut.

„Na, hast du dich verschluckt, Nob?", fragt mich Timur, dem meine Sprachlosigkeit aufgefallen ist.

„Nob?" Fragend ziehe ich meine Augenbrauen hoch.

„Ja, sagtest du nicht gestern, du kämest von den Scums?" Daher kam also der Ausdruck. Ich schnaube genervt, kann aber mein Grinsen kaum unterdrücken. Wenn man hier ist, wünscht man sich beinahe, man wäre auch eine richtige Arbeiterin. Aber nur beinahe, denke ich, mit den Gedanken zurück an die erschöpften Arbeiter auf dem Nortarusplatz.

„Nita, hey", sagt der blonde Junge und streckt mir fröhlich seine Hand hin, „ich bin Leo."

„Hallo Leo", antworte ich ihm lächelnd. Er ist etwa um die zehn Jahre alt, schätze ich. Sein blondes Haar steht ihm wirr vom Kopf ab. Musternd lässt er seine klaren blauen Augen über mein Gesicht gleiten.

„Dein Gesicht", setzt er an, „das sieht aber nicht so nice aus."

„Mein Bruder", raunt mir Timur zu, „du darfst ihn nicht immer allzu ernst nehmen. Er sagt gerne das, was ihm gerade durch den Kopf geht."

An Leo gewandt sage ich: „Ja, oder? Das war einer der Blacks." Bewusst nenne ich ihn nicht einen CP. Climate Police. Wie es aussieht, ist hier keiner so gut auf diese zu sprechen und wenn ich ehrlich bin, ich auch nicht.

Leo schaut mich mit großen Augen an und scheint plötzlich keine Worte mehr zu finden. Der Gedanke, dass ich ihn gerade beeindruckt habe, gefällt mir.

„Wenn ich nicht bald aufgenommen werde, schmeiße ich die Ausbildung, das sage ich euch", murrt Ivana lustlos, als kurz Stille eingetreten ist.

„Musst dir halt mehr Mühe geben", meint Timur spöttisch und erntet dafür einen bösen Blick von Ivana, den er mühelos wegsteckt. Tommy schaut Ivana von der Seite an und versucht sie aufzumuntern: „Das wird schon und wenn nicht, dann kommst du einfach zu mir in die Ressourcenverteilung. Es ist gar nicht Tosh, wie ihr immer behauptet."

„Dunno, ich glaub, das ist nichts für mich." Tommy lässt es bleiben, legt ihr aber den Arm um die Schulter. Als ich sie betrachte, wie sie aneinander gelehnt dasitzen, fällt mir zum ersten Mal auf, dass sie wahrscheinlich zusammen sind. Unwillkürlich schweift mein Blick zu Timur, der gerade seinen Brei fertig auslöffelt. Seine Waffe spricht dafür, dass er wahrscheinlich im Kampf ausgebildet wird und Tommy ist demnach in der Ressourcenverteilung. Um ehrlich zu sein, tönt das wirklich langweilig.

„Die Ausbildung, was meinst du damit?", frage ich Ivana.

„Kampfausbildung, erst nach einer Grundausbildung darf man mit auf richtige Einsätze, wie Timur es darf", erklärt sie mir, während sie neidisch zu diesem hinüberschielt.

„Hmm, darf man auswählen, worin man geschult werden möchte?"

„Geschult?", kurz lacht Ivana auf. „Ja und nein. Es hängt von deinen Fähigkeiten ab und wie viele Leute wo gebraucht werden. Aber meistens schafft man es, dorthin zu kommen, wohin man möchte."

Ich bezweifle, dass das bei Melek und mir so sein wird, Emmanuels Worten von gestern nach zu schließen. Apropos Melek; noch immer hat er sich nicht blicken lassen. Mittlerweile mache ich mir wirklich Sorgen um ihn. Würde er einfach abhauen? Ist ihm etwas zugestoßen? Ich kenne ihn kaum, weshalb es mir schwer fällt, einzuschätzen, wo er sich wohl rumtreibt und wie viel man ihm zutrauen kann. Aus irgendeinem Grund habe ich das Gefühl, ich müsse mich bei ihm entschuldigen für das, was gestern zwischen uns vorgefallen ist. Vielleicht hätte ich doch nicht so stur auf die Zwillingsgeschichte beharren sollen. Aber ich ermahne mich, dass eher er derjenige mit dem schlechten Gewissen sein sollte. Keine richtige Arbeiterin hat er mich genannt. Leise seufze ich auf. Diese Worte aus Meleks Mund zu hören, schmerzt mehr, als ich erwartet hätte. Was hat er bloß gegen die Mittelschicht, gegen meine Eltern, gegen mich? Ich trage keine Schuld an seinem Leben, das wahrscheinlich kaum so miserabel ist, wie er behauptet und überhaupt, die Schule mit den Leistungstests ist keineswegs anspruchslos. Trotz dieser Gedanken bin ich noch immer beunruhigt, wo er wohl stecken mag. Ich nehme mir vor, ihn nach dem Essen suchen zu gehen.

Leos helle Stimme holt mich in die Wirklichkeit zurück. Lautstark spricht er über seine eigene Ausbildung.

„Ich werde eine Kampfausbildung machen", behauptet er stolz, formt seine Finger zu einer Pistole und tut, als würde er schießen. Als er seine Arme ausstreckt, fällt mir auf, dass er weder eine Identitätsnummer noch ein sonstiges Tattoo trägt. Wurde er hier geboren in dieser Fabrik? Denn weshalb sonst trägt er nicht seine Zahlen auf dem Arm?

„Lass das, Leo", sagt Timur gestresst und bedenkt seinen Bruder mit einem genervten Blick. Plötzlich fixiert er etwas weiter hinten in der Halle. Als ich seinem Blick folge, sehe ich, wie er eine Gruppe Mädchen mustert. Eine dreht sich um, winkt ihm zu und wirft ihr Haar über die Schulter. Timur fährt sich mit der Hand durch sein kurzes Haar und verzieht seine Mundwinkel zu einem überheblichen Lächeln. Nach einer Weile wendet er sich wieder uns zu. Als er meinen Blick bemerkt, grinst er mich an. Kopfschüttelnd löse ich meine Augen von ihm.

„Was tut man denn vor der Ausbildung?", frage ich in die Runde, denn wie es aussieht, hat Leo noch nicht mit einer gestartet.

„Die Kinder bekommen eine schulische Grundausbildung, das heißt Lesen, Schreiben, Rechnen und andere Basics, die man hier braucht. Außerdem helfen sie überall ein wenig mit, wo gerade Hilfe benötigt wird", erklärt mir Tommy.

„Essensverteilung, das ist der größte Trash", ruft Leo dazwischen und zieht die Wörter in die Länge. Ich muss lachen und Leo blickt mich gespielt entrüstet an. Die entspannte Stimmung beruhigt mich und macht es mir leichter, das Geschehene in den Hintergrund zu verdrängen. Gestern war ich noch unsicher, Fragen zu stellen und die anderen anzusprechen, aber jetzt gehen wir alle unglaublich locker miteinander um und die Nervosität habe ich so gut wie noch nie verdrängt, sodass ich mich kaum unwohl fühle, hier mit den anderen am Tisch zu sitzen.

Weiter hinten erblicke ich plötzlich Lori, die die Treppe herunterkommt, gefolgt von einem Jungen. Melek. Ich folge ihnen mit meinen Augen, sie kommen geradewegs auf uns zu.

„Hey, zusammen", sagt Lori gut gelaunt, als sie bei uns angekommen sind. Melek steht schräg hinter ihr, die Augen hinter den Haarsträhnen verborgen, sodass ich nicht erkennen kann, was in ihm vorgeht. Wir begrüßen die beiden, wobei Melek uns nur knapp zunickt. Seine Haare sind noch feucht und er trägt ein frisches Langarmshirt, das seinen muskulösen Oberkörper betont.

„Nita, wir brauchen dich kurz. Es wird entschieden, worin ihr ausgebildet werdet." Mit einem Nicken bestätige ich das Gehörte und verabschiede mich von den anderen.

„Kampfausbildung, Nita", sagt Ivana grinsend, „dort ist es sick und dann können wir gemeinsam trainieren vielleicht." Obwohl ich es mir bis auf ein schüchternes Lächeln kaum anmerken lasse, freut es mich unheimlich, dass Ivana meint, ich solle zu ihr kommen.

Wir folgen Lori durch die Halle, die sich inzwischen ein wenig geleert hat, in Richtung Treppe. Zwei Stufen auf einmal nehmend führt uns Lori zwei Stockwerke nach oben. In diesem Stock sieht es beinahe identisch aus, bis auf die Wandverzierungen, die, wie ich mittlerweile herausgefunden habe, Graffiti genannt werden.

Bei einer unscheinbar wirkenden Tür hält Lori abrupt an, sodass wir beinahe in sie hineinstolpern. Reflexartig greift Melek nach meinem Arm, um mich zu fangen. Erstaunt über die unerwartete Berührung werfe ich ihm einen kurzen Blick zu, gerade als auch er seinen Kopf mir zuwendet. Seine aschfahlen Augen suchen etwas in den meinen, versuchen, etwas auszusprechen, ohne Worte zu benutzen, mir etwas zu sagen, was er nicht über die Lippen bringt. Geschockt von der Niedergeschlagenheit in seinen Augen, richte ich meinen Blick schnell wieder auf den Boden. Nach einigen Sekunden lockert sich sein Griff wieder von meinem Arm und er zieht seinen Arm zurück, nicht ohne zuvor meine Hand gestreift zu haben. Eine Gänsehaut zieht sich über meine Hand und den Arm entlang nach oben. Dann klopft Lori an die Tür, der vertrauliche Moment ist vorüber und ich frage mich, ob ich mir das Ganze soeben nur eingebildet habe.

Schweigend warten wir, bis sich die Tür öffnet und wir eintreten dürfen. Im Vergleich zu den bisherigen Zimmern, die ich gesehen habe, ist dieses hier das größte. Ein alter, hölzerner Tisch steht links von mir, an der Wand dahinter liegen zwei Fenster und lassen das Sonnenlicht hereinströmen.

Emmanuel, Alessandra, Seb, ein älterer Mann und eine weitere Frau stehen im Raum. Sie scheinen auf uns gewartet zu haben. Um einen Blick aus dem Fenster zu erhaschen, gehe ich einige Schritte nach rechts, um an Alessandra, die davor steht, vorbei nach draußen zu sehen. Doch alles, was ich erkennen kann, sind braungraue Erde und mehrere blätterlose Baumskelette.

„Nita, Melek", begrüßt uns Emmanuel und Lori schiebt uns weiter in den Raum hinein. Wir stellen uns vor Emmanuel, alle Augen liegen nun auf uns. Melek steht dicht neben mir, so nahe, dass ich mir einbilde, seine Wärme würde zu mir herüberströmen, doch womöglich ist es nur meine eigene Nervosität, die mir Schweißtropfen auf die Stirn treibt. Man muss mir mein Unbehagen angemerkt haben, denn plötzlich spüre ich Loris Hand auf meiner Schulter, zuversichtlich drückt sie sie kurz und lässt dann wieder los.

„Wie ihr bereits wisst, werdet ihr, wie alle anderen, bei uns eine Arbeit aufnehmen, doch davor braucht ihr schnellstmöglich eine Ausbildung." Emmanuels Stimme füllt den Raum, dringt in jede Ecke, prallt an den Wänden ab und bahnt sich einen Weg in mein Bewusstsein. „Ressourcenverteilung, das macht Lori." Er weist mit seinem Finger hinter uns, wo Lori steht. „Davide", sein Finger zeigt auf den etwas älteren Mann, „Nahrungsbeschaffung und Nahrungszubereitung." Der Mann hat kurzgeschorenes graues Haar, kleine Augen und gerade, hellbraune Brauen. Sein emotionsloser Ausdruck macht es mir schwer, einzuschätzen, was er von uns hält. „Kampf und Verteidigung macht Alessandra, Lucia und Seb sind für die Expeditionen zuständig." Als er die weiteren Möglichkeiten aufzählt, fällt mir auf, dass auch er ein Tattoo besitzt an seinem linken Unterarm, welches seine Identitätsnummer verbirgt.

„Melek, du gehst zu Alessandra. Kampfausbildung." Ich dachte, wir könnten selbst wählen? Aus dem Augenwinkel erkenne ich, dass Melek nickt. Ich presse meine Nägel in die Handflächen, in dieselben Gruben von gestern. Schmerz breitet sich in meiner Hand aus und drängt die Angst in meinem Kopf zur Seite. Mein Blick landet auf dem fremden Mann, Davide. Mit starren, ausdruckslosen Augen mustert er mich. Nahrungsbeschaffung und Zubereitung. Das klingt für mich nach einem euphemistisch ausgedrückten Begriff für Kochen. Bestimmt werde ich nicht meine Zeit damit verbringen, denke ich stur. Ressourcenverteilung klingt ebenso langweilig und was würden bloß Ivana, Timur und sogar Leo denken, würde ich dorthin gehen? Kommt also auch nicht in Frage.

„Nita, dich schicken wir zu Lori." Lori? Mein Gehirn scheint einen Moment auszusetzen, ich kann ihren Namen nicht mit meiner Zuteilung verbinden. Ein kurzer Augenblick vergeht. „Lori …? Ressourcenverteilung?", endlich fasse ich mich wieder. Die Nervosität scheint mein Gehirn blockiert zu haben. Kurz nachdem die Worte meinen Mund verlassen haben, übermannt mich die Enttäuschung. Nicht nur Enttäuschung, nein, auch Scham. Sie denken, ich wäre nicht fähig genug und vorbereitet auf die Außenwelt. Unbewusst nehme ich wahr, wie Alessandra auf mich zu kommt.

„Ressourcenverteilung, capisci, den ganzen Tag hier drinnen. Keine Action für dich, eh?" Ihre Stimme zieht an mir vorbei, als wären die Worte bloß ein kurzer Windstoß, der mir um die Ohren weht. Ist ja klar, dass Melek eine Kampfausbildung bekommt, denke ich entrüstet. Dabei bin ich jene, die in der Schule war und mehr über die Welt weiß. Alles, was er weiß, ist doch bloß, wie man Wohneinheiten baut, Straßen zusammenflickt oder nicht einzuschlafen bei derselben eintönigen Arbeit in der Fabrik. Doch meine Zunge klebt am Gaumen, unfähig die Worte zu bilden, die ich aussprechen möchte. Meine Zurückhaltung straft mich erneut. Ich spüre Loris Stimme an meinem Ohr.

„Komm, Nita." Sie legt den Arm um mich und führt mich in Richtung Türe. Ich lasse meine angespannten Schultern zusammensacken und trotte neben Lori her. Meine Niedergeschlagenheit scheint sich im gesamten Raum ausgebreitet zu haben. Niemand möchte etwas sagen, niemand außer Alessandra, die immer ein paar Worte für mich übrig hat.

„Vai ora, Lassourdo!", ruft sie mir nach. Obwohl ich ihre Worte nicht verstehe, nehme ich an, dass sie nicht als Aufmunterung gedacht sind. Nicht mal um den bösen Blick von Emmanuel, den er jetzt wahrscheinlich Alessandra zuwirft, zu sehen, drehe ich mich zurück um.

„Nein!" Meleks raue Stimme ertönt. Lori hält abrupt in ihrer Bewegung inne und wir drehen uns um. „Nita gehört nach draußen. Ihr kennt sie nicht, wie wollt ihr schon wissen, wo sie am besten hingehört? Ich aber kenne sie besser, sie ist schüchtern, aber wenn sie erst einmal aus sich herauskommt, dann ist sie zu mehr fähig, als ich selbst es bin." Beschämt senke ich den Kopf, als Melek mich ein wenig bloßstellt. „Sie benutzt ihren Verstand, was ihr einen erheblichen Vorteil verschafft gegenüber solchen wie mir, die mit roher Gewalt versuchen, ans Ziel zu kommen. Nita geht zu Lucia, capito?!" Er wirft die letzten Worte provokativ in Alessandras Richtung. Sofort fühle ich mich schuldig für meine vorherigen Gedanken. Ich richte mich wieder gerade auf und bemühe mich um eine starke, selbstbewusste Haltung, die Meleks Worte widerspiegelt.

„Stronzata, seht sie euch doch an. Die hat draußen doch nix zu suchen", kontert Alessandra.

„Sei still, Alessa", sagt Lori genervt. Verloren stehe ich inmitten des Wortgefechts, unfähig etwas zu sagen, geschweige denn mich zu verteidigen.

„Was weißt du schon? Kennst du Nita etwa?" Eine etwas unbehagliche Glücklichkeit macht sich in mir breit, als ich höre, wie Melek für mich einsteht. Das tut ein großer Bruder, denke ich, doch es fühlt sich falsch an. Melek bringt mich mit seinem sturen Beharren darauf, dass wir nicht verwandt sind, schon ganz durcheinander. Jetzt beginne ich schon daran zu denken, dass die Geschichte einen Haken hat.

„Melek, ruhig." Endlich mischt sich Emmanuel ein. Seine Stimme lässt alle verstummen. „Nita", er seufzt auf, „also gut, wir schicken dich zum Expeditionsteam, aber wenn wir merken, dass du dort nicht am richtigen Ort bist, kommen wir wieder auf unsere ursprüngliche Zuteilung zurück." Erleichtert atme ich aus. „Zuerst bekommst du eine Grundausbildung in Kampf und Verteidigung bei Alessandra."

„Alles klar, danke", antworte ich ihm mit fester Stimme und unterdrücke das Zittern darin. Schnell werfe ich Melek einen Blick zu, der selbstzufrieden vor sich hin grinst.

„Gut, dann wär das done. Geht beide mit Alessandra mit." Mit diesen Worten geht er an Lori und mir vorbei hinaus zur Tür, die er offen stehen lässt. Davide und Seb, die sich beide aus der Diskussion rausgehalten haben, folgen ihm, dann geht auch Lori hinaus, nicht ohne mir kurz zuzunicken. Sie wirkt ein wenig niedergeschlagen. Beinahe möchte ich das Geschehene rückgängig machen, um doch mit Lori zur Ressourcenverteilung zu gehen, denn ihr Ausdruck versetzt mir einen Stich ins Herz. Ich mag es nicht, wenn andere Leute wegen mir leiden. Die Traurigkeit springt immer auf mich über, doch da ich hier nicht mehr in Zyklonia bin, darf ich das tun, was ich möchte, und dafür sollte ich mich wohl nicht schuldig fühlen müssen.

„Alessa, ich geh heute raus. Vielleicht sind wir nachmittags zurück und ich kann dich unterstützen." Zum ersten Mal höre ich Lucias Stimme. Weich und melodisch bildet sie einen starken Gegensatz zu ihrer Erscheinung.

„Okay, wär sicher nicht schlecht, wenn wir zu zweit wären. Mittlerweile sind es ganz schön viele." Sie schaut mich scharf an. Dann kommt sie einige Schritte auf mich zu, sodass ich die vereinzelten Sommersprossen auf ihrer Nase sehen kann. So wenige sind es, dass sie von Weitem gar nicht erkennbar sind. „Ich rate dir, dich anzustrengen. In culo alla balena, eh." Ihr warmer Atem streicht mir über das Gesicht. Mit diesen Worten geht sie an uns vorbei. Zurück bleiben Melek, Lucia und ich.

„Wir sehen uns, Nita", sagt Lucia zu mir und kurz darauf ist auch sie durch die Tür. Melek blickt mich intensiv an. Ein Teil von mir möchte sich bei ihm bedanken, der andere ist noch immer wütend auf ihn wegen seinem Verhalten gestern. Einmal behandelt er mich wie eine Schwester und sorgt sich um mich, im anderen Moment schreit er mich an und lässt an mir seine Wut aus. Ich löse den Blickkontakt mit ihm.

„Venite", ertönt Alessandras Stimme von außen und ich nehme an, sie möchte, dass wir kommen.

„Lass uns gehen", sagt Melek mit solch ruhiger Stimme, dass ich mich wundere, ob tatsächlich er vorhin den aggressiven Ton angeschlagen hat und nicht wer anders.

Wir treten auf den Gang hinaus, wo Alessandra auf uns wartet. Mit zusammengekniffenen Augen mustert sie uns. Einen nächsten abfälligen Kommentar erwartend, versuche ich mich dagegen zu wappnen. Plötzlich spüre ich, wie Melek mir seinen Arm um die Schulter legt. Beschützend. Ob er es wegen Alessandra tut? Diese scheint die weitere Bemerkung hinunterzuschlucken, dreht sich um und stolziert davon. Noch immer den Arm um mich gelegt, führt mich Melek den Gang hinunter. Die Tische der Halle sind noch immer gut besetzt, doch wir durchqueren den Raum nicht erneut, sondern nehmen eine Tür in der anderen Ecke. Als wir gemeinsam hinaustreten, muss ich die Augen sogleich zusammenkneifen. Etwas scheint mir in die Augen geflogen zu sein, was war es bloß? Was muss man tun, wenn das geschieht, kriegt man das wieder raus? Zuhause hatten wir immer saubere Luft, nie gefährdete einem etwas die Sicht. Aus Angst, dass mir erneut etwas in die Augen fliegt, presse ich meine Augen fest zusammen. Mit beiden Händen reibe ich mir die Augen, in der Hoffnung, es würde besser werden. Ich spüre, wie Melek seinen Arm von meinen Schultern nimmt.

„Gewöhnt euch dran, das ist der aufgewirbelte Staub von der trockenen Erde. Wenn es windet, was es so gut wie jeden Tag tut, fliegt der überall herum." Alessandra muss direkt vor uns stehen, der Lautstärke ihrer Stimme zu Folge. „Hier, nehmt die vorerst einmal. Nach einer Weile werdet ihr euch daran gewöhnen." Sie drückt mir etwas in die Hände. Noch immer mit geschlossenen Augen frage ich sie, was das sein sollte.

„Eine Brille, die setzt du dir auf die Nase, damit dir weniger Staub in die Augen fliegt."

„Eine was?" Melek muss noch immer direkt neben mir stehen.

„Brille." Alessandra spricht das Wort langsam aus, als würden wir das Wort selbst nicht verstehen, dabei kennen wir doch bloß den Begriff an sich nicht. Als wir noch immer nichts mit dem Gegenstand anzufangen wissen, den wir ratlos in den Händen halten, stöhnt sie genervt auf. Sie nimmt ihn mir aus der Hand und setzt ihn mir aufs Gesicht. Einige Male blinzle ich und versuche dann meine Augen ganz zu öffnen. Die Sonne blendet mich und die Sicht ist getrübt wegen des vielen Staubes in der Luft. Direkt vor meinen Augen sind zwei durchsichtige Gläser. Ob das dasselbe Glas ist wie bei mir zuhause im Zimmer? Ich schaue zu Melek hinüber und lache auf, als ich ihn mit der Brille im Gesicht sehe.

„Ich hoffe, du gewöhnst dich bald an den Staub, diese Brille ist nicht gerade vorteilhaft für dein Aussehen."

„Ha, du müsstest dich einmal sehen. Sie nimmt ja beinahe dein ganzes Gesicht ein", kontert Melek sofort und wir lachen. Für einen kurzen Moment habe ich vergessen, dass ich eigentlich noch immer wütend auf ihn bin. Als ich mich wieder daran erinnere, erstirbt mein Lachen. Melek scheint direkt verstanden zu haben, was los ist und wendet sich schnell ab. Irritiert blickt Alessandra zwischen uns beiden hin und her, beschließt dann aber weiterzugehen, nicht bevor sie uns beiden noch ein Bandana in die Hand drückt. Wir tun es Alessandra nach, als sie sich damit ihren Mund und die Nase bedeckt.

Wir sind nicht am selben Ort wie gestern Abend, da wir die Tür auf der anderen Seite hinaus genommen haben, doch das Wenige, das ich erkennen kann, sieht etwa gleich aus. Als wir Alessandra folgen, passieren wir einige Häuser, die mehr oder weniger noch stehen. Sie sind aus weißem Stein, haben flache Dächer und meistens kaputte Fenster. Je weiter wir gehen, desto gehäufter kommen sie vor und es scheint mir, als wären wir in einer Art Stadt. Voller neuem Selbstvertrauen spreche ich Alessandra darauf an.

„Sind wir hier in einer alten Stadt?"

„Einer Stadt?", sie lacht auf und sofort schäme ich mich für meine Frage. Ist es so offensichtlich? „Das ist höchstens ein kleines Dorf, aber ein wenig weiter weg gibt es eine richtige Stadt. Dort gibt es mehrere Hochhäuser, die eng …" „Hochhäuser?", unterbricht Melek sie.

„Sagt mal, habt ihr darüber eigentlich nichts in der Schule gelernt?" Darauf erwidern wir nichts. „Sfotti?", sie lacht spöttisch auf. „Hört jetzt auf mit der Fragerei, wir sind gleich da."

Mit da meint sie einen Innenhof, der umgeben ist von einem rötlichen Gebäude, dessen Fenster abgeriegelt und zugedeckt sind, viele davon besprüht mit Graffiti. Er ist nur ein wenig kleiner als die Halle in der Fabrik. In der Mitte des Hofes steht eine Gruppe Jugendlicher, die laut miteinander sprechen und lachen, als wir ankommen. Sofort suchen meine Augen nach bekannten Gesichtern, doch mit den schwarzen Kleidern sehen sich alle sehr ähnlich. Weshalb tragen sie überhaupt Schwarz? Bei dieser Hitze ist das sicherlich keine der schlausten Ideen. Der Weg hier hin war ziemlich flach und ich schätze es ist kaum 10.00 Uhr, trotzdem schwitze ich. Ich ziehe mir den schwarzen Pullover über den Kopf und hänge ihn mir über die Schultern. In diesem Moment erblicke ich Ivana und ein Teil der Angespanntheit fällt von mir ab. Alessandra geht auf die Gruppe zu, Melek und ich hinter ihr her.

„Ivana!", rufe ich, als wir bei der Truppe angekommen sind. Ihr Gesicht hellt sich auf, als sie mich sieht, und ich schlängle mich durch die Menge, um zu ihr zu gelangen. Kurz frage ich mich, ob ich Melek mit mir ziehen soll, lasse ihn dann aber bei Alessandra stehen. Einige der anderen blicken mich verwundert an, fragen sich, was ich wohl hier zu suchen habe, inmitten ihres Kreises, doch ich lasse mich nicht durch sie irritieren. Auch Timur steht bei Ivana und grinst mich an. Er trägt schräg einen schwarzen Gürtel, an welchem eine Pistole hängt. Es fällt mir wieder ein, dass er schon fertig ausgebildet ist. Was er wohl trotzdem hier tut? Hinter ihm stehen einige Mädchen, die ihn interessiert beobachten. Ich versuche sie auszublenden, doch immer wieder fällt mein Blick auf ihre aufgeregten Gesichter und ihre hohen Stimmen dringen in mein Bewusstsein.

„Welche Lüge hast du denen denn aufgetischt, dass sie dich hierher gelassen haben?" Ich drehe Timur demonstrativ den Rücken zu und wende mich an Ivana: „Zuerst wollten sie mich in die Ressourcenabteilung stecken, aber ich werde in das Expeditionsteam gehen."

„Das heißt, du machst mit uns deine Grundausbildung. Sick! Wir werden wahrscheinlich nicht zusammen trainieren, aber wenigstens bist du hier bei uns." Aufgeregt blickt sie mich an. Ihre Augen leuchten, wieder erinnert sie mich an Elisa. Ich schüttle den Kopf, ich muss aufhören, Elisa überall zu sehen, sie ist weg. Endgültig.

Timur holt mich wieder zurück in die Gegenwart, indem er mir seinen Arm um die Schulter legt und mich zur Seite zieht.

„Was soll denn das, Nob? So machst du dir hier keine Freunde." Vorwurfsvoll blickt er mich an, doch seine Stimme klingt nicht annähernd genug ernst, als dass ich ihm seine Seriosität abgekauft hätte. Gerade als ich etwas erwidern möchte, ruft Alessandra etwas, um unsere Aufmerksamkeit zu erlangen.

„Die Fortgeschrittenen können selbst trainieren, die anderen kommen mit mir."

„Na dann viel Spaß."

„Euch ebenfalls", sage ich zu den beiden und mache mich auf den Weg zurück zu Alessandra, bei welcher Melek noch immer steht. Einige andere, weitaus Jüngere, haben sich vor Alessandra gesammelt und sind schon wieder in ein lautes Gespräch verwickelt. Alessandra führt uns zu einer Art Tisch, der mehrere Meter lang ist und improvisiert aus brüchig aussehenden Holzkisten und einer rostigen Metallplatte aufgebaut ist. Als wir näherkommen, erkenne ich, was darauf platziert wurde und mein Magen zieht sich zusammen. Kurz wünsche ich mir, doch nicht eine Kampfausbildung zu erhalten, dabei hätte ich mir das ja denken können.

Mehrere Waffen liegen vor uns. Keine modernen, wie die CPs sie haben, sondern ähnliche wie jene, die Emmanuel an unserem ersten Abend benutzt hat. Der Tisch steht vielleicht zehn Meter von der Wand entfernt, vor welcher verschiedene Ziele aufgestellt sind. Metallplatten in allen Größen und Formen, die wegen unzähligen Schusslöchern und Beulen ziemlich gebraucht aussehen.

„Ihr könnt mit einigen Schussübungen beginnen. Lassourdo, Neva, ihr kommt hierher." Alessandra geht an das andere Ende des Tisches und winkt uns hinüber.

„Ma avanti, worauf wartet ihr?!", schreit sie die anderen an, die uns, statt ihren Anweisungen nachzukommen, neugierig mustern. Hastig greifen sie nach den Waffen, stellen sich in einer Reihe vor dem Tisch auf und beginnen zu zielen. Als die Erste abschießt, ein Mädchen, das gut drei Jahre jünger ist als ich, wende ich meinen Kopf ab. Das Bild erscheint mir so unnatürlich. Es führt mir den Ernst der Sache vor Augen, den ich in seiner Gesamtheit wahrscheinlich noch gar nicht richtig erfasst habe.

„Va bè, nehmt die Pistole, ich zeige euch, wie sie zusammengebaut ist, wie man sie betätigt und worauf ihr achten müsst, dass ihr niemanden abknallt, den ihr noch wollt." Ihre harschen Worte schüchtern mich ein und ich zögere einen Moment. Alessandra zieht eine ihrer schön geschwungenen Augenbrauen nach oben und ich erinnere mich an Emmanuels Worte. Skeptisch gegenüber der Waffe strecke ich vorsichtig meine Hand danach aus und umfasse das Metall. Es erstaunt mich, wie schwer die Pistole ist, als ich sie hochhebe. Melek untersucht sie bereits genauestens, während ich sie noch unschlüssig in meiner Hand wäge. Neben mir nimmt Alessandra ihre eigene Pistole in die Hand, welche sie in einem Holster um ihren Oberschenkel gesteckt hat. Sie ist um einiges neuer als unsere, doch die Funktionsweise wird dieselbe sein. Mit schnellen Handgriffen nimmt sie ein schwarzes Stück hinaus und legt es auf den Tisch, wo weitere solche bereits liegen.

„Das hier ist das Magazin. Ist keines in eurer Waffe, so ist sie nutzlos. Im Magazin befindet sich die Munition, die ihr abfeuert." Sie greift in die Hosentasche und holt ein kleines, silbriges Metallstück hervor. „Eine Patrone. Sie besteht aus einem Zündelement, einer Hülse, dem Treibmittel und dem Geschoss. Hier." Sie drückt sie mir in die Hand. Ich bezweifle, dass die CPs auch solche Patronen haben. Ihre Waffen müssen anders funktionieren, nehme ich an.

Alessandra zeigt uns, wie man das Magazin einsetzt und wechselt, wie man die Waffe entsichert und abfeuert. Nachdem wir das Laden unzählige Male geübt haben, damit wir es sicherlich nicht mehr vergessen werden – ich mit zittrigen Fingern, Melek geschickt und schnell –, zeigt sie uns, wie wir uns hinstellen und die Waffe halten müssen.

„Ecco, stell dich da hin." Alessandra schiebt mich ein Stück weg vom Tisch, Melek folgt uns. „Stell dich leicht schräg hin, das eine Bein vorne. Merkt euch, ein wenig seitlich zu stehen, damit verringert ihr die Trefferfläche für euren Gegner." Sie stellt sich hinter uns und gibt uns diverse Anweisungen. „Nehmt die Waffe, umfasst sie mit beiden Händen und greift sie so weit oben wie möglich mit möglichst großem Kontakt zur Waffe. Je besser euer Griff, desto mehr Kontrolle habt ihr im Schuss." Alessandra korrigiert mehrere Male meinen sowie auch Meleks Griff. Ich habe keine Chance, mir alle ihre Instruktionen zu merken. Das Wichtigste, das bei mir hängen bleibt, ist, dass alle vier Finger der Hand, mit welcher ich nicht schieße, unter dem Abzug liegen müssen, der Daumen am Waffenlauf. Die andere Hand umfasst den Pistolengriff und der Zeigefinger liegt am Abzug. Ich bezweifle ohnehin, dass ich in einer echten Situation noch viel mehr weiß, als wo der Abzug ist und vielleicht noch, wie ich die Pistole lade.

„Va bè, ihr könnt die Waffe wieder runternehmen." Erst jetzt realisiere ich, dass rund um uns die anderen noch immer schießen.

Ich suche die andere Gruppe, in welcher Ivana ist. Soweit ich es erkenne, sind sie soeben den Kampf ohne Waffe am Üben. Ich schüttle meinen Arm aus, um ihn zu lockern und werfe Melek einen Blick zu. Er hält die Waffe, als wäre es das Normalste für ihn. Er wirkt natürlich und unbefangen, als würde er kaum wissen, dass er ein Werkzeug zum Töten in der Hand hält. Für mich hingegen fühlt sich die Waffe so fremd an, aber ich weiß, dass ich lernen muss, sie zu bedienen und zu gebrauchen, denn sonst werde ich niemals auf die Expeditionen mitgehen können. Wer sich hier draußen nicht verteidigen kann, ist immer abhängig von jenen, die es können und Abhängigkeit schränkt meine Freiheit ein, die ich soeben neu entdeckt habe.

„Lassourdo, stell dich wieder hin, wir schießen." Freiheit. Das ist es, was mich weitertreibt. Freiheit. Möglichst selbstbewusst stelle ich mich vor eine der Zielscheiben, einen Meter weiter rechts von Melek.

„Hier." Alessandra wirft uns je ein Magazin zu.

„Wir haben doch schon eines", sage ich irritiert.

„Die Magazine von vorhin waren leer. Hast du wirklich gedacht, ich würde euch beide mit einem vollen Magazin üben lassen?" Sie lacht spöttisch, weswegen ich ihr einen finsteren Blick zuwerfe „Na los, worauf wartest du, wechsle das Magazin oder hast du schon wieder vergessen, wie es geht?" Ich sehe, dass Melek kurz davor ist, Alessandra eine freche Antwort entgegenzuwerfen, um mich in Schutz zu nehmen, doch irgendetwas hält ihn davon ab. Vorhin, als wir geübt haben, dachte ich, sie wäre endlich über ihren Frust hinweg und würde mich mit ihren provokativen Bemerkungen in Ruhe lassen, doch ich habe mich anscheinend getäuscht.

„Natürlich nicht! Oder denkst du, ich vergesse etwa so schnell, wie du es tust?", blaffe ich sie an, plötzlich voller Selbstvertrauen, doch Alessandra geht nicht weiter auf meine Provokation ein. Verbittert wechsle ich das Magazin und werfe ihr bewusst kräftig das leere zu. Mühelos fängt sie es und sieht mich herausfordernd an. Ohne sie weiter zu beachten, stelle ich mich hin, umfasse die Pistole und warte. Ich höre, wie Melek abschießt. Und nochmals, nochmals. Beim vierten Mal trifft er das Ziel.

„Hmm", macht Alessandra hinter uns. „Lassourdo", sagt sie an mich gewandt, „schieß endlich." Tief Luft holend umfasse ich die Pistole, spüre das robuste Metall, die kaputten, rostigen Stellen, den Abzug, um den sich mein Finger legt. Dann atme ich aus, drücke ab und versuche durch den Rückstoß nicht zu stark nach hinten zu fallen. Alessandra schnalzt mit der Zunge; ich muss nicht nachschauen, ob ich getroffen oder verfehlt habe. Ich senke die Waffe und drehe mich zu Melek um, der mich ohne Regung mustert. Ob er es innerlich bereut, sich für mich eingesetzt zu haben, jetzt wo er gemerkt hat, wie unbegabt ich tatsächlich bin? Doch er meidet den Augenkontakt, sodass ich keine Chance habe, es herauszufinden.

„Macht weiter, ich geh zu den anderen", sagt Alessandra. „Und, Lassourdo", hängt sie an, „wenn ich Recht behalten werde, was dich angeht, wird Emmanuel es als Erster erfahren." Ihre Drohung liegt in der Luft zwischen Melek und mir, als sie sich von uns entfernt. Wir zögern, keiner möchte etwas sagen. Schließlich stelle ich mich wieder hin und ziele. Erneut daneben. Meine Hände zittern. Ein nächster Schuss. Es scheint nicht besser zu werden. Ich merke, wie Melek, der mich beobachtet hat, näher kommt, doch ich beachte ihn nicht. Erneut knalle ich in die Wand. Nun steht er direkt neben mir.

„Nita, es tut mir leid." Seine Stimme klingt nahe an meinem Ohr. Ich weiß nicht, was ich darauf erwidern soll, weshalb ich einen weiteren Schuss abfeuere. „Es tut mir leid. Ich darf dich nicht für mein schlechtes Leben verantwortlich machen." Noch immer beachte ich ihn nicht. „Nita, sieh mich an", sagt er mit fester Stimme, sodass ich nun doch den Kopf zu ihm drehe und die Waffe sinken lasse. „Ich hätte dich nicht so anschreien dürfen, es war falsch." Ich nicke.

„Aber das, was du gesagt hast, meinst du trotzdem, oder wie?" Ich kann es nicht lassen, die Bemerkung auszusprechen.

„Nein, nein, Nita, es ist ja nicht deine Schuld." Ich höre einen bitteren Ton in seiner Stimme.

„Weißt du, wie schwierig diese Situation hier für mich ist?" Ich versuche ruhig zu bleiben. „Du hattest es nicht gut in Zyklonia.

Ich aber habe Eltern dort, mein Zuhause ist dort, alles, was ich je hatte, ist dort. Und alles, was du tust, als ich gerade völlig überwältigt wurde von diesen neuen Erkenntnissen und meinen Emotionen, ist, mich anzuschreien und für dein miserables Leben verantwortlich zu machen." Melek ist einige Schritte zurückgewichen, obwohl ich kaum laut gesprochen habe. Ich seufze auf, ich wollte überhaupt nicht vor ihm mein ganzes Innenleben ausbreiten. Doch die Worte sind schon raus, ich kann sie nicht mehr zurücknehmen.

„Zyklonia hat dich ausgenutzt. Die Bokowskis sind hinterhältige Scums. Dein Zuhause ist nicht mehr dort. Ganz ehrlich, es wundert mich kaum, dass sie uns ausgebeutet haben. In diesem Maß hätte ich nicht gedacht, aber irgendwie war es doch immer klar. Du bist zu wohlbehütet aufgewachsen, um das zu verstehen." Die Anschuldigung zieht an mir vorbei, doch der Spott in seiner Stimme bleibt an mir hängen. Wie kann er bloß!

„Zyklonia ist mein Zuhause, Melek. Es gibt nicht nur Schlechtes dort, es …"

„Wärst du so aufgewachsen wie ich, Nita, würdest du das anders sehen. Du kannst dir kaum vorstellen, welch gutes Leben du gehabt hast bei den Scums."

„Weißt du was, Melek, vielleicht hast du dieses Drecksleben in den Slums ja verdient!" Ich höre, wie Melek seine Waffe fallen lässt. Mit meinen Augen folge ich ihr. Ich weiß, dass ich das nicht hätte sagen dürfen, doch in diesem Moment ist es mir egal. Doch kaum sind die Worte über meine Lippen, überfällt mich die Reue. Melek ist selbst bloß überfordert mit dem Geschehenen, habe ich ihm nicht gerade vorgeworfen, mich zu beschuldigen und anzuschreien? Und jetzt tue ich dasselbe. Ich versuche meine Tränen zurückzuhalten. Langsam hebe ich meinen Blick wieder und gehe auf Melek zu und schaue zu ihm hoch. In seinen Augen stehen Tränen, schmerzvoll verzieht er sein Gesicht. Vorsichtig überbrücke ich die letzten Zentimeter zwischen uns und schlinge meine Arme um ihn. Er drückt mich an sich, seine Haare kitzeln mich im Nacken.

„Ich hätte das nicht sagen sollen. Es ist nicht wahr", murmle ich gegen seine Brust. Ich spüre, wie er nickt.

„Wir sind unterschiedlich aufgewachsen in Zyklonia, das ist jetzt Vergangenheit. Wir gehen nicht mehr zurück, wir können es ruhen lassen, es spielt hier keine Rolle mehr. Wir sind hier jemand anderes, jemand Neues, nicht mehr eingeschränkt durch irgendjemanden", erwidert Melek mit sanfter Stimme. Eine Weile lang umarmen wir uns noch, dann lösen wir uns behutsam voneinander, ängstlich, den anderen wieder zu verletzen.

„Du hast Recht, Melek. Es ist Vergangenheit." Mit der Hand fährt er mir übers Gesicht und streicht mir die Träne weg, die einen Weg hinaus gefunden hat.

„Komm, lass uns weitermachen, bevor Alessa kommt und uns anschnauzt." Er grinst mich an und ich kann nicht anders, als es zu erwidern. Er hebt seine Pistole auf und beginnt zu schießen. In dieser kurzen Zeit ist er schon viel treffsicherer geworden, ich hingegen sehe bei mir nicht einmal den geringsten Fortschritt. Ich entsichere die Waffe und tue es Melek nach, indem ich mich wieder korrekt hinstelle. Ich versuche die Waffe so zu halten, wie Alessandra es uns gezeigt hat.

„Du musst deine Einstellung zur Waffe ändern, dann wird sich das Übrige automatisch verbessern." Melek fragt mich nicht, er weiß es. „Die Waffe ist dein Freund. Mit ihr verteidigst du die Menschen, die du liebst. Sie hilft dir, diese Menschen zu beschützen und dich an deinen Feinden zu rächen."

„Wen?", frage ich. „Wen soll ich damit beschützen, wenn ich niemanden mehr habe, den ich liebe und der meine Verteidigung braucht?"

„Mich, deine Freunde hier, deine Eltern zuhause." Er wartet einen Augenblick, unsicher, ob er die nächsten Worte aussprechen soll. „Räche dich an den Bokowskis, sie haben deine Eltern umgebracht." Deine Eltern. Unsere Eltern. Er hat Recht, unsere Eltern starben durch den Rat und dafür werden sie bezahlen.

„Sag es, Nita, sag es laut." Mit neuer Entschlossenheit stelle ich mich wieder in Position.

„Sie haben meine Eltern umgebracht, sie haben sie umgebracht. Sie werden dafür bezahlen." Ich halte meine Waffe so stark umschlungen, dass meine Knöchel weiß hervortreten.

„Die Waffe ist dein Freund."

„Die Waffe ist mein Freund", wiederhole ich und atme tief ein. Mit dem Ausatmen schieße ich. Was Domanski wohl sagen würde, wenn er mich sähe? Würde er mich dabei unterstützen?

„Besser", sagt Melek und holt mich zurück in die Wirklichkeit. „Du kannst das, der Rest ist Training. Wir werden das hier zusammen durchmachen, okay?" Intensiv blickt er mir in die Augen. Seine grauen Augen halten mich fest, er gibt mir Kraft. Die Kraft, die ich nicht habe. Die Kraft, nicht aufzugeben, weiterzukämpfen für meine Freiheit. Doch immer noch schleichen sich Zweifel hinein. Versuchen mich zu durchdringen, aber vielleicht ist es an der Zeit, an meinen Zweifeln zu zweifeln. Ich lächle Melek an, beinahe schüchtern erwidert er es.

Kapitel

Die nächsten Stunden vergehen entgegen meinen Erwartungen schnell. Den ganzen Morgen üben wir Schießen, erst nach dem Mittagessen, für das wir zurück in die Halle müssen, beginnen wir mit dem körperlichen Training. Kraft, Ausdauer und Technik. Melek und ich haben einiges aufzuholen, obwohl wir bei der Anfängergruppe sind, doch wir können uns nicht allzu schlecht angestellt haben, da es Alessandra immer schwerer fällt Gründe zu finden, uns zu kritisieren und mit ihren Kommentaren bloß-zustellen. Es stellt sich heraus, dass wir uns gegenseitig gut er-gänzen. Melek kennt sich mit dem Schießen und dem Zuschla-gen aus, gibt mir den nötigen Willen, meinen Körper und eine Waffe gegen jemanden zu benutzen. Ich hingegen unterstützte ihn im Taktischen. Der gesamten Technik hinter einem Kampf, den verschiedenen Schlägen und Abwehrbewegungen, bei de-nen es nicht nur auf pure Kraft ankommt, und mit Tipps bei der Ausdauer, wie man länger laufen kann.

Erschöpft, aber erfüllt, lasse ich mich am Abend neben Timur auf die Bank fallen. Leise seufze ich auf; dieses Leben hier verwun-dert mich immer wieder aufs Neue. Die Scheinwerfer wurden wieder überspannt mit einem Textil, dieses Mal wird die Hal-le in ein dunkles Violett getaucht. Draußen ist es bereits dunkel. Unwillkürlich werfe ich einen Blick auf mein Handgelenk, su-che nach dem vertrauten, metallenen Gegenstand, nach den Zah-len, die weiß aufleuchten, doch alles, was ich vorfinde, ist ein weißer Fleck. Noch lange habe ich mich nicht daran gewöhnt.

181

Damit meine ich nicht nur das fehlende Endgerät, sondern alles um mich herum. Immer wieder wird mir klar, dass ich hier noch immer wie eine Fremde bin, die an der Hand geführt werden muss, der man alles zeigen und der man erklären muss, wie das Leben hier funktioniert. Doch ist dieses Leben nicht das, was ich immer wollte? Vielleicht wäre es das, wäre da nicht der Gedanke an mein verlorenes Zuhause, welcher bei mir noch immer ein unangenehmes Ziehen in der Magengegend hervorruft.

„Lasst uns zum Creep gehen, kommt."

„Yep", sagt Timur neben mir, „komm, Nob, jetzt lernst du einmal das wahre Leben hier bei uns kennen."

„Das wahre? Und das wäre?"

„Das wirst du schon sehen, komm jetzt." Mit einem Ruck zieht er mich auf die Füße und führt mich hinter Ivana und Tommy nach vorne. Dorthin, wo ich gestern Abend Melek gefunden habe, als er sich mit Zacharias unterhielt.

„Hier, nimm das." Ivana drückt mir eine bräunliche Glasflasche in die Hand. Ein wenig angewidert mustere ich sie, beschließe dann aber, mich darauf zu verlassen, dass Ivana mir nichts Gefährliches andrehen würde. Auch Timur und Tommy drückt sie eine ähnliche Flasche in die Hand, die sie, wie ich jetzt erkenne, von Zacharias entgegennimmt. Vorsichtig stelle ich das Getränk vor mir auf die Theke und mustere die vielen verschiedenen aufgereihten Getränkeflaschen, die sich hinter Zacharias türmen, der fleißig Getränke verteilt. Abgesehen von einem dieser qualmenden Stängel, welcher ihm aus dem Mundwinkel hängt, sieht er genau gleich aus wie letztes Mal. Klirrende Gläser, laute Stimmen, Rauch überall, farbiges Licht. Für einen kurzen Moment schließe ich die Augen, da ich denke, dass mein Gehirn nicht mehr nachkommt, die vielen Informationen von den Rezeptoren meiner Sinne aufzunehmen. Ich öffne sie wieder. Hin und her flitzen meine Augen, nicht wissend, wo sie verweilen sollen, wo sie versuchen sollen, etwas zu erfassen und zu begreifen. Meine Augen landen wieder auf der unbekannten Flüssigkeit vor mir. Ich sehe, wie eine Hand sie mir wieder in die Hände drückt.

„Auf Nita, Cheers", ruft Ivana laut und lacht. Eine Hand landet auf meiner Schulter.

„Cheers!" Die Flaschen klirren, als sie aneinander schlagen. Ein wenig Flüssigkeit schwappt über und läuft das Glas entlang hinunter, bis es auf meine Hand tropft. Die anderen heben die Flaschen an ihren Mund und bevor ich weiter darüber nachdenke, tue ich es ihnen nach. Es brennt in meiner Kehle, als ich schlucke. Wärme macht sich in mir breit und ich grinse in die Runde. Gar nicht so übel, denke ich und nehme einen weiteren Schluck.

„Glaub mir, in Zyklonia habt ihr so einiges verpasst, allem voran den Spaß", sagt Timur.

„Die Produktion von alkoholhaltigen Getränken stellt in unserer Gesellschaft keinen Nutzen dar, sondern zeigt eine gesundheitsgefährdende Wirkung auf den menschlichen Körper auf, sowie eine umweltschädliche Produktion, die wir nicht mehr länger aufrechterhalten werden", sagt Ivana in korrektem Deutsch und in seriösem Ton, was Timur und Tommy auflachen lässt. Ich blicke sie kurz verwirrt an, dann verstehe ich. „Was? Stimmt es etwa nicht? Bei euch gibt es doch keinen Alkohol?" Entrüstet blickt sie mich an, als hätte sie Angst, falsch zu liegen.

„Nein, nein, Wasser und gesunde Smoothies sind alles, was man in Zyklonia als flüssige Versorgung erhält." Ich weigere mich, Zyklonia als ‚bei uns' zu bezeichnen. Es gibt kein ‚uns' mehr. Erneut führe ich die Flasche an meine Lippen, doch Timur umfasst mein Handgelenk und zwingt mich, den Arm sinken zu lassen.

„Alkohol, meine Liebe. Hast du Ivana nicht zugehört?"

„Ja, was ist damit? Ich dachte, er sei zum Trinken gedacht, weshalb sonst würdet ihr ihn mir in die Hand drücken?", erwidere ich ironisch.

„Alkohol beeinflusst deine Wahrnehmung, Aufmerksamkeit und dein Reaktionsvermögen. Er gelangt in dein Blut und wird unter anderem ins Gehirn transportiert", erklärt mir Tommy und tippt sich zur Verdeutlichung an den Kopf, „Alkohol entspannt und wirkt anregend. Er wirkt sich auch auf deine Stimmung aus. Wenn du zu viel trinkst, wird dir übel und morgens hast du Kopfschmerzen."

„Hast du gehört? Hangover." Timur schnippt mit den Fingern vor meinem Gesicht herum, als hätte ich längst zu viel getrunken. „Also, mach mal langsam, ihr Nobs seid das nicht gewöhnt", fügt er grinsend hinzu und schüttet sich provokant den Rest seines Getränkes hinunter. Genervt über Timurs befehlenden Ton schüttle ich seine Hand ab und trinke aus Protest einen weiteren Schluck. Laut aufseufzend geben die anderen es auf, doch sie scheinen es nicht allzu ernst zu nehmen, wie es aussieht, halten sie selbst nicht so viel von kontrolliertem Konsum. Außerdem fühle ich mich gut. Warm, geborgen und glücklich. Nicht wie zuhause, doch das muss wohl nicht zwingend schlecht sein.

„Hast du Melek gesehen?", frage ich Timur mit lauter Stimme, um den Lärm zu übertönen.

„Deinen Bruder? Ist er nicht das dort?", mit dem Finger weist er auf die andere Seite der Theke, wo tatsächlich Melek steht, der gerade einen kräftigen Schluck aus seiner Flasche nimmt. Dankend nicke ich Timur zu, da fällt mir plötzlich etwas auf.

„Bruder? Von wo weißt du davon?" Misstrauisch blicke ich ihn an.

„Solche Dinge sprechen sich herum. Außerdem seid ihr beide ein interessantes Gesprächsthema", antwortet er mir grinsend. Ich erwidere nichts darauf. Es sollte mir eigentlich nichts ausmachen, aber trotzdem liegt etwas Endgültiges darin, wenn Timur das mit solch einer Verständlichkeit sagt. Trotz Timurs Worten nehme ich einen weiteren Schluck und beobachte dabei Melek. Seine Augen sind kaum erkennbar, da seine Haare ihm wie immer tief ins Gesicht hängen. Seine dunkelblonden Haare leuchten durch das Licht violett. Wie seine Augen wohl in dem Licht aussehen? Plötzlich hebt er den Kopf und blickt direkt in meine Richtung. Beinahe hätte ich die Flasche fallen gelassen, doch ich fasse mich gerade noch rechtzeitig. Er hebt den Arm leicht und seine Mundwinkel verziehen sich kurzzeitig zu einem Lächeln. Er prostet mir zu und nimmt einen Schluck seines Getränkes. Gerade als ich es ihm nachtue, fällt mir die Tätowierung an seinem Unterarm auf. Dort, wo seine Identitätsnummer war, befindet sich ein keltisches Muster, ähnlich wie Timurs, und trotzdem strahlt es etwas ganz anderes aus. Es sieht aus wie eine Flamme, die sich seinen Arm hochschlängelt und sich unter dem schwarzen Stoff seiner Jacke versteckt. Melek muss meinen faszinierten Blick gesehen haben, denn er stellt seine Flasche ab und zieht seine Jacke aus. Darunter trägt er ein schwarzes, ärmelloses Shirt, das seine Tätowierung gut zur Geltung bringt. Er zeigt mir seinen Arm. Bis nach oben über die Schulter zieht sich die Tinte, doch wenn ich mich nicht täusche, ist sie dort noch nicht zu Ende. Fasziniert betrachte ich seinen Arm. Auch Melek scheint vertieft in die Zeichnungen auf seinem Körper. Als ich meinen Blick zu seinem Gesicht weiterschweifen lasse, meine ich, Stolz darin lesen zu können. Melek blickt mich erneut an und weist mit seinem Finger auf mich, dann auf seinen Arm. Unschlüssig zucke ich mit den Schultern. Verlockend ist der Gedanke, keine Frage. Doch gehört das wirklich zu mir? Wie kann ich sicher sein, dass es nicht nur ein verzweifelter Versuch von mir ist, mich anzupassen an das Leben, um aufgenommen zu werden? Würde ich mich damit nicht nur als jemand anderen ausgeben? Wenn ich meine Nummer überdecken lasse, dann nur, wenn ich mir sicher bin, dass es tatsächlich für mich ist. Für mich und gegen Zyklonia, auch wenn das bedeutet, mich von meinen Eltern endgültig trennen zu müssen. Erneut zucke ich mit meinen Schultern. Melek formt Worte, seine Lippen bewegen sich, er streckt mir den Daumen nach oben zu und nickt. Ich versuche, seine Lippen zu lesen, doch es gelingt mir nicht. Lachend gebe ich ihm zu verstehen, dass ich nicht weiß, was er mir sagen möchte. Er winkt grinsend ab. Täusche ich mich oder wirkt er gerade ein wenig schüchtern? Verlegen beiße ich mir auf die Lippe und versuche mit aller Kraft, den Gedanken zu verdrängen, der sich gerade versucht, in meinen Kopf zu zwängen. Melek lässt seinen Blick noch einen Moment auf mir ruhen, bevor er sich Zacharias zuwendet, der ihm seinen Glimmstängel hinhält. Doch gerade als ich sehen möchte, ob er ihn entgegennimmt, unterbricht mich Ivana, indem sie mir ihren Arm um die Schultern legt und mich zu sich zieht.

„Und, gefällt es dir hier?"

„Ja", kurz pausiere ich, „ja, es ist sick bei euch."

„Sick?", mit großen Augen blickt sie mich an, „hey, habt ihr gehört? Es ist sick bei uns."

„Nice", antwortet Tommy lachend und zieht Ivana zu sich, um sie zu küssen. Meine Augen kreuzen jene von Timur, der erwartungsvoll seine Augenbrauen nach oben zieht. Schnell wende ich mich von ihm ab. Mir ist aufgefallen, dass auch er mittlerweile einen dieser brennenden Stängel zwischen den Lippen hat. Froh um die Möglichkeit, das Schweigen zwischen uns zu überbrücken, wende ich mich mit meiner Frage an ihn.

„Was ist das eigentlich?"

„Ein umweltschädliches Produkt", antwortet er mir frech und zieht daran. Er nimmt das Stück aus dem Mund und bläst mir den Rauch ins Gesicht.

„Haha", mache ich genervt und unterdrücke den Impuls zu husten. „Sag schon, ich kenn das nicht."

„Das hier ist eine Zigarette, das vom Creep aber zum Beispiel ist ein Joint. Nicht das Gleiche. Aber man raucht beide."

„Hmm … Und für was ist das gut?" Ich habe den Sinn noch nicht ganz begriffen. Mit zusammengekniffenen Augen begutachte ich die Zigarette. Macht es Spaß, daran zu ziehen? Oder ist es Alkohol, den man raucht statt trinkt?

„Es beruhigt, mehr nicht. Aber es schadet der Lunge und dem Gehirn."

„Weshalb würdest du das tun, wenn es dir schadet?"

„Man fühlt sich gut, weil irgendetwas in der Zigarette macht, dass in meinem Gehirn ein Stoff ausgeschüttet wird und ich gut gelaunt werde." Ich nicke. „Hat mir Tommy erklärt", gibt er stolz zu.

„Kein Wunder gibt es die in Zyklonia nicht. Die schaden uns ja nur und man hat keinen Nachteil, wenn es solche Zigaretten nicht gibt, oder?" Timur nickt und zieht gedankenverloren an seinem Glimmstängel. „Und es ist umweltschädlich, weshalb tut ihr es hier dann?"

„Weißt du, Nita, der Schaden, den dieses Stück hier", er hält mir die Zigarette vors Gesicht, „in unserer Natur anrichtet, ist zu gering, als dass er groß etwas beeinflussen würde. Die wahren Umweltprobleme sind andere. Die Welt ist nicht zerstört wegen ein paar von diesen Cigs."

„Weshalb würde der Rat es dann verbieten?" „Es geht den Tyrants doch vielmehr darum, euch unter Kontrolle zu haben und über euch zu bestimmen. Das fängt schon im Kleinen an, egal ob es umweltschützend ist oder nicht, wenn sie es euch verbieten können, dann ist das ein Beweis ihrer Macht, verstehst du?"

„Ja, aber wir wissen, dass unser System auf den geringst möglichen Konsum ausgelegt ist und das beinhaltet auch ein Verbot von nicht lebensnotwendiger Gebrauchsware", antworte ich Timur, auch wenn ich mit der Betrachtungsweise der Bokowskis, was lebensnotwendig ist und was nicht, auch nicht ganz einverstanden bin.

„Und was soll das hier denn?", fragt mich Timur ironisch und nimmt meine Hand, an welcher sich mein Ring befindet. Froh um den Themen- und Stimmungswechsel lache ich. „Haben wir hier eine Rebellin?"

„Sagt der, der sein ganzes Leben im Verborgenen vor dem Rat verbracht hat?", feixe ich, drehe seinen Arm um und weise auf sein Tattoo, worunter sich seine Identitätsnummer befindet.

„Ach, das", er winkt lässig ab und winkt dann Zacharias zu uns hinüber.

„Mischst du etwas für uns?", fragt er ihn. An mich gewandt meint er: „Ich bin zum Schluss gekommen, dass du für einen Nob doch mehr verträgst, als ich gedacht habe. Einen Drink noch?"

Als Antwort grinse ich ihn an. Ivana und Tommy gesellen sich wieder zu uns, sie scheinen beschlossen zu haben, für den Moment genug von ihrer Zweisamkeit zu haben.

„Hey, nehmt ihr auch einen Drink?", frage ich sie.

„Yep, nehmen sie", antwortet Timur an ihrer Stelle und ruft es Zacharias zu, der soeben weiter hinten mit den Flaschen im Gange ist, etwas zusammen zu mischen. Einige Minuten später ist er bei uns und stellt jedem von uns einen Becher hin. Dieses Mal, ohne nachzudenken, stoße ich mit den anderen an und schütte die Flüssigkeit hinunter. In dem Augenblick, als der Alkohol meinen Hals hinunterfließt, denke ich, dass ich diesen Moment festhalten muss. Noch nie habe ich mich so unbeschwert gefühlt. Kein nervöses Zittern, kein ständiges Überdenken, keine Angst mehr, wenn ich etwas sage. Könnte es nicht immer so sein? Die eigene Schüchternheit überbrücken mit Alkohol, sodass sie mich nie mehr in Schach halten könnte? Es klingt verlockend, doch auch in meinem jetzigen Zustand weiß ich, dass es nie so weit kommen darf. Ich würde mein Leben wegschmeißen, das Leben, das ich soeben richtig zu lieben begonnen habe.

Ich weiß nicht, wie lange wir noch miteinander geredet, gelacht und getanzt haben, doch was ich weiß, ist, dass Melek immer dort war, auf der anderen Seite. Immer wieder merkte ich, wie mein Blick zu ihm wanderte, wie ich zu ihm gehen wollte und gleichzeitig aber auch bleiben wollte, wo ich war.

Plötzlich aber werden wir aufgeschreckt. Aufgeweckt aus unserer kleinen, heilen Welt, die wie ein Traum war, den wir gerade träumten. Die Halle ist nun hell erleuchtet und um uns herum höre ich empörte Rufe. Einen Moment lang bin ich irritiert, dann begreife ich, dass jemand den violetten Stoff von den Scheinwerfern weggenommen haben muss. Verunsichert blicke ich zu Melek hinüber, dessen Blick mich auffängt. Ich erkenne Erschöpfung in seinen Augen und für einen kurzen Moment auch Erleichterung.

Das helle Licht holt mich wieder zurück in die Wirklichkeit und die Müdigkeit kriecht auch bei mir zurück in die Glieder. Was ist bloß los? Hat jemand aus Spaß die Tücher entfernt? Doch ein Blick zu den anderen reicht, um diese Option auszuschließen. Misstrauisch und ein wenig ängstlich blicken sie nach vorne, wo einige bewaffnete Erwachsene beginnen, etwas aufzurichten.

„Das sieht nicht gut aus", sagt Tommy. Wir nicken zustimmend.

„Trash, was geschieht hier?"

„Wartet, ich geh schauen." Mit diesen Worten geht Timur mit schnellen Schritten nach vorne, wo sich immer mehr Leute anzusammeln beginnen. Seine hohe Gestalt verschwindet in der Menschenmenge, alle gehen und rennen durcheinander, doch keiner scheint zu wissen, was passiert. Doch vielleicht findet Timur etwas heraus, mit seiner Ausstrahlung, seiner Stellung als bereits Ausgebildeter und seiner Statur hat er bestimmt bessere Chancen etwas zu erfahren als jeder und jede andere von uns. Aber wie es scheint, müssen wir nicht auf Timur warten, bis wir herausfinden, was vor sich geht.

An die Schüsse habe ich mich mittlerweile gewöhnt und bin dieses Mal erleichtert, als sie durch die Halle ertönen und die aufgeregten und ängstlichen Stimmen verstummen lassen. Emmanuel steht oben am Geländer und blickt auf uns herunter. Als ich in die Gesichter rund um mich herum blicke, sehe ich, wie froh alle sind, ihn vor sich zu sehen. Ihn als Führungsperson, der man folgen kann, die einem sagt, was man tun sollte und was getan werden muss.

„Wir haben entschieden, dass wir so bald wie möglich unsere Fabrik evakuieren. Wir gehen davon aus, dass die Tyrants mittlerweile von uns wissen und einen Angriff planen." Wider meine Erwartung ist es totenstill. Keiner wagt, etwas zu sagen, alle hängen an den Lippen von Emmanuel und erwarten, dass sie sich erneut öffnen und erklärende Wörter hervorbringen. „In unserer verbleibenden Zeit wird jeder und jede über zehn Jahre mit einer Waffe ausgerüstet. Niemand verlässt die Fabrik unbewilligt und unbeaufsichtigt. Die Blacks können jeden Moment hier sein. Seid wachsam." Er nickt uns zu, dreht sich dann um und verschwindet den Gang hinunter, gefolgt von seiner üblichen Truppe.

Mit beunruhigter Miene sehe ich, dass sich an den schmalen Ausgangstüren bewaffnete Leute mit sturem Blick aufgestellt haben. Wachposten. Im nächsten Moment spüre ich eine Hand auf meiner Schulter und erleichtert lasse ich mich auf die Umarmung ein, in die mich Melek zieht.

„Komm, lass uns eine Waffe holen", flüstert er mir ins Ohr. Ich nicke an seiner Brust und versuche seinem Herzklopfen zu lauschen, um mich auf etwas anderes zu konzentrieren, als die uns bevorstehende Situation. Melek löst sich aus der Umarmung, nimmt mich an der Hand und zieht mich durch die Menschenmenge, die sich langsam nach vorne schiebt, wo die Waffen verteilt werden. Einige böse Blicke treffen uns, Wortfetzen, die sich gegen uns richten, einige Stöße gegen den Rücken. Ich bin froh um Meleks Beistand.

„… nur eure Schuld, dass wir alle aufgeflogen sind", zischt jemand neben mir. Kurzerhand stößt Melek den Mann, von dem die Worte gekommen waren, grob nach hinten, was einige Protestrufe auslöst, die Melek einfach an sich abprallen lässt. Danach dreht er sich zu mir um, zieht mir die Kapuze meines Pullovers über den Kopf, um mich vor den Blicken abzuschirmen, nicht ohne dabei meine Wange mit seinen rauen Fingern zu streifen.

„Komm, gehen wir weiter. Hör nicht auf sie."

Vorne angekommen nehmen wir beide je eine Pistole und einen Holster entgegen. Wir binden ihn uns gegenseitig um den Oberschenkel, stecken die Waffe hinein und blicken unschlüssig umher. Die Waffe an meinem Bein fühlt sich schwer an, schwer und ungewohnt. Der Rausch des Alkohols scheint wie weggewischt. Mit klammen Händen fasse ich an das kühle Metall, umfasse den Griff. Ob ich sie schon bald brauchen werde?

Kapitel

Der nächste Tag vergeht schleppend. Auf dem Weg zu unserem Trainingsplatz werden wir von zusätzlichen Wachen eskortiert. Überall treffen wir auf weitere Bewaffnete, die Ausschau halten nach einem Zeichen eines möglichen Angriffes. Alle spüren, dass Vorbereitungen im Gange sind. Das Gerücht geht umher, dass wir womöglich schon morgen an einen anderen, sichereren Ort, der sich weiter weg von der Fabrik befindet, evakuiert werden. Alle trainieren doppelt so fleißig, wir strengen uns umso mehr an. Es ist fühlt sich an, als sitze uns die Gefahr im Nacken und wir wären pausenlos am Davonrennen.

Nach dem Nachmittagstraining verziehen Melek und ich uns zusammen auf das Dach, auf welches wir zum Glück noch ohne Erlaubnis und Eskorte dürfen. Wir setzen uns an den Rand und lassen die Beine hinunterbaumeln. Ohne ein Wort zu wechseln, sitzen wir eine Weile da. Ich nehme meine Pistole aus dem Holster und lege sie ein wenig entfernt von mir hin. Den ganzen Tag lastet ihr Druck auf mir, sie erinnert mich ständig an die permanente Gefahr, die uns umgibt. Ich brauche Distanz von der Waffe, wenigstens für einige kostbare Minuten.

„Denkst du, sie werden tatsächlich bald einen Angriff starten?", fragt mich Melek plötzlich.

„Ich denke schon", antworte ich vorsichtig, verunsichert unter seinem intensiven Blick. „Die Frage dabei ist nur, wie erfolgreich ihre Suche nach uns ist. Ob sie bereits herausgefunden haben, wo wir uns befinden. Denn dann werden sie kaum lange warten, uns auszuschalten. Wir stellen die Bedrohung dar, vor der sie sich am meisten fürchten", fahre ich fort mit einer solch ruhigen und gefassten Stimme, dass ich selbst verwundert bin über meine eigene Gelassenheit. Eine Weile lang ist es still zwischen uns. Noch streckt die Sonne ihre Strahlen zu uns und taucht die Landschaft um uns herum in Licht. Erneut dringt mir ein verbrannter Geruch in die Nase.

„Riechst du das?", frage ich Melek.

„Diesen Geruch, ja. Was ist es?"

„Verbrannt. Ich habe Lori gefragt, woher er kommt, denn schon als wir zum ersten Mal nach draußen kamen, fiel er mir auf." Wir grinsen uns kurz an, als wir uns beide wieder an diesen Moment erinnern, da schließlich doch alles gut ausgegangen ist für uns. Die Lockerheit, mit der wir an das Geschehene zurückdenken, beruhigt mich. Sie nimmt einen Teil der Angst und Panik weg, die ich damit verbinde, und vielleicht auch ein bisschen von der Realität, dass es tatsächlich passiert ist.

„Erzähl, von was kommt er?", nimmt Melek das Gesprächsthema wieder auf. Er scheint ehrlich interessiert.

„Unser Essen, unsere Trinkflaschen, unsere Wohneinrichtung in Zyklonia, alles ist möglichst umweltfreundlich und darauf ausgelegt, dass es wiederverwendet werden kann. Früher wurde Plastik gebraucht, in gigantischen Mengen und weitere nicht-wiederverwendbare Verpackungen, die dann verbrannt wurden." Ich lege eine Pause ein und betrachte, wie Melek die richtigen Schlüsse zu ziehen beginnt. „Wie es aussieht haben die Bokowskis uns nicht nur, was die tierischen Produkte angeht, hintergangen, sondern auch was die Verpackungen und alle weiteren Alltagsgegenstände betrifft." Nun stöhnt Melek auf.

„Und wie haben wir davon nie etwas mitbekommen?", hakt er nach.

„Vieles geschieht draußen, außerhalb unserer Kuppel. Einige Dinge, wie zum Beispiel die Müllverbrennungsanlagen, sind aber innerhalb Zyklonias." Ich sehe das Misstrauen in Meleks Augen. Leicht kneift er sie zusammen. „Meint Lori jedenfalls", füge ich hinzu, denn vielleicht sollte ich tatsächlich nicht alles Gehörte auf Anhieb glauben. Ich bemerke Meleks Blick und fahre fort:

„Anscheinend sind einige dieser Anlagen in Kuppeln installiert worden in Pryzydora. Vor Jahren hat offenbar ein Arbeiter eine Verbrennungsanlage entdeckt. So hat die Revolution der Arbeiter ihren Anfang genommen."

„Und die verbrannt riechende Luft wird demnach nach draußen gepumpt?"

„Right. So ist es." Noch immer kann ich es selbst nicht fassen. Wir verfallen beide wieder in Schweigen. Ein schwacher Wind bläst und ich beobachte, wie weiter unten die trockene Erde leicht aufgewirbelt wird. Unwillkürlich werde ich daran zurückerinnert, wie Melek und ich kurz davor waren, erschossen zu werden. Die Erinnerungen an die Pistole an meinem Kopf, an den Staub in meinem Mund und die Augen, als Melek mich zu Boden drückte, an mein pochendes Herz, als Zajac immer weiter zurück ging mit mir und an seine letzten Worte strömen auf mich ein. Sie lassen mein Herz stark gegen meine Brust hämmern. Wie froh wir sein können, dass wir gerettet wurden. Und doch ist Melek misstrauisch ihnen gegenüber? Oder inzwischen nicht mehr?

„Melek?"

„Ja?" Sein Tonfall ist misstrauisch, als ahne er schon, was ich fragen möchte, auch wenn er sein Misstrauen zu verbergen versucht.

„Meinst du noch immer, dass man den Leuten hier nicht trauen kann?" Er seufzt auf. Offensichtlich hat sich seine Meinung nicht geändert.

„Lass uns über etwas anderes reden, okay?" War ja klar. Trotzdem nicke ich zustimmend. Ich spüre, wie er mich von der Seite betrachtet. Abwägend? Währenddessen schließe ich meine Augen, genieße das Gefühl der wärmenden Sonne auf meiner Haut, blende aus, dass sie womöglich gerade unzählige meiner Hautzellen zerstört, die überhaupt nicht abgehärtet sind gegen diese UV-Strahlung. Doch es ist mir egal. Ich überdenke zu viel. Zu diesem Schluss bin ich gestern Abend gekommen und an diesem werde ich auch weiterhin festhalten. So gut es geht.

„Deine Narbe hier", sagt Melek mit leiser, brüchiger Stimme, als würde ihn der Anblick schmerzen „von wo hast du die?"

Er berührt mit dem Finger vorsichtig die Stelle an meinem linken Schlüsselbein, über welches sich eine längliche, weiße Narbe zieht, die leicht hervorsteht. Vorsichtig ziehe ich den Ärmel des Tanktops über meine Schulter, um die ganze Narbe freizulegen, die ziemlich lang ist.

„Meine Adoptiveltern wissen nicht, woher sie kommt, also muss sie noch von meiner Zeit in den Slums kommen. Doch die Erinnerungen daran sind wie ausgewischt. Aber …", ich stocke, als Melek mit dem Finger die Narbe entlang fährt. „… sie hatte immer etwas Geheimnisvolles für mich. Etwas Mysteriöses. Ich malte mir früher die verrücktesten Geschichten aus, wie es wohl zu dieser Verletzung kam."

„Und die wären?", fragt er grinsend.

„Ach", ich lache auf.

„Siehst du, hier", sagt er, als ich nichts weiter sage, und zeigt auf seine Augenbraue, „die hab ich mir einmal geholt." Ein Stück der Augenbraue ist an einer Stelle nicht mehr richtig nachgewachsen, da sie unterbrochen wird von der Narbe, die sich relativ unscheinbar darüber zieht. Abwartend schaue ich ihn an.

„In den Slums war ich in einen Konflikt verwickelt. Einer der Arbeiter wurde zusammengeschlagen und da griff ich halt ein, da ich nicht zusehen konnte, wie er hilflos am Boden lag und einen Schlag nach dem andern verpasst bekam."

„Zusammengeschlagen?", erschrocken blicke ich ihn an. Sein Gesichtsausdruck wird düster.

„Es gibt verschiedene Arbeitergangs, wenn du in keiner bist, hält dir niemand den Rücken frei und keiner muss sich vor einer Rache fürchten, wenn er dich ausnimmt." Melek fährt sich durch die Haare, die ihm aber direkt wieder nach vorne ins Gesicht fallen. „Und dieser eine war naiv, wusste nicht, wie es in den Slums ablief und bekam die Konsequenzen davon direkt zu spüren."

„Ich … das heißt, du warst auch in einer solchen Gang?"

„Yep, aber nur in einer kleinen. Einfach, damit wir Ruhe vor den anderen hatten, wir hielten uns ohnehin aus jedem großen Streit hinaus."

„Und die Narbe … wie geschah es?"

„Kurz nachdem ich auf die anderen losgegangen bin, kamen die Kontrollfreaks und zerrten uns auseinander. Ich war wütend über die Ungerechtigkeit, die sie einfach so ihren Lauf nehmen ließen, also schlug ich wohl ziemlich um mich und irgendwann fiel ich zu Boden. Ich muss auf einen Stein oder so gefallen sein mit dem Kopf, davon kommt sie."

„Und danach ließen sie dich einfach gehen?"

„Nicht ohne mir einen Eintrag zu verpassen."

„Und dich auf der Medicstation behandeln zu lassen, hast du natürlich nicht in Erwägung gezogen. Liege ich richtig?", frage ich grinsend nach, denn dem Aussehen seiner Narbe nach zu urteilen, wurde sie nicht wirklich verarztet. Melek wirft mir einen belustigten Seitenblick zu.

„Richtig geraten, was sollte ich denn dort schon?" Kopfschüttelnd betrachte ich ihn. Nein, verantwortungsbewusst ist er bestimmt nicht, was ihn selbst angeht. „Schlimm war es ohnehin nicht", fügt er beinahe entschuldigend hinzu, als er meinen prüfenden Blick bemerkt. Sein Trotz fasziniert mich irgendwie. Habe ich etwas verpasst, weil ich mein ganzes Leben lang immer brav die Regeln befolgt habe? Kaum einen Schritt habe ich über die unüberschreitbare Grenze getan, abgesehen von ein paar kleinen Vergehen. Ich grinse ihn an, was auch Melek ein Lächeln entlockt, wodurch sich Grübchen in seinen Wangen bilden. Ich wende mich wieder nach vorne. Weiter weg erkennen wir eine Gruppe von etwa einem Dutzend Personen, die gerade zurück zur Fabrik kommen. Ich folge ihnen mit meinen Augen, bis sie unmittelbar unter uns stehen. Ich höre, wie sich die Tür öffnet und die Gruppe dann mitsamt ihren Gesprächen verschluckt. Erneut ist es ruhig.

„Weißt du, Nita, irgendwie bewundere ich dich."

„Bewundern?", frage ich irritiert. Worauf möchte er jetzt schon wieder hinaus?

„Deine Art. Wie ruhig du stets bist, wie gefasst und kontrolliert und trotzdem ist da dieses Feuer in dir, das ausbrechen möchte und dich zu wagemutigen, rebellischen Taten zwingen möchte." Erneut fährt er sich mit der Hand durch das Haar. Mein

Blick bleibt an seinen Tätowierungen hängen. Feuer. Schwarze, geschwungene Linien, manchmal breiter, manchmal schmaler, die sich nach oben winden, die gebräunte Haut unter sich verschwinden lassen und sie zu verbrennen scheinen, schwarz werden lassen. Zwischen den Flammen, darüber und darunter erstrecken sich weitere Ornamente, Verzierungen und Muster, die die faszinierende Komplexität der Tätowierung erzeugen und es unmöglich machen, sie mit einem Blick zu erfassen. Ob das Feuer für ihn wohl eine tiefere Bedeutung hat? Wenn man seinen Arm näher betrachtet, sieht man, wie über der schwarzen Tinte feine, blonde Härchen verstreut sind, die wie kleine Flammenspitzen aus seiner Haut sprießen. Meleks Worte lassen mich lächeln und ein glückliches Gefühl durchströmt und erfüllt mich. Vielleicht bin ich doch mehr Teil dieser Welt, als ich es gedacht habe. Ich spüre Meleks Arm an meiner Schulter. Seine Wärme. Ich spüre, wie er seinen Arm behutsam in meine Richtung schiebt. Kurz hält er in der Bewegung inne, dann umfasst er meine Hand. Er lässt seine Finger zwischen meine gleiten. Eine Weile lang wagt niemand ein Wort in die stille Luft zu sagen, die zwischen uns liegt als einzige Distanz und Trennung. Meine Gedanken rasen durcheinander. Was passiert hier gerade? Ist das noch immer Geschwisterliebe? Nein, denn beim Sonnenuntergang Hände haltend auf dem Dach, eng nebeneinander sitzend tönt nur allzu romantisch. Zu romantisch. Viel zu romantisch. Es darf keine Romantik zwischen uns geben. Trotzdem ziehe ich meine Hand nicht weg. Genieße ich die Berührung etwa? Ängstlich versuche ich es mir auszureden. Erneut durchströmt mich das warme Gefühl, wie am Vorabend, doch ist es nicht bloß wegen der Wärme hier draußen? Verwirrung greift um mich und umspinnt mich mit ihren klebrigen Fäden. Sehnsucht, Angst, Vertrauen und Zuneigung und …

„Melek, ich … ich kann das nicht." Ich löse meine Hand ruckartig von seiner, springe auf, stecke meine Pistole zurück in den Holster und eile zur Treppe.

„Nita, was soll das? Bitte! Merkst du es denn nicht?!" Habe ich gerade noch rechtzeitig gehandelt? „Hör mir zu, Nita!" Ich bin bei der Treppe angelangt. „Glaubst du denn nicht an Missverständnisse?" Seine Stimme bricht. Ein tiefer Schmerz durchfährt mich, als ich mich nochmals umblicke nach Melek, der nun, mit dem Kopf nach vorn gebeugt, stumm dasitzt, die Hand neben ihm ausgestreckt. Sein blondes Haar ist wirr, seine grauen Augen verloren. Keine blaue Sprenkel sind mehr darin zu finden.

Während des Abendessens in der Halle suchen meine Augen pausenlos nach Melek. Doch der hochgewachsene, blonde Junge lässt sich nicht blicken. Nicht vor dem Essen, nicht während und auch nicht danach. Das schlechte Gewissen frisst mich von innen auf und ich bringe kaum einen Bissen runter vom Abendessen, das aus selbstangebautem Kohl und Kartoffelbrei besteht. Nicht Leos witzige Kommentare, nicht Timurs lachende Augen und nicht Tommys liebevolle Stimme können mich aufmuntern.

Nach dem Essen verschwinde ich ins Zimmer. Wie erwartet finde ich auch dort Melek nicht.

„Nita, kann ich hereinkommen?" Die leise Stimme von Ivana ertönt vor der Zimmertür.

„Mhm", flüstere ich so ruhig, dass sie es wahrscheinlich von draußen nicht hören kann. Dennoch öffnet sich die Tür einen Spaltbreit und Ivanas helles Gesicht mit den rötlichen Haaren erscheint. Sie grinst mich schwach an, als sie mich auf der Couch sieht, die Beine an den Körper angezogen, den Kopf auf den Knien ruhend.

„Komm, ich will dir was zeigen." Mit dem Kopf nickt sie in Richtung Gang. Da ich sie nicht enttäuschen möchte, stehe ich auf und gehe mit schweren Schritten zur Tür. Ivana hat es nicht verdient, meine Niedergeschlagenheit zu spüren zu bekommen, sie war stets offen und hilfsbereit zu mir. Ich sage ihr, unten auf mich zu warten, da ich noch ins Bad muss. Dort angekommen spritze ich mir zum wiederholten Mal kaltes Wasser ins Gesicht. Mit den nassen Fingerspitzen fahre ich über meine Augenbrauen, die von der Nässe beinahe schwarz sind und einen starken Kontrast zu meinen grünen Augen bilden. Wasser läuft meine Schläfe entlang hinunter, über den dunkelvioletten Bluterguss, bis ans Kinn, tropft auf meine schwarzen Stiefel, wo es dann verschwindet. Ein Tropfen, ein zweiter, ein dritter. Ich stelle mir vor, wie die Sorgen sich nach und nach von mir lösen, aus meinem Bewusstsein tropfen, sich durch die Poren in meiner Haut nach draußen zwängen und schließlich zu Boden fallen, von wo aus sie mich nicht mehr stören und beirren können. Ich zähle zwölf Tropfen, wische, nachdem der letzte gefallen ist, mein Gesicht am Pullover trocken und stoß dann mit neuer Entschlossenheit die Tür aus dem Bad auf.

„Da wir wahrscheinlich bald von hier fortmüssen, habe ich beschlossen, dass es dringend nötig ist, dir unsere größten Gems zu zeigen." Kein Vorwurf, keine Wut, nicht einmal eine winzige Anschuldigung versteckt sich hinter ihren Worten. Mit keinem Wort deutet sie an, dass es meine Schuld ist, dass wir von hier fortmüssen.

„Und das wären?", frage ich nach, amüsiert über ihre Wortwahl.

„Die Graffiti", erklärt sie stolz, „bist du bereit für eine kurze Geschichtslektion?"

„Aber sicher." Seit ich vom Vergehen des Rates erfahren habe, steht die Vergangenheit in einem ganz neuen Licht. Hat mich früher die Zukunft mehr interessiert, so hat die Vergangenheit in mir eine neue Neugierde geweckt. Insbesondere das fünfzigste Jahr.

„Nice! Let's go."

Wir nehmen die Treppe hinunter in das Untergeschoss, aus welchem Melek und ich am ersten Tag hochgekommen sind. Die Stimmen der vielen Leute oben in der Halle werden immer leiser, als wir eine Metallstufe nach der anderen weiter nach unten gehen.

„Überall in den verbliebenen Ruinen und Bruchbuden findet man Graffiti oder andere Relikte von früher. So versuchen wir uns ein Bild zusammenzusetzen aus den einzelnen Stücken, die wir hier finden. Alles, was wir bis jetzt wissen, sind Bruchteile, wir glauben, dass da noch viel mehr draußen ist, das uns die Tyrants verschwiegen haben", erklärt mir Ivana. Ihr rotes Haar leuchtet im schwachen, gelblichen Licht. Sie hat es sich in einem Knoten hochgesteckt, einzelne Härchen stehen ab und umrahmen ihr Gesicht. Ihre Piercings reflektieren das Licht, sie glitzern, wenn sie den Kopf bewegt. In dem Moment, als Ivana ihre Lippe berührt, das Silberstück hin und her dreht, fällt mir auf, was mir schon am ersten Tag in den Kopf geschossen ist. Das Haar, die Hautfarbe, die Unermüdlichkeit ihrer Energie … Die Worte brennen mir auf der Zunge, doch im letzten Moment halte ich mich zurück. Womöglich wäre es ungeschickt, es so direkt und ohne zu überdenken anzusprechen. Die Angst, das zu zerstören, was sich zwischen uns gebildet hat, lässt die Worte in meinem Mund schmelzen. Ich schlucke sie runter und folge Ivana tiefer in den Keller hinein. Wir durchqueren den Raum, der sich noch viel weiter nach hinten erstreckt, als ich anfangs angenommen habe. Das wenige Licht, das von der Halle zu uns heruntergedrungen ist, folgt uns nicht mehr bis nach hinten. Kurzerhand zückt Ivana etwas aus ihrer Hosentasche, es klickt kurz und ein weißer, dünner Lichtstrahl erscheint.

„Das … was ist das?" Verwirrt suche ich nach Ivanas blassem Gesicht in der Dunkelheit.

„Eine Taschenlampe, was sonst? Damit wir etwas erkennen können, die Lichter hier hinten sind kaputt. Keine Energieversorgung mehr. Vieles konnten wir damals reparieren, doch einiges blieb kaputt, wie die Lichter hier unten."

„Hmm, Taschenlampe. Für was braucht man eine solche überhaupt?"

„Na, für jetzt zum Beispiel."

„Braucht die nicht viel zu viel Energie? Es sieht nicht aus, als wäre sie besonders effizient und von wo hat sie die Energie überhaupt?"

„Man setzt Batterien ein. Aber die haben wir hier gefunden, ich weiß nicht, von wo sie die Energie haben. Aber bestimmt aus der Verbrennung von Erdöl, auch wenn ich nicht weiß, wie die Batterien noch immer funktionieren können nach dieser langen Zeit."

„Erdöl? Ivana, schalt die Lampe aus!", rufe ich empört.

„Ausmachen?", sie atmet tief ein, „Nita, die Energie ist schon gewonnen, das Erdöl schon verbrannt, es wäre Verschwendung, würden wir sie nicht brauchen." Ich versuche mich wieder zu fangen.

„Ja", sage ich, die Stimme wieder ruhiger, „ja. Tut mir leid, ich …"

„Schon gut. Übrigens arbeiten einige von uns daran, dass wir hier draußen selbst ein eigenes Energiegewinnungssystem aufbauen können. Eine Kombination aus Wasserkraft und Windkraft. Nicht annähernd so effizient wie jene von Zyklonia, aber wenigstens sind wir damit wieder ein Stück unabhängiger."

„Das ist gut. Weißt du, sie liegen nicht falsch mit der Umweltkrise", sage ich. Für einen kurzen Moment habe ich Angst, dass sie denkt, ich möchte sie belehren, doch glücklicherweise versteht sie meine Sorgen.

„Na klar, wir wissen das schon. Nur ist es nicht immer einfach, nach perfektem Vorbild zu leben, wenn wir noch mit unzähligen anderen Problemen zu kämpfen haben. Einige Dinge müssen wir einfach von früher übernehmen." Ich nicke und nehme die zweite Taschenlampe entgegen, die Ivana mir reicht.

„Right." Ivanas Stimme hat wieder ihren ursprünglichen lebhaften und aufgestellten Ton zurückgewonnen. „Hier, zuerst wollte ich dir Nortarus zeigen." Wir gehen einige Schritte, dann leuchtet Ivana mit dem Lichtstrahl auf einen großen Kopf. Die schwarzen Haare hängen ihm in dicken Strähnen ins Gesicht, die Augen sind ein knalliges Türkisblau und die Wangenknochen stehen noch deutlicher hervor als bei seiner Skulptur auf dem Nortarusplatz.

„Eine Karikatur", bemerke ich. „Er sieht nicht halb so einschüchternd aus wie in Zyklonia."

„For real?", interessiert blickt mich Ivana von der Seite an, „das einzige Bild, das ich von ihm kenne, ist das hier." „Wirklich?", ich drehe mich zu ihr. Unzählige Bilder habe ich schon von ihm gesehen, Reden angehört und über seine großartigen Taten gelesen und Ivana kennt nur dieses eine Bild von ihm? Aufs Neue wird mir bewusst, wie unterschiedlich wir aufgewachsen sind. Ich lasse meine Taschenlampe weiterschweifen. Den Kopf schief legend versuche ich die Buchstaben zu entziffern, die unter weiteren unklaren Verzierungen und Karikaturen versteckt sind.

„ACAB?", frage ich Ivana. „Was bedeutet das?" Als Antwort beleuchtet sie drei weitere Buchstaben. B, L und M.

„Im zwanzigsten oder dreißigsten Jahr, ich bin mir nicht mehr ganz sicher, gab es weltweite Proteste und Aufstände wegen der abwertenden Behandlung von dunkelhäutigen Leuten. Sie konnten sich genau gleich verhalten wie Personen wie wir und doch wurden sie insbesondere von den Behörden schikaniert. Stets verdächtigt, kriminell zu sein, bewaffnet zu sein, gefährlich zu sein. BLM steht für Black Lives Matter. Überall wurde dafür gekämpft, dass dieser Rassismus endlich aufhört."

„Rassismus … weshalb habe ich noch nie etwas von dieser Bewegung gehört, von dieser Ungerechtigkeit? Wir haben das zwanzigste und das dreißigste Jahr angeschaut, doch noch nie habe ich von BLM gehört." Was hat der Rat uns noch alles verschwiegen von der Vergangenheit? Es scheint, als hätten sie alles gefiltert und die kritischen und kontroversen Ereignisse, die ihnen in irgendeiner Weise schaden könnten, aus der Geschichte der Menschen vernichtet.

„Diese Bewegung wurde verknüpft mit Protesten gegen Polizeigewalt, die sich am stärksten gegen die dunkelhäutige Bevölkerung richtete. Ich nehme an, dass es den Tyrants nicht ins Bild gepasst hätte, euch Kindern von Protesten gegen die Polizei zu erzählen, an denen sich fast die ganze Bevölkerung beteiligt hat, vereint gegen ein System, das ihnen nicht passt. Die Blacks sind die Polizei in Zyklonia und überall ist die Bevölkerung in der Überzahl und kann ihnen und den Tyrants gefährlich werden." Ich bin erstaunt, wie viel Ivana weiß, welche Schlüsse sie ziehen kann, wie sie die Situation richtig einschätzen kann und das, obwohl sie nie in einer Ausbildung war, wie ich es gewesen bin. Im Gegensatz zu ihr fühle ich mich tatsächlich wie ein Kind, das erst mal die Welt neu verstehen muss.

„Und ACAB richtet sich gegen die Polizei?" Wut steigt in mir auf, was fällt ihnen ein, unsere Vergangenheit auszuradieren!

„Yep. Es ist eine Beleidigung für sie. Es heißt, dass alle Cops Bastarde sind." Es dauert einen Moment, bis ich all die Informationen verarbeitet habe. Grausam. Wie kann man bloß denken, dass man seines Aussehens wegen besser ist als jemand anderes? Die Bokowskis tun das auch, bloß nicht wegen des Aussehens, doch sie stellen sich über uns, über uns alle, deshalb haben sie sich das Recht genommen, uns auszubeuten, denke ich bitter. Ich gehe einige Schritte weiter der Wand entlang, bis ich bei einer weiteren Person stehen bleibe. Dieses Mal ist es keine Karikatur, sondern täuschend echt. So echt, dass ich einen Moment lang den Lichtstrahl auf den Boden richten muss, um das Gesehene zu verarbeiten. Langsam lasse ich ihn wieder nach oben schweifen. Ein Körper einer jungen Frau. Nur der Körper. Kein Kopf. Der Hals ist blutig, die Hände, die verzweifelt danach tasten, rot. Ich spüre, wie Ivana neben mich tritt. Als sie mit ihrer Lampe neben meine leuchtet, sehe ich, wo das fehlende Stück ist. Am Boden, auf der Erde, liegt es. Die dunkelblonden Haare zu einem Zopf geflochten, der dem meinen ähnelt, den ich heute Morgen geflochten habe. Mit einer Hand fasse ich vorsichtig an meine Haare, die Augen noch immer auf den Kopf gerichtet. Die graublauen Augen stehen offen, schauen den Betrachter anschuldigend an. Auf ihre Stirn steht mit blutroten Buchstaben KOMMUNISMUS geschrieben. Ich schlucke schwer. Wer war diese Frau? Wurde sie tatsächlich geköpft oder ist es nur eine Darstellung und entspricht nicht der Wahrheit? Doch ich glaube, mich an eine Geschichtskundelektion zu erinnern, in der wir über diese Klimaschutzaktivistin gesprochen hatten.

„Komm, lass uns weitergehen", ertönt Ivanas Stimme und der Kopf wird wieder von der Dunkelheit verschluckt. Meine Beine bewegen sich weiter, meine Augen brennen. Erst jetzt bemerke ich, dass ich meine Hand zur Faust geballt habe. Vorsichtig lockere ich sie wieder und verspüre ein Brennen auf meiner Handfläche.

„The Chinese Plague", wispert Ivana. „The Norway Plague, The Australian Plague, The Russian Plague."

„Was ist das?", erkundige ich mich.

„Pandemien. Viren, die die Welt unter ihre Kontrolle gebracht haben. Covid-19 war einer der Viren. Ursprünglich von China, überfiel dann die ganze Welt. Dann kam das Lartisvirus von Norwegen. Unser Leben ist abhängig vom Gleichgewicht der Natur. Je mehr wir der Umwelt schaden, desto stärker bringen wir dieses Gleichgewicht ins Schwanken. Alle dieser Viren wurden von Tieren auf Menschen übertragen, da wir diesen Tieren den Lebensraum weggenommen haben."

„Und so kamen sich die Arten näher und immer öfters wurden Krankheitserreger auf den Menschen übertragen", ergänze ich.

„Right. Das also scheinen euch die Tyrants nicht vorenthalten zu haben. Na gut, hier sehe ich auch nicht ein, weshalb, da es eine Gefahr ist, über die berichtet wird."

„Deshalb haben sie uns die Geschichte des Virus in den Slums aufgetischt, da sie ohnehin sehr glaubhaft gewirkt hat auf uns mit dem historischen Vorwissen. Aber weshalb The Chinese Plague?"

„Ach, es muss immer ein Schuldiger gesucht werden, der dann den Kopf dafür hinhalten muss."

„Hmm, ja." Doch tun wir jetzt nicht genau das Gleiche? Wir gehen wieder in Richtung Treppe, von der wir gekommen sind.

„Magst du noch ein weiteres Bild mit mir ansehen? Es ist nicht nice, dafür aber quite impressive." Zur Antwort folge ich ihr auf die andere Seite des Raumes. Ich bin froh, dass es hier nicht mehr so düster ist wie zuvor und schalte meine Taschenlampe aus, um nicht unnötig viel Batterie zu verbrauchen.

Ein wenig versteckt an der Wand zwischen zwei metallenen Türen erstreckt sich das Werk. Etwas sträubt sich in mir, es als Kunstwerk zu bezeichnen. In schwarzen, kantigen Buchstaben steht darüber: THE OCEANS ARE RISING. Eine immense Welle bricht sich über den Menschen, die wie winzige Tierchen verängstigt zusammengedrängt darunter stehen. Doch das Wasser ist nicht wie sonst in den Bildern, die wir in der Ausbildung zu sehen bekommen haben, blau. Nein, denn die schwarze Farbe der darüber stehenden Buchstaben tropft ins Wasser und färbt es dunkel. Nicht dunkel genug, als dass man nicht mehr erkennen könnte, was im Wasser schwimmt. Dampfende Flugzeuge, Autos mit rauchendem Auspuff, Industrien, Monokulturen, verzerrte, wie Fratzen wirkende Gesichter, die ich nicht einordnen kann, elektronische Geräte, Namen von mir teils bekannten Massenproduzenten und unzählige von weiteren Dingen, die aus Zyklonia verbannt wurden. Mittendrin im Wasser steht das Wort KAPITALISMUS, gestützt von den Händen der Menschen unter der Welle. Mit aller Kraft versuchen sie die Welle aufzuhalten. Ich denke an die vielen Vorteile und positiven Veränderungen, die der Kapitalismus auch mit sich gebracht hat. Der Kapitalismus ist eines der meistdiskutierten Themen in Zyklonia; seine Rolle, seine Vorteile, seine Nachteile.

Die immanente Angst vor der Zukunft, die dieses Werk ausdrückt, überrumpelt mich beinahe. Keine Worte hätten den Zustand der Menschheit besser ausdrücken können. Eine ablaufende Uhr, die nicht mehr zu stoppen ist. Die Welle, in der alles untergehen wird.

„Crazy, was?" Ich habe keine Antwort auf Ivanas Frage, doch sie scheint ohnehin keine zu erwarten. Ich frage mich, was ihr wohl durch den Kopf gehen mag, wenn sie die Wand vor sich betrachtet. Ob sie genauso geschockt ist wie ich es bin oder hat sie sich an den Anblick gewöhnt? Fühlt sie die Angst, die von diesem Bild ausgeht? Den Schrecken? Als ich sie von der Seite anblicke, erinnere ich mich erneut an meine Vermutung. Ich werde mit ihr reden müssen, denn wer weiß, wie lange ich dazu noch die Gelegenheit haben werde? Ein Teil der Angst scheint auf mich übergesprungen zu sein, sie drängt mich zum Handeln.

„Ivana, meinst du, wir können raus gehen?"

„Raus?" Die Verwunderung in ihrer Stimme ist nicht zu überhören.

„Ja, ganz raus." Amüsiert blickt sie mich an, eine ihrer hellen Augenbrauen in die Höhe gezogen.

„Na klar, ich weiß einen Weg, an dem keine Wachposten stehen." Sie grinst mich an. Kurz blickt sie an mir herunter, sucht mit ihren Augen nach meiner Pistole, vergewissert sich, dass ich sie bei mir trage, dann gehen wir los. Ich kann nicht verhindern, dass sich ein freudiges Gefühl in mir breitmacht. Die Nervosität, die ich wie immer verspüre, stört mich dieses Mal kaum. Bevor wir die Treppe nach oben nehmen, ziehen wir uns die Kapuzen über und tauchen unsere Gesichter in Düsterheit. Wir nehmen direkt die nächste Treppe, die weiter nach oben in den ersten Stock führt. Weiter und weiter nach oben gehen wir, Adrenalin schießt durch meinen Körper und vertreibt jegliche Müdigkeit aus meinen Gliedern.

„Gehen wir aufs Dach?", rufe ich Ivana hinterher. Mein Atem geht schnell, meine Beine brennen leicht von der Anstrengung.

„Wart's ab." Ivana verschwindet auf der steilen Treppe, die nach oben aufs Dach führt. Oben angekommen, hole ich tief Luft. Neben mir höre ich Ivana lachen. Ein warmer Luftstoß weht mir die Kapuze vom Kopf. Ich schüttle meine Haare und schaue zu Ivana, deren Silhouette ich, der dunklen Nacht zu schulde, nur knapp neben mir ausmachen kann.

„Wo jetzt?", frage ich sie. Sie winkt mich mit sich auf das andere Ende des Daches und setzt sich an die Dachkante. Vorsichtig rutscht sie weiter hinunter. Was hat sie bloß vor? Sie denkt doch nicht allen Ernstes, hier runterspringen zu können! Doch als sie sich immer weiter hinunterlässt, fasse ich sie reflexartig an der Schulter.

„Ivana! Was tust du?" Als Antwort lacht sie nur und schüttelt meine Hand ab, dann lässt sie die Dachkante los, an der sie sich festgehalten hat, und gleitet hinunter. Ein Schrei entfährt mir, der mir zugleich im Hals wieder stecken bleibt, als ich sehe, dass sie auf einer schmalen Kante steht, die Hände um ein braunes Rohr geschlungen. Ich lache laut auf, setze mich auf die Kante und tue es ihr nach. Kurz blicke ich nach unten auf die Erde und ein Verlangen, das ich noch nie zuvor gespürt habe, durchfährt mich. Ich möchte irgendetwas Verrücktes tun und keine Gedanken an die Konsequenzen verschwenden! Hier ist niemand, der mich beobachtet, überwacht, zurückhält oder ermahnt, nur Ivana, die dieselben waghalsigen Ideen im Kopf hat wie ich.

„Was ist das für ein Rohr?", frage ich kritisch und rüttle leicht daran, um zu testen, wie stabil es ist.

„Ein Fallrohr für das Regenwasser. In einer Dachrinne oben um das Dach herum wird das Wasser gesammelt und fließt dann durch dieses Rohr nach unten. Doch bei den Mengen an Wasser, die hier vom Himmel fallen, wenn es regnet, bringt dieses kleine Rohr kaum etwas."

„Also lasst ihr den Großteil des Wassers im Boden versickern?", hake ich nach.

„Nicht alles, wir haben neue Systeme eingerichtet, doch mit den beschränkten Materialien, die uns hier zur Verfügung stehen, ist es schwer, etwas Effizientes aufzubauen. Die Freelancer haben ein ausgeklügelteres System, doch wir können kein solches selbst herstellen. Aber sie sind schon länger hier draußen, sie kennen schlauere Überlebenstechniken als wir."

„Die Freelancer? Von dieser Gang hat Emmanuel uns bereits erzählt, aber sind sie tatsächlich eine Bedrohung für uns hier?" Ich blicke erneut hinunter. Mittlerweile haben sich meine Augen der Dunkelheit angepasst und ich kann die Dinge unten am Boden schemenhaft erkennen. Es sind vielleicht zwanzig Meter bis nach unten, schätze ich. Ich versuche mir vorzustellen, wie die anderen Bewohner von hier draußen wohl aussehen. Ausgerüstet mit modernen Pistolen oder eher steinzeitähnliche Waffen und Kleidung?

„Ja. In letzter Zeit war es sehr ruhig, aber immer wieder greifen sie uns an, wenn wir auf Nahrungssuche oder Expedition sind."

„Und ihr? Greift ihr sie an?", erkundige ich mich, während ich noch immer nach unten blicke.

„Wir? Nein, wir versuchen lediglich, ihre Methoden für ein besseres Überleben zu kopieren, was ihnen nicht zu gefallen scheint." Sie fährt mit ihrer Hand das schmutzige Rohr entlang. „Ich glaube, sie wissen, dass wir aufgeflogen sind, deshalb halten sie sich zurück, um nicht in unseren Konflikt verwickelt zu werden."

„Die Bokowskis wissen von ihnen?" Hätten sie jemals so etwas zugelassen? Woher kommen diese Leute, waren sie jemals in Zyklonia oder lebten sie schon immer hier draußen?

„Ja, das ist jedenfalls unsere Vermutung. Doch was sie angeht, können wir nur vermuten. Wir sind uns auch im Unklaren darüber, woher sie kommen. Jegliche Kommunikationsversuche, die wir gestartet haben, sind schief gegangen, bis wir es schlussendlich aufgegeben haben." Eine Weile ist es still, fast scheint es mir, als wäre Ivana ein wenig bedrückt.

„Gehen wir weiter?", frage ich sie grinsend, im Versuch, sie aus ihrer merkwürdigen Stimmung zu holen. Sie verzieht den Mund und ihre Augen leuchten auf. Mit schnellen, geschickten Bewegungen klettert sie der Röhre entlang hinunter, immer wieder pausiert sie auf einem schmalen Mauerstück oder einem Fenstersims. Ich folge ihr, aber weit weniger gekonnt und um einiges langsamer. Nach einigen Minuten sind wir beinahe unten angekommen. Meine Arme zittern, meine Finger fühlen sich rau und kühl an vom Abstieg. Die letzten Meter springen wir. Ein dumpfes Geräusch ertönt, als ich auf der Erde aufpralle und beinahe das Gleichgewicht verliere. Meine Ferse brennt, da ich das Gewicht ungünstig verteilt habe. Ivana legt die Finger an die Lippen und bedeutet mir, ihr zu folgen. Wir rennen in Richtung eines kleinen Hügels, der Staub lässt meine Augen tränen. Gerade als wir bei einem dünnen, blätterlosen Baum angekommen sind, hält Ivana abrupt an, sodass ich in sie hineinlaufe.

„Was soll das?", zische ich.

„Es gibt nicht nur drinnen vor den Türen Wachen, auch hier draußen patrouillieren sie, jederzeit bereit, Alarm zu schlagen." Sie weist mit dem Finger auf zwei schwarze Gestalten, die einige Dutzend Meter weiter rechts von uns stehen. Hätte Ivana mich nicht auf sie aufmerksam gemacht, wären sie mir kaum aufgefallen. Wir stellen uns dicht neben den Baum, um möglichst nicht aufzufallen, als die beiden in unsere Richtung blicken. Was würde Emmanuel tun, wenn er erfahren würde, dass ich bereits gegen die Regeln verstoße? Dieses Mal würde Alessandra ihren Kopf durchsetzen können. Bestimmt würden sie mich fortschicken und das wäre wahrscheinlich noch das beste Szenario für mich. Noch immer stehen die zwei Figuren in der Dunkelheit und ein beunruhigender Gedanke schießt mir durch den Kopf.

„Ivana, von wo weißt du, dass das Wachen von uns sind und keine von Zyklonia?" Als Ivana nicht direkt antwortet, schießt mein Puls in die Höhe. Mein Herz pocht gegen meine Brust, dass man es bestimmt durch den Pullover erkennen konnte. Ich halte die Luft an und beobachte, wie Ivana die beiden genau mustert. Ihr Gesicht zeigt keine Regung. Ängstlich blicke ich hin und her zwischen den Gestalten und Ivana. In der Dunkelheit kann ich kaum mehr erkennen, als dass sie schwarze Kleidung und Waffen tragen, die sie mit beiden Händen halten.

„Es müssen welche von uns sein", flüstert Ivana, „weshalb sonst würden sie zu zweit vor der Fabrik umherspazieren?" Ich bin nicht ganz überzeugt, denn es wäre kaum schwierig für die CPs, sich als Wachen von uns auszugeben, aber ich bleibe still. Noch immer höre ich Zajacs Stimme in meinem Ohr, spüre die Waffe an meiner Schläfe, seinen festen Griff. Die Angst vor einem Wiedersehen sitzt mir tief in den Knochen.

„Komm, lass uns weitergehen", sagt Ivana leise, als sich die beiden wieder umgedreht haben und in die entgegengesetzte Richtung von uns gehen.

Meine Beine zittern noch immer, als wir bei einem brüchigen Gebäude ankommen, das mehr eine Ruine als sonst etwas ist. Wir gehen um das Haus herum und setzen uns an die Mauer auf der anderen Seite. Erleichtert lehne ich den Kopf gegen den Stein und seufze auf. Langsam beruhige ich mich wieder von der Aufregung und entspanne mich erneut. Ganz so schlimm war es gar nicht, der Anblick der Wachen hat mich wahrscheinlich in Panik versetzt, da ich mich fürchte, auf CPs zu treffen. Außerdem sind wir jetzt hier und keiner wird uns angreifen, beruhige ich mich.

Ich versuche die Worte in meinem Kopf zu ordnen, um das anzusprechen, weshalb ich hierher gekommen bin mit Ivana. Doch wie kann man ein solch heikles Thema behutsam ansprechen?

„Ivana?", beginne ich. Sie dreht den Kopf in meine Richtung. „Als ich in Zyklonia lebte, hatte ich eine Freundin." Ich mache eine Pause. „Eine sehr gute Freundin", hänge ich an.

„Mhm", macht sie, ohne ihren Blick von mir zu nehmen. Ich schaue starr geradeaus in die Nacht und versuche weiterzusprechen trotz des Klumpens, der sich in meinem Hals bildet.

„Ihr und ihren Eltern wurde eine Klimasünde vorgeworfen, weshalb sie umgebracht wurden und … sie …" Die Worte bleiben mir im Hals stecken.

„Elisa", seufzt Ivana neben mir auf. Erstaunt wende ich ihr meinen Kopf zu. Es scheint mir, als hänge alles mit ihr zusammen. Erst Domanski, jetzt Ivana.

„Elisa", wiederhole ich, „sie war auch hier draußen, nicht wahr?"

„Ich habe ihr tausendmal gesagt, dass sie nicht gehen soll, doch sie wollte unbedingt. Ich versuchte alles Mögliche, um Emmanuel zu überreden, dass er mich mitschickte, doch er sagte, ich wäre nicht für diesen Job geeignet. Er stempelte mich als kleines Kind ab, das überfordert war mit der Situation. Er ließ mich nicht helfen. Nicht einmal, als wir hörten, dass sie aufgeflogen sind." Ivana schluchzt auf. „Nicht einmal, als das Todesurteil meiner Schwester feststand." Sie vergräbt ihren Kopf in den Händen und weint. Ein tiefer Schmerz ergreift mich. Schüchtern lege ich meinen Arm um Ivana und ziehe sie an mich, unsicher, ob ich das darf oder ob sie mich wegstoßen wird. Doch sie lässt es zu. Eine Träne rollt mir über die Wange und tropft auf Ivanas glänzende Haare. Schon bei der ersten Begegnung ist mir der Gedanke gekommen, dass sie verwandt ist mit Elisa wegen des ähnlichen Aussehens. Erst aber, als ich die ganze Geschichte erfahren habe, machte es Sinn und ist tatsächlich möglich. Ich hatte unglaubliche Angst, dass Ivana mir die Schuld am Tod ihrer Schwester gibt und für jenen ihrer Eltern.

„Es tut mir so leid", flüstere ich. „Elisa war die beste Freundin, die ich je hatte. Nachdem sie … nachdem sie weg war, war ich nie mehr dieselbe. Es war, als verschwand mit ihr ein Stück meiner eigenen Persönlichkeit."

„Sie hat von dir erzählt, Nita. Du kannst dir nicht vorstellen, wie glücklich ich war, als ich erfahren habe, dass es Elisa gut geht in Zyklonia und dass jemand da war, der auf sie aufpasste."

„Wie hast du davon gehört?"

„Immer wieder schicken wir Leute nach Zyklonia, die sich mit Eingeschleusten treffen, welche über die Zustände in der

Kuppel berichten." Unglaublich, wie organisiert sie sind, wie viel in Zyklonia passierte, ohne dass ich je etwas davon wusste.

„Wie könnt ihr euch mit ihnen treffen?" Ich dachte, die Überwachung mache dies unmöglich.

„Es gibt einen Ausgang aus Zyklonia, von welchem die Tyrants nichts wissen. Durch diesen sind wir damals auch entkommen und weil sie nichts davon wissen, hielten sie uns auch für tot. Deshalb wurde auch die Explosion geplant, da sie so nicht jede Leiche identifizieren konnten." Ivana richtet sich wieder auf und wischt mit einer schnellen Bewegung die Tränen vom Gesicht. Ich hoffe, sie fühlt sich durch meine ständige Fragerei nicht belästigt, denn die nächste Frage brennt mir schon auf den Lippen.

„Kanntest du auch Domanski?"

„Yep, doch das war nur sein Deckname. Er heißt Alanders." Alanders. Der Name fühlt sich noch immer fremd an und ich ordne ihn nicht dem Gesicht vom Professor zu. „Er und Elisa standen sich nahe. Ich glaube, für ihn war sie wie eine Tochter, die er nie haben konnte. Am Anfang war ich neidisch auf sie", gibt Ivana zu und ich sehe ihr an, dass sie sich ein wenig für ihr Verhalten schämt.

„Deshalb hatten sie beide einen Ring, den sie hier gefunden haben wahrscheinlich", schlussfolgere ich.

„Right. Ich wusste von dem Moment an, als Seb und Alessa euch hochgebracht haben, dass du es bist."

„Sick", antworte ich und entlocke Ivana damit ein Lachen.

„Ace! Du lernst, wie ich sehe. Wir müssen Timur bald sagen, dass du kein Nob mehr bist."

„Ich freu mich schon", antworte ich leicht ironisch. Ivana boxt mir in den Arm, doch ich lache nur. Wie froh ich bin, dass ich endlich mit ihr gesprochen habe!

„Say, was ist eigentlich mit deinem Bruder. Ich sehe ihn immer nur mit dem Creep."

„Melek?" Ein schlechtes Gewissen überfällt mich, als ich seinen Namen in den Mund nehme. Weshalb konnte er es nicht einfach akzeptieren und mich respektieren? Er hat mich quasi dazu gezwungen, ihn zurückzuweisen. „Er … ja, ich weiß auch nicht, weshalb er sich immer mit ihm herumtreibt." Ich spüre, wie meine Emotionen wieder die Kontrolle übernehmen. „Es ist unglaublich schön hier draußen. In Zyklonia war man immer eingeschränkt und alles Schöne war nicht zum Genießen da. Stets wurden wir überwacht. Nie hatte ich einen Moment wie diesen", lenke ich vom Thema ab.

„Ich wünschte manchmal, ich könnte die Natur auch so genießen wie du", seufzt Ivana. „Aber zurück zu Melek, was ist geschehen? Ich merke doch, dass etwas nicht stimmt ..." Natürlich hakt sie nach. Man kann mir die Gefühle wahrscheinlich direkt von der Stirn ablesen.

„Er hat die Grenze nicht respektiert, die zwischen einem Bruder und einer Schwester liegt", versuche ich zu erklären, ohne das Problem direkt in Worte zu fassen.

„Hmm, get it. Aber er weiß doch, dass ihr Geschwister seid, right?"

„Yep, weiß er, aber er glaubt es nicht und langsam bringt er auch mich zum Zweifeln, glaube ich. Doch ich kann nicht, ich weiß, dass er mein Bruder ist. Nichts spricht für ein Missverständnis, nur dass er immer behauptet, es fühle sich nicht richtig an." Die Worte sprudeln nur so aus mir hinaus, als hätten sie darauf gewartet, ausgesprochen zu werden.

„Ich kann mit ihm reden, wenn du möchtest", sagt Ivana und ich spüre ihren Blick.

„Nein, es ist ... ich muss selbst mit ihm reden, glaube ich. Wir haben nur gerade so viele Dinge, die uns im Kopf umherschwirren, und Probleme, über die wir uns Sorgen machen müssen, und nun kommt auch das noch dazu."

„Du hast Angst, ihn zu verletzen. Du willst ihn nicht brechen." Die Worte hängen in der Luft, darauf wartend, von mir aufgegriffen zu werden. Der Wind bläst mir erneut Staub ins Gesicht, doch mittlerweile habe ich mich daran gewöhnt. Die Luft riecht frisch, doch ein Geruch nach etwas Verbranntem mischt sich hinein, wie schon an jenem Tag, als ich das erste Mal draußen stand. Ich streiche mir die Haare hinter die Ohren und reibe mir die Staubkörner aus den Augen.

„Vorhin in Zyklonia hast du ihn nicht gekannt?", greift Ivana das Thema nach einer Weile wieder auf.

„Nein, ich habe ihn noch nie zuvor gesehen. Doch ich ahnte, dass er mein Bruder sein musste wegen dem Gespräch mit Domanski …"

„Er erzählte dir, dass Melek dein Bruder ist?"

„Nein, nur dass ich einen Zwilling habe. Mehr habe ich nicht von ihm erfahren, da er dann … du weißt schon." Ivana starrt schweigend in die Nacht hinaus. Ich betrachte die einige Meter weiter wegstehenden Gebüsche, Sträucher und verdorrten Blumen, als mir zum ersten Mal seit der Hinrichtung wieder Domanskis Worte in den Sinn kommen. Obwohl sie Ivana noch weniger sagen werden wie mir, teile ich ihr die letzten Worte mit.

„Myosotis?"

„Ja, einige Tage zuvor hatten wir miteinander über diese Blume gesprochen. Aber kein Plan, was er damit meinte." Noch eine weitere Sackgasse, ein Weg, der zu keinem richtigen Ende führt, der mich nur in die Irre leitet. Ich reibe die Handballen an meinen Schläfen, um die aufkommenden Kopfschmerzen abzuwehren. In Zyklonia hätte sofort eine Nachricht auf meinem Endgerät aufgeleuchtet und einige Minuten später wäre eine Tablette geliefert worden. Mit Wasser hätte ich sie geschluckt, das Endgerät hätte Grün aufgeblinkt für die Bestätigung der Aufnahme des Medikamentes. Dann hätte ich eine Dusche genommen, kühl, aber erfrischend.

Ich verliere mich in alten Erinnerungen, weshalb ich nicht merke, dass Ivana plötzlich aufspringt. Erst als sie meinen Namen ruft, werde ich zurück in die Gegenwart geholt. Ungern löse ich mich von meinen Erinnerungen, die mir gerade so harmonisch, ruhig und ordentlich vorgekommen sind. Ich weiß, dass ich alle negativen Aspekte ausgeblendet habe, trotzdem sehne ich mich, für ein Bruchstück einer Sekunde, zurück in mein geordnetes Leben. Dort musste ich nicht nachdenken, nichts entscheiden, unsere Teilnahmslosigkeit wurde sogar gefördert, der Verlust unserer eigenen Individualität. Das Prinzip unseres Systems ist mir hier in der Fabrik erst richtig aufgefallen. Vielleicht habe ich es damals in Zyklonia nicht bemerkt oder vielleicht habe ich es verdrängt und bin mit dem Strom geschwommen, da es der Weg des geringeren Widerstandes war. Trotz dieser Erkenntnis bleibt der Wunsch, zurückzukehren, kurz in mir bestehen. Doch als Ivana erneut, dieses Mal dringlicher, meinen Namen ruft, ist die Sehnsucht wie weggeblasen. Über mir steht Ivana und blickt mich mit großen Augen an.

„Myosotis, Nita!" Sie schreit beinahe. „Wir nennen sie Vergissmeinnicht."

„Vergissmeinnicht? Aber Domanski hat gesagt, er sei nicht mein Myosotis. Also meinst du, er sagte mir, ich solle ihn nicht vergessen? Weshalb würde er das nicht direkt sagen, sondern verschlüsselt?"

„Nein, Nita, er hatte einen sehr guten Grund dafür." Ein breites Lachen macht sich auf ihrem Gesicht breit. „Du wirst es mögen."

„Mögen?" Ich verstehe nicht, worauf sie hinaus will, ihre Überzeugung verunsichert mich.

„Du kennst doch bestimmt die verschiedenen Sternzeichen, die die Leute früher zugeteilt bekommen haben, je nachdem, wann sie geboren wurden?" Hastig nicke ich und stehe auf, da ich es nicht mehr ertrage, still zu sitzen. Was, wenn Ivana tatsächlich etwas Wichtiges herausgefunden hat?

„Zu jedem Sternzeichen passt eine Blume. Rate mal, wessen Sternzeichen die Myosotis zugeordnet wurde." Worauf auch immer Ivana hinauswill, ich kann ihr nicht folgen. Verwirrt schaue ich sie an. Ivana macht einige Schritte im Kreis und beginnt aufzuzählen.

„Steinbock." Sie dreht mir den Rücken zu. „Wassermann." Erneut blickt sie mich an. „Fisch." Sie geht vor mir auf und ab. „Widder." Ich beiße mir auf die Lippe, bis ich Blut schmecke. „Stier." Ich kann mich noch gut erinnern, als ich alle Sternzeichen auswendig lernen musste. Ivana pausiert. Das Blut rauscht mir in den Ohren, meine Gedanken rasen durcheinander, sind verworren ineinander und doch formen sich die Buchstaben des nächsten Zeichens auf meinen Lippen.

„Zwilling", sage ich mit rauer Stimme. „Er ist nicht dein Myosotis. Nicht dein Zwilling."

Kapitel

Mein Herz hämmert, in meinem Kopf pocht es, immer schneller spinnen sich meine Gedanken weiter. In alle Richtungen erstrecken sie sich, tasten um sich mit dem neuen Wissen. Melek ist nicht mein Bruder. Wer ist mein Zwilling? Ist er womöglich noch immer in Zyklonia oder haben die Bokowskis das Missverständnis aufgedeckt und ihn hingerichtet? Mein Herz schmerzt. Mit der flachen Hand drücke ich gegen meine Brust und versuche den Schmerz zu lindern, doch vergebens. Meine Gedanken sind an ihrem Endpunkt angekommen; ich muss Melek suchen. Ein Problem hat sich aufgelöst, doch kaum ist es verschwunden, tauchen zehn weitere auf.

„Ivana, meinst du … denkst du, das stimmt? Wie hätte den Bokowskis ein solch großer Fehler unterlaufen können?" In dem Moment, als ich die Worte ausspreche, fällt mir ein, dass Domanski in die Zentrale eingebrochen ist. Hat er die Identität meines Bruders gewechselt? Doch um was zu bezwecken? Vielleicht war es ein Missverständnis, womöglich hatte er gar nicht geplant, etwas zu ändern, sondern wollte lediglich die Identität meines Zwillings herausfinden.

Ivana steht reglos da und beobachtet mich. Zu viel bricht auf einmal auf mich ein. Ich drehe mich um und lehne mich mit dem Kopf gegen die kühle Steinmauer. Ich wünschte, ich könnte noch ein letztes Mal mit Domanski … Ich halte inne. Etwas stimmt nicht. Langsam drehe ich mich um, in dem Moment klickt etwas hinter mir. Etwas Kühles legt sich an meinen Hinterkopf. Ich schließe die Augen, ich möchte mich nicht umdrehen, ich will die Realität nicht sehen, ich möchte mir noch so lange wie möglich vormachen, dass das, was ich denke, nicht wahr ist.

„Nita …", keucht Ivana. Mit Gewalt reiße ich, entgegen meiner Angst, die Augen auf und blicke zu Ivana. Blitzschnell erkenne ich, in welch einer Situation wir stecken und als ich sie mit eigenen Augen wahrnehme, wird sie erst richtig wahr. Ich höre Atmen hinter mir.

Ivana steht einige Meter weiter weg, hinter ihr, kaum größer als sie selbst, steht eine kräftige Frau. Die Ärmel ihrer schwarzen Uniform sind hochgekrempelt, sodass auf ihrem Unterarm die unverkennbaren drei Tintenstriche sichtbar sind. Die CP hält mit einer Hand Ivanas Hals umschlungen, mit der anderen richtet sie die Pistole auf sie. Angst macht sich in mir breit.

„Was für ein Zufall, dass wir hier gerade auf dich treffen", raunt mir eine tiefe Stimme ins Ohr und macht die Situation, wenn möglich, noch schlimmer. Ich kenne diese Stimme.

„Zajac", wispere ich, mit den Gedanken bei meiner Pistole, die sich noch immer an meinem Oberschenkel befindet. „Wahrhaftig ein Zufall." Er lacht vor sich hin, worauf ich gewartet habe. Ich ramme ihm den Ellbogen in die Magengrube und greife mit meiner Hand nach der Waffe. Meine Finger legen sich um das kühle Metall. Noch nie war ich so froh, die schwere Waffe zu spüren. Mit einem Ruck möchte ich sie herausziehen, doch bevor es mir gelingt, trifft mich ein harter Schlag am Arm. Die Pistole wird mir aus den Fingern gerissen und landet vor mir auf der Erde.

„Nicht so schnell", sagt Zajac. Verzweifelt suche ich Ivanas Blick, deren Waffe auf dem Boden einige Meter von ihr entfernt liegt. Wütend hat sie die Augen zusammengekniffen, ich versuche ihre Wut zu übernehmen, da mit Verzweiflung und Angst nicht viel zu erreichen ist.

Schmerzvoll verziehe ich das Gesicht, als Zajac meinen verletzten Arm umfasst, auf den Rücken dreht und mich gegen die Mauer drückt.

„Dieses Mal sind deine Freunde nicht hier, um dich zu retten, was? Aber keine Angst, sie werden nicht wirklich um euch beide trauern, da sie dazu ohnehin keine Zeit mehr haben werden.

Na ja, vielleicht werde ich ein, zwei Wörter darüber verlieren, wie qualvoll euer Tod war, bevor ich sie euch hinterherschicke." Sein angeberischer und vor Selbstvertrauen strotzender Ton macht mich wütend. Es darf nicht so weit kommen, wir müssen zurück in die Fabrik, um alle zu warnen, doch momentan sieht die Situation alles andere als vorteilhaft für uns aus. Ich verdränge den Gedanken an die Ausweglosigkeit und suche trotz allem nach einem Fluchtweg.

„Sollen wir es gleich hier tun? Oder habt ihr einen besseren Vorschlag, irgendwelche Präferenzen?" Ich knirsche mit den Zähnen. Die Mauer fühlt sich kalt und rau an unter meiner Wange. Ich spüre, wie einzelne Regentropfen zu fallen beginnen und mein Haar befeuchten. Als Zajac mir die Pistole an die Schläfe drückt, kommt mir eine Idee.

„Gut, erschieß mich. Wo, ist mir egal, aber du wirst es tun." Ich verpasse meiner Stimme möglichst viel Kraft und Stärke. Es scheint mir halbwegs zu gelingen, Zajac zögert. Als ich Ivana ansehe, erkenne ich, wie sie mir zunickt. Versteht sie, was ich vorhabe? Nein, sie kann es nicht wissen, wozu nickt sie dann? Im nächsten Moment ertönt ein Schrei, ein Schuss geht ab. Ich werde gezwungen, meinen Kopf auf die andere Seite zu drehen. Nicht Ivana, nicht auch noch Ivana, hoffe ich verzweifelt. Jemand stöhnt auf, dann ein nächster Schuss, gefolgt von einem dumpfen Ton.

„Lass sie los oder ich schieße", ertönt Ivanas Stimme. Erleichterung durchströmt mich. Wie hat sie es geschafft? Tief ausatmend versuche ich mich erneut zu sammeln. Zum Glück hat sie sich nicht auf meinen Plan verlassen, denn dieser beruhte nur auf einer Vermutung, die sich auch als falsch herausstellen könnte.

Ich werde von der Wand weggerissen, den Lauf der Pistole noch immer an meiner Schläfe. Es schmerzt, als die Waffe an derselben Stelle liegt, wo mich Zajac nur wenige Tage zuvor getroffen hat. Mein Blick fällt auf Ivana. Ein Blutfleck breitet sich auf dem Stoff ihres Oberschenkels aus, in der Hand hält sie die Pistole der CP.

„Der wichtigste Teil meiner Mission ist es, Lassourdo zu vernichten. Denkst du im Ernst, du könntest mich schneller treffen, als ich den Abzug drücke?" Das ist Zajacs Stimme. Inzwischen ist der Regen stärker geworden, doch ich habe keine Zeit, darauf zu achten, geschweige denn mich darüber zu freuen. Immer härtere Tropfen fallen vom schwarzen Himmel und färben die Erde unter meinen Füßen dunkelbraun. Würde Zajac sich tatsächlich opfern, um mich umzubringen, oder blufft er nur und weiß selbst nicht, wie er aus dieser Situation wieder rauskommt?

„Erschieß mich und sie erschießt dich. Dein Tod für den meinen, Zajac." Ich spüre, wie seine Hand leicht zittert. Er drückt den Lauf stärker gegen meine Schläfe, um das Zittern zu unterdrücken. Die Situation scheint mir unwillkürlich ähnlich zu jener vor einigen Tagen. Damals konnte Zajac genug Distanz zwischen uns und die anderen bringen, doch dieses Mal gibt es keinen Hügel, nur ein weites, flaches Feld, das sich um uns erstreckt. Ivana würde uns nicht in der Dunkelheit verschwinden lassen, sodass sie uns nicht mehr sehen könnte, denn dann hätten wir verloren. Doch was, wenn er sich tatsächlich opfert? Unbehagen und Angst schleichen sich zurück. Ich sehe, wie Ivana schmerzvoll das Gesicht verzieht. Immer mehr Blut verliert sie, ihr Gesicht hat mittlerweile jegliche Farbe verloren. Was, wenn sie zusammenbricht? Der Regen vermischt sich mit der Blutlache neben ihr und lässt eine hellrote Pfütze entstehen.

„Entscheide dich", sage ich in einem bemüht gelangweilten Ton.

„Still", droht Zajac. Seine Stimme ist gefährlich nahe an meinem Ohr und ich höre keine Spur von Angst aus ihr, was mich beunruhigt. Habe ich mir sein Zittern bloß eingeredet oder hat er tatsächlich Angst, den Abzug zu drücken? Mein Körper zittert, mein Atem geht so schnell, als wäre ich gerannt, alles, was ich höre, ist mein eigener Atem und den von Zajac. Nasse Haarsträhnen kleben an meinem Gesicht, meine ganzen Kleider sind mittlerweile durchnässt vom Regen. Besorgt beobachte ich Ivanas Regungen, ihr verletztes Bein zittert unkontrolliert, der Stoff ist leicht zerfetzt an der Stelle. Zajac muss es auch sehen. Wartet er, bis sie zusammenbricht? Es kann sich nur noch um Minuten handeln. Ivana und ich müssen zuerst handeln, bevor das geschieht, doch wie bloß, denke ich verzweifelt. Werde ich Melek nicht wiedersehen? Werden die Bokowskis die einzige Hoffnung auf Gerechtigkeit auslöschen, indem sie die Fabrik mitsamt ihren Bewohnern abbrennen lassen? Ich balle meine Hände zu Fäusten und hoffe, mich vom Schmerz davontragen lassen zu können, doch das Bild vor mir verschwimmt bloß. Einige Sekunden darauf ist es bereits wieder in den Fokus geraten. Mein Blick fällt auf die CP, welcher Ivana die Waffe entwendet hat. Ihre braunen Haare liegen quer über ihrem Gesicht, den linken Arm hat sie ausgestreckt, die Hand des rechten Armes presst sie auf die Brust, wo sie die Kugel getroffen haben muss. Einen Moment lang bilde ich mir ein, dass sie noch atmet, doch ihr Kopf ist leblos auf meine Seite gekippt und die Augen stehen offen. Als mein Blick dort angekommen ist, wende ich ihn schnell ab, aus Angst, sie blinzeln zu sehen.

„Lass sie los oder ich schieße", befiehlt Ivana erneut. Ich höre die Schwäche in ihrer Stimme. Aber wohin möchte sie bloß schießen? Zajac steht perfekt platziert hinter mir und gibt ihr keine Zielfläche, wo sie ihn treffen könnte. Verzweifelt schüttele ich den Kopf. Ivana soll wegrennen, solange sie noch kann, ansonsten verlieren wir beide. Sie soll sich nicht für mich opfern, sie soll leben und die anderen warnen, bevor es zu spät ist. Doch sie reagiert nicht auf mein Zeichen.

„Keiner von euch wird hier lebend davonlaufen, ist das klar?"

„Falls du es noch nicht bemerkt hast, ich bin genauso bewaffnet, wie du es bist." Während sie redet, beobachte ich besorgt ihr Bein. Sie hebt ihren Fuß, setzt ihn ab und hebt ihn erneut. Ihre Augen sind auf Zajac gerichtet. „Du wirst sie nicht erschießen, wir wissen es beide." Auf und ab bewegt sie ihren Fuß. „Nicht wahr, Zajac." Abschätzig spuckt sie seinen Namen aus, als würde er ihr wie Gift auf der Zunge liegen. Ihr Fuß ist in der Luft, dann erneut auf dem Boden. In dem Moment, als ich sehe, dass ihre Augen noch immer auf Zajac gerichtet sind, verstehe ich.

„Lass mich los", sage ich, ziehe Zajacs Blick von Ivana weg auf mich. Hebe den Fuß. Einmal, zweimal, dreimal. Zajac gibt ein verächtliches Schnauben von sich und murmelt irgendetwas vor sich hin. Seine nassen Haare tropfen auf meine Stirn. Mein Blick schnellt zu Ivana zurück, deren Augen auf meinen Fuß gerichtet sind. In dem Moment lässt sie sich fallen, schreit schmerzvoll auf. Ich reiße meinen Fuß hinauf, stütze mich auf Zajac ab, dessen Finger sich noch immer in meinen Arm krallen. Ein Schuss geht, er schreit auf, ich senke meinen Fuß erneut und trete mit aller Kraft auf die Stelle seines Fußes, auf welche Ivana soeben geschossen hat. Seine Finger lösen sich, ich reiße meinen Ellbogen hoch und schlage nach hinten. Doch Zajac steht noch immer. Als er sich nicht länger auf den Füßen halten kann und fällt, reißt er mich mit sich zu Boden. Mein Kopf prallt auf dem harten Boden auf, für einen kurzen Augenblick wird alles schwarz um mich herum. Ich höre einen hohen, pfeifenden Ton. Nach einigen Sekunden kommt langsam alles wieder in meine Sicht. Ein schwerer Arm drückt mich zu Boden und hindert mich daran, aufzustehen.

„Du wirst nicht weggehen", presst Zajac zwischen den Zähnen hervor. Erde klebt an meinem Gesicht, meine Haare verdecken mir die Sicht. Ich spucke den Dreck aus, der in meinen Mund gelangt ist. Ich erinnere mich plötzlich an das, was ich gelernt habe. Mit aller Kraft schlage ich auf Zajacs Arm, mit dem er mit seiner letzten Kraft versucht, mich am Aufstehen zu hindern. Ich zögere nicht, als er aufstöhnt und sein Griff sich lockert. Ich habe seinen Nerv getroffen! Ich springe auf, möchte zu Ivana rennen, die noch immer am Boden liegt, als mich etwas erneut von den Füßen reißt. Zajac hat mit seinem Bein nach mir ausgeholt. Ich rapple mich auf, renne zu Ivana und ziehe sie auf die Füße. Mit aller Kraft versuche ich, sie gerade zu halten und zu stützen. Wir müssen weg, denke ich panisch, noch immer hat Zajac eine Waffe.

„Schnell", schreie ich und versuche das Prasseln des Regens zu übertönen, der nun in Form von Hagel fällt. Kleine, harte Eisklumpen treffen mich und ich hoffe inständig, dass sie bei dieser Größe bleiben. Ivana macht sich von mir los und humpelt um die Ecke des Hauses. Ich presse meinen Rücken gegen die Mauer neben ihren Körper.

„Nita, nimm", fleht Ivana und drückt mir die Waffe in die Hand. Ich umfasse sie mit beiden Händen. Mit offenem Mund starre ich darauf, unsicher, was zu tun ist.

219

„Los, schnell", dränge ich Ivana. Wir kommen nicht weit. Gerade als wir um die nächste Ecke des Hauses abbiegen, hören wir Zajacs schweren Atem. Ich wage, kurz um die Mauer zu sehen. Zajac steht an die Wand gelehnt, die schwarzen Haare hängen ihm ins Gesicht, welches in der Dunkelheit kaum mehr als ein weißer Fleck ist. Noch immer fällt ohne Pause Hagel und Regen, doch zu viel Adrenalin schießt mir durch den Körper, als dass ich frieren würde. Ich presse mich wieder mit dem Rücken an die Wand und lausche.

„Hier, nimm das." Ich ziehe das Shirt unter meinem Pullover aus und reiche es Ivana. Mit schwachen Handgriffen bindet sie es sich um den Oberschenkel, um die Blutung zu stoppen. Die Zeit läuft uns davon! Ich betrachte, wie das Wasser meine Fingerspitzen entlang hinabfließt, hinuntertropft und in der Dunkelheit verschwindet.

„Nita", presst Ivana hervor, „wir müssen von hier verschwinden." Glücklicherweise regnet es, sodass uns Zajac nicht hören kann.

„Wenn wir zurück zur Fabrik möchten, wird er uns sehen", stelle ich fest. „Aber …"

„Was ist?" Sie umfasst mit beiden Händen ihren Oberschenkel. Ich seufze auf, ich werde mich trotzdem auf meine Vermutung verlassen müssen. Wenn ich falsch liege, wird wenigstens Ivana davonkommen, wenn sie schnell genug rennt.

„Ivana, hör mir zu", ich schaue ihr in die Augen. Hoffnungsvoll erwidert sie meinen Blick. „Wenn ich dir das Zeichen gebe, renn. Lauf, so schnell du kannst, zur Fabrik und warne die anderen." Meine Stimme erscheint mir fremd, die Worte, die aus meinem Mund kommen, passen nicht zu mir. Ich bin nicht jemand, der die Führung übernimmt und anderen Kommandos gibt, doch bei Ivanas Zustand bleibt mir keine andere Wahl. Ich atme tief ein, ziehe die nach Regen riechende Luft in meine Lunge, fülle sie, bis zu ihrer vollen Kapazität.

„Jetzt!" Mit dem Ausatmen gebe ich Ivana das Zeichen. Sie stolpert um die Ecke und beginnt zu rennen. Mit einem großen Schritt, die Waffe mit beiden Händen umfassend, gehe auch ich um die Mauer. Zajac hat sich von der Wand abgestoßen, das Gesicht schmerzvoll verzogen, soweit ich es erkennen kann, blickt er Richtung Ivana, die wegrennt, ein Bein nachziehend. Bevor er sich entschließen kann zu schießen, bemerkt er mich. Für den Bruchteil einer Sekunde treffen sich unsere Augen, kaum mehr als zwei schwarze Punkte sind sie, keine Gefühlsregungen erkennbar bei dem Gegenüber. Ivana ist in der Dunkelheit verschwunden. Genau wie ich auf ihn hat er seine Waffe auf mich gerichtet. Ohne weiter zu zögern, drücke ich den Abzug. Vielleicht war es die Dunkelheit, vielleicht Ivanas Schmerz, vielleicht auch meine eigene Verzweiflung, weshalb ich abgedrückt habe, ohne mir weiter den Kopf darüber zu zerbrechen. Die Kugel schießt aus dem Lauf. Ich warte nicht ab, um nachzusehen, ob sie ihr Opfer gefunden hat, doch ich meine, Zajac aufstöhnen zu hören. Ich renne los, kein Schuss ertönt hinter mir. Der Gedanke schießt mir durch den Kopf, dass ich doch richtig lag, was sein Zittern betraf. Liegt es an uns spezifisch oder kann er grundsätzlich nicht schießen? Doch ich habe keine Zeit, noch weiter darüber nachzudenken. Meine Beine tragen mich über den nassen Boden, mit meinen Augen versuche ich Ivana in der schwarzen Nacht auszumachen. Nach wenigen Sekunden schon taucht sie vor mir auf, humpelnd und triefend nass. Im Haar keine Spur mehr vom Rot. Bevor ich bei ihr stehen bleibe, werfe ich einen Blick über meine Schulter, aber keine große, schwarze Gestalt taucht auf, kein Schuss ertönt und kein Geräusch dringt an meine Ohren, das auf die Anwesenheit einer weiteren Person schließen ließe.

„Nita, wie .?", stammelt Ivana im Versuch, ihre Verwirrung in Worte zu fassen. „Der Schuss …?"

„Später", antworte ich ihr, noch immer nach Atem ringend. Mit beiden Armen richte ich sie auf und lege ihren Arm über meine Schultern. Mit schnellen Schritten eilen wir zurück, ständig zurückblickend, aus Angst, jeden Moment Zajac oder andere CPs zu erblicken. Nach quälend langen Minuten erscheint endlich das große Gebäude der Fabrik vor uns. Erleichtert seufze ich auf. Mit einem kurzen Blick zu Ivana versichere ich mich, dass sie noch bei Bewusstsein ist.

„Ivana, wir haben es geschafft."

„Nice", antwortet sie, doch es klingt nicht annähernd erleichtert. Der lockere Ton, den sie sonst immer anschlägt, ist verschwunden. Zurückgeblieben bei der Hausruine bei der toten CP.

Als ich den ersten Wachposten vor der Tür ausmachen kann, greift Erleichterung um mich, doch ich wünsche mir die Angst zurück, denn erst durch sie beginne ich Verantwortung zu übernehmen, zu handeln, zu schießen …

„Die Blacks", rufe ich der Wache zu, „sie greifen an!" Einen Moment lang schaut der Mann mich verdutzt an. „Die Blacks", wiederhole ich dieses Mal aggressiver. Seine zusammengekniffenen Augen schnellen zwischen Ivanas blutendem Oberschenkel, meinen durchnässten Haaren und dem Schrecken unserer Augen hin und her. Ohne weiter abzuwarten, reißt er die Tür auf. Dreimal schießt er nach oben, kurz darauf ertönen Rufe, einige Sekunden später Schreie. Noch immer stehe ich mit Ivana draußen. Harte Hagelkörner prasseln auf uns hinab. Ich drohe unter Ivanas Gewicht zusammenzubrechen, meine Beine zittern unkontrolliert, mein Arm brennt vor Schmerz und in meinem Kopf macht sich erneut ein unangenehm hohes Piepsen bemerkbar. Mit letzter Kraft schleppen wir uns zur Tür, die noch immer offen steht. Kaum einen Schritt haben wir nach innen gemacht, da stürzen wir. Direkt auf den harten Steinboden. Die Schreie um uns verstummen, Dunkelheit greift um sich.

Kapitel

Auf einen Schlag kehren alle Geräusche zurück. Angsterfüllte Schreie, weinende Kinder, gerufene Befehle und Anweisungen, Schüsse, erneut ein hoher Schrei. Panik. Reine, unverdünnte Panik, die jeden und jede durchdringt und mit sich zieht. Noch immer sind meine Augen geschlossen, obwohl die Panik auch mich längst befallen hat. Es riecht nach Angst. Was ist geschehen? Mein Kopf dröhnt, es kommt mir vor, als wären die Schreie weit von mir entfernt, als wäre ich nicht selbst mitten im Geschehen gefangen, sondern lediglich eine Zuschauerin. Vor dem Flatscreen, auf welchem Aufzeichnungen von früher abgespielt werden. Der Ton gedämpft, die Stimmen leicht verzerrt, das eigene Herz schlägt ruhig und gleichmäßig. Unsicher hebe ich meine Augenlider. Ich sitze in einem Zimmer, ähnlich wie jenes von Melek und mir, nur dass es eben nicht dasselbe ist. Meine Augen brennen, mein Körper beginnt unkontrolliert zu zittern. Hastig schlüpfe ich aus meinem durchnässten Pullover und werfe ihn von mir, als könnte ich so auch die Erinnerung an die Ruine, Zajac und die Nacht mit wegwerfen. Jemand hat einen notdürftigen Verband um meinen Arm angelegt, doch im Augenblick hat nicht mein verletzter Arm Priorität. Wo haben sie Ivana hingebracht? Ich springe auf die Füße und versuche den Schmerz auszublenden, der durch meinen Körper sticht. Mit jedem Schritt quietschen meine Schuhe, als das im Stoff aufgesaugte Wasser hinausgepresst wird, als ich zur Tür gehe. Dort, wo ich gesessen habe, macht sich eine dunkle Stelle breit. Als ich in den Gang hinaustrete – ich befinde mich im ersten Geschoss

–, erblicke ich die angesammelte Menge unten in der Halle. Ein komplettes Durcheinander erstreckt sich unter mir und macht es mir schwer zu erkennen, ob bereits ein Kampf im Gange ist. Schwarz gekleidete, mit Waffen ausgestattete Leute rennen an mir vorbei, rufen einander Wörter zu, die ich in keinen Zusammenhang bringen kann. Plötzlich trifft mein Blick auf Tommy, der am Rand der Halle steht, tief in einer Unterhaltung mit einem anderen Jungen. Ich stürme die Treppe hinunter, auf ihn zu, um ihn nach Ivana zu fragen.

„Ivana", keuche ich, „ist sie .?"

„Nita, was …?", erstaunt blickt er mich an.

„Ivana", bitte ich.

„Sie wurde gepflegt, sie wird es schaffen", erklärt er, „sie ist bereits auf dem Weg zu unserem Fluchtort", fügt er hinzu, als er meinen verzweifelten Blick sieht. Erleichtert atme ich aus.

„Wo wart ihr, Nita? Was ist geschehen?" Seine Augen mustern mich beinahe ein wenig vorwurfsvoll.

„Draußen, wir …" Da fällt mir wieder das Gespräch ein, bevor die CPs uns überfallen haben. Melek! Mein Puls beschleunigt sich. „Wo ist Melek?" Ich greife nach Tommys Arm.

„Ich weiß nicht, hab ihn nicht gesehen." Gerade als ich ihn wieder loslasse und davonstürmen möchte, ergreift er meinen Arm.

„Nita, sobald Emmanuel uns den Befehlt gibt, gehen wir los. Du kannst nicht verschwinden, alleine wirst du es nicht finden." Doch ich reiße mich von ihm los, renne hilflos kreuz und quer durch die Halle, aber ich finde Melek nicht. Was, wenn auch er draußen war? Haben die CPs ihn bereits erwischt? Schnell verwerfe ich den Gedanken wieder, ich muss mich konzentrieren. Jeden Moment wird Emmanuels Stimme ertönen, sobald alle versammelt sind, dann werden wir uns auf den Weg machen. Traurigkeit und Panik zugleich ergreifen mich, als mir der Gedanke kommt, dass ich Melek womöglich nicht mehr wiedersehen werde, sodass ich ihm nie mitteilen kann, was tatsächlich geschehen ist, was Domanski tatsächlich getan hat in Zyklonia in der Zentrale. Meine Augen irren verzweifelt von einem Gesicht zum nächsten, so schnell, dass ich die Person kaum wahrnehme, einzig nach blonden Haaren halte ich Ausschau. Über unzählige unbekannte Gesichter geht mein Blick, ich merke, wie sich Tränen in meinen Augen ansammeln und meine Sicht verschleiern. Gerade als ich sie aus meinen Augen reibe, höre ich Emmanuels tiefe Stimme. Ich seufze auf. Soll ich mit ihnen gehen? Vielleicht ist Melek doch hier und ich habe ihn bloß nicht entdeckt, versuche ich mir einzureden, doch es treibt mir nur erneut Tränen in die Augen. Er ist nicht mein Bruder, wiederhole ich immer und immer wieder.

„Wir sind vollständig. Diejenigen, die nicht bewaffnet sind, werden in der Mitte laufen, alle anderen bilden einen Kreis rundherum. Werden wir von den Blacks angegriffen, ist das Wichtigste, nicht zu stoppen. Weiterlaufen und möglichst zusammenbleiben. Wir werden mehrere kleinere Gruppen bilden, je von etwa dreißig Personen. Lori, Alessa, Davide, Seb und ich schicken euch los." Alle Köpfe sind nach oben gerichtet, wo Emmanuel steht. „Wir werden uns nicht von ihnen die Hoffnung nehmen lassen. Wir sind die Hoffnung! Die Tyrants werden uns nicht …" Es knallt. Emmanuel fällt nach vorne. Sein Satz bricht ab, die Worte bleiben in seinem Hals stecken, unausgesprochen und unbeendet. Er kippt über das Geländer, stürzt hinab. Wie gelähmt folgen meine Augen dem fallenden Körper, bis er zwischen der Menge verschwindet, die erschrocken auf die Seite springt. Er prallt auf den harten, grauen Steinboden auf und bleibt starr liegen.

Die Stille, die vorhin geherrscht hat, als alle Emmanuels Worten lauschten, hält für den Bruchteil einer Sekunde nach dem Schuss an, dann bricht Lärm aus. Ich laufe los, nicht wissend, wohin, doch Hauptsache weg von dem Körper, der in der Mitte der Halle liegt, wo sich nun ein großer Kreis um ihn herum bildet, als fällt ein Regentropfen ins Wasser und zieht einen Kreis um sich. Wellen, die sich von dort aus ausbreiten. Eine Welle von Leuten, die sich vom Ort des Aufschlages wegdrängt.

Einen kurzen Moment zu spät hat Emmanuel gehandelt, denke ich frustriert. Weitere Schüsse fallen. Die CPs müssen bereits in der Halle sein! Ich folge dem Menschenstrom, der sich nach draußen zwängt. Im Gehen ziehe ich die Waffe aus dem Holster, die mir jemand während meinem Bewusstseinsverlust zugesteckt haben muss. Direkt neben mir schreit jemand auf, schnell ducke ich mich und sehe, wie eine junge Frau zu Boden geht, die Hand an die Brust gepresst. Blut tropft auf den Boden. Gewaltsam reiße ich meinen Blick von ihr los und zwänge mich weiter durch die Menge hindurch, welche immer panischer wird. Zur Tür, denke ich, nach draußen. Weg von der Menge, die unterdessen beinahe genauso gefährlich ist wie die CPs. Ich wage kurz nach oben zu sehen, von wo die CPs gekommen sein müssen. Sind sie der Wand entlang hinaufgeklettert? Irgendwie erscheint mir die Vorstellung verkehrt. Aber die einzige Alternative, die mir einfällt, ist, dass sie mit diesen fliegenden Geräten hierher gelangt sind, doch davon habe ich keines gesehen. Außerdem bezweifle ich, dass es solche noch gibt. In der Ausbildung haben wir gelernt, dass alle vernichtet wurden. Flugzeuge und Helikopter, so wurden sie genannt, fällt mir nun wieder ein. Noch immer starre ich nach oben, unwillkürlich suchen meine Augen den CP mit den schwarzen Haaren. Habe ich ihn tödlich getroffen, überhaupt getroffen? Noch immer fliegen meine Augen durch den Raum, etwa ein Dutzend CPs sind hier, die ich sehen kann. Plötzlich greift jemand nach meinem Arm und zieht mich an sich. Melek, denke ich und ein freudiges Gefühl macht sich breit in mir. Aber als ich meinen Kopf hebe, um in sein Gesicht zu blicken, schauen mich statt grauen Augen ein Paar dunkle an.

„Timur", seufze ich. Trotz allem bin ich erleichtert. Fest erwidert er meinen Blick, es kommt mir vor, als suche er etwas in meinen Augen. Schnell wende ich mich ab.

„Nita, bleib bei mir, ich weiß, wohin wir müssen." Seine ernste Stimme flößt mir Respekt ein.

„Was ist mit den Gruppen?", erwidere ich, als ich mich an Emmanuels Worte erinnere.

„Vergiss die Gruppen, okay?", sagt er eindringlich und umfasst meine Schulter, „es besteht keine Chance mehr uns zu organisieren, jetzt, da die Blacks hier sind." Er spuckt das Wort abschätzig aus. Ich nicke; er wird wissen, was zu tun ist. Instinktiv fasse ich nach seiner Hand, als er sich durch die Leute hindurchzwängt. Es riecht nach Angst, verdünnt mit dem Geruch von Schweiß und Rauch. Timur ruft mir über die Schulter etwas zu, aber seine Worte gehen auf halbem Weg zu mir im Lärm unter. Plötzlich reißt Timur mich mit sich zu Boden. Harte Schuhe treten auf mich, doch ich zwinge mich unten zu bleiben, als erneut Schüsse ertönen.

„Einige Blacks sind nach unten gekommen oder mehr sind durch die Tür hineingekommen. Jedenfalls sind sie jetzt auch hier unten!", ruft mir Timur zu. Ich presse meine Augen zusammen. Noch immer halte ich mit einer Hand die Waffe, mit der anderen Timurs raue Hand. Nach einigen langen Sekunden zieht mich Timur erneut auf die Füße. Vor uns löst sich die Menschenmenge auf, direkt vor der Tür … Schultern prallen gegeneinander, als Leute uns entgegenrennen. Sofort erkenne ich, was los ist: Durch die Tür stürmen CPs hinein, die Waffen gezückt, direkt losfeuernd in dem Augenblick, wenn sie mit dem Fuß in der Fabrik stehen. Mit verzweifelter Stimme schreie ich Timur zu, dass wir hier hinaus müssen. Wir drücken uns an den Leuten vorbei, Timur lässt meine Hand los und beginnt zu schießen. Treffsicher, genau und präzise. Schützend stellt er sich vor mich hin, doch ich stelle mich neben ihn, nehme die Waffe in beide Hände und ziele. Beim Ausatmen schieße ich. Knapp neben den Kopf eines CPs. Dieser dreht sich in die Richtung, von welcher der Schuss gekommen ist, erblickt mich und richtet seine Waffe auf mich. Mein Herz steht still, wie gelähmt blicke ich ihn an, unfähig zu handeln. Im nächsten Moment wird er zurückgeschmettert. Auf seiner Stirn, an der schmalen Stelle zwischen den beiden Augen, liegt ein runder, roter Punkt. Er kippt nach hinten. Ein Arm zieht mich weiter, jemand schreit mir etwas zu, eine Hand umfasst meinen Unterarm, drückt zu. Schmerzen breiten sich an der Stelle aus, alles kehrt wieder zurück.

„Bleib bei mir!", schreit Timur, ich nicke ihm hastig zu. Nur noch einige wenige Meter sind wir von der Tür entfernt, als mich etwas an der Schulter zurückreist. Ich schreie Timurs Namen, doch der wird zugleich von einem hochgewachsenen CP angegriffen, der ihm seine Faust ins Gesicht rammt. Ich sehe, wie

Blut aus seiner Nase spritzt. Um meinen Angreifer abzuschütteln, versuche ich, mit meinem Fuß seine Kniescheibe zu treffen. Das Knie ist die Schwachstelle deines Gegners, höre ich Alessandras Stimme. Als ich aushole und nach hinten kicke, treffe ich jedoch ins Leere. Ich ziehe panisch Luft in meine Lunge. Mit aller Kraft versuche ich die Pistole wegzudrücken, die eine blasse Hand auf mich zu richten versucht. Erneut versuche ich das Knie zu treffen. Ich stoße mit etwas zusammen, der Griff um meine Schulter löst sich und ich befreie mich. Mit einem Schritt drehe ich mich um, ziele mit der Waffe auf den noch jungen Mann und drücke ab. Mit einem Satz bin ich bei Timur angelangt, der noch immer versucht, an dem großen CP vorbeizukommen. Mit einer ausholenden Bewegung ramme ich dem Mann den Pistolenlauf an die Schläfe, Zajac imitierend, da ich am eigenen Leib erfahren habe, wie schwer einem dieser Schlag zusetzt. Kurz taumelt er, diesen Moment nutzt Timur, zieht seine zweite Waffe aus dem anderen Holster und schießt dem CP zweimal in die Brust. Geschockt von ihm und mir selbst reiße ich die Augen auf, doch es bleibt keine Zeit, um über die moralische Korrektheit und den Zweck, der die Mittel heiligt, nachzudenken. Kaum sind wir aus der Tür, werfen wir uns gegen die Wand und verschnaufen einige Sekunden. Weiter weg sehe ich mehrere Dutzend Leute, die es wie wir sicher hinaus geschafft haben. Doch uns bleibt nicht viel Zeit, hier draußen zu verweilen, denn die CPs werden bestimmt nicht lange zögern, wieder aus der Fabrik zu kommen, sobald sie bemerkt haben, dass viele geflüchtet sind.

„Timur", presse ich hervor, während ich versuche, meinen Puls zu senken, „weißt du, wo Melek ist?"

„Dein Bruder? Dunno, sorry, Nita." Bruder. Ich weiß nicht, ob ich lachen, weinen oder verzweifeln soll bei dem Gedanken, dass er nicht mein Zwilling ist.

„Right", sage ich, ohne ihn zu korrigieren, denn dazu bleibt keine Zeit. „Lass uns gehen." Ich weise auf die Leute, die an der anderen Ecke stehen. Mit hastigen Schritten nähern wir uns ihnen, ständig über die Schulter blickend, um zu sehen, ob uns jemand hinaus gefolgt ist.

Die Gruppe, welcher wir uns anschließen, besteht aus weinenden Kindern, eingeschüchterten Eltern und einigen bewaffneten und grimmig dreinschauenden Erwachsenen und Jugendlichen.

Wir nehmen diejenigen in die Mitte, die keine Waffe tragen, und gerade als wir uns auf den Weg Richtung Süden machen wollen, dringt erneut ein lauter Schrei aus der Fabrik zu uns herüber. Es versetzt mir einen Stich ins Herz, als ich realisiere, dass wir soeben im Begriff sind, alle anderen Leute hier zurückzulassen, um unsere eigene Haut zu retten. Unsicher wechseln Timur und ich einen Blick; er scheint dasselbe zu denken wie ich.

„Ihr da, geht mit der Gruppe mit und ihr drei kommt mit uns zusammen zurück", befiehlt Timur und weist auf die entsprechenden Leute, die, obwohl sie um einiges älter sind als er, seinem Befehl nachkommen. „Wir müssen die anderen da rausholen, solange wir noch können", sagt er mit Blick auf die Fabrik, wo soeben etwas grell aufleuchtet. Feuer! Obwohl es noch immer regnet, kämpft es sich durch, frisst immer mehr auf, verbrennt alles, was es kriegen kann, unter dem Schutz der Decke der Fabrik, die das Regenwasser fern hält.

„Timur, wir können nicht zurück durch die Eingangstür!", schreie ich ihm zu, als wir zu fünft zurückrennen. Meine Haare peitschen mir ins Gesicht und ich binde sie notdürftig zu einem neuen Pferdeschwanz zusammen. Wasser rinnt meine Arme entlang hinunter, das schwarze Shirt klebt unangenehm an meiner Haut.

„Wir können weder hoch noch runter, es ist die einzige Möglichkeit, die uns bleibt." Er sieht, dass ich zögere. „Nita, was, wenn Melek noch hier ist?" Er weiß genau, was er sagen muss.

Wir sind bei der Tür angekommen, aus der immer mehr Leute herausströmen. Plötzlich weiß ich, was ich tun kann und wozu ich auch fähig bin, es zu tun.

„Timur, lass mich Gruppen bilden. Ich suche diejenigen, die den Weg kennen und sobald ich genug und die richtigen Leute habe, schicke ich sie los!"

„Right", antwortet mir Timur. Seine Stimme klingt bereits heiser vom vielen Schreien. „Li, hilf ihr!", ruft er an eine Frau mittleren Alters gewandt. Sie nickt nur und stellt sich neben mich an den Eingang. Den anderen zwei bedeutet er mit einer kurzen Geste, mit ihm zu kommen. Kurz wendet er sich mir zu, blickt mir fest in die Augen, dann greift er seine Waffe und stürmt, gefolgt von den zwei anderen, zurück hinein in die Fabrik. Mit aller Kraft versuche ich die aufkommende Panik zu unterdrücken.

Immer mehr Leute kommen hinaus, wir ziehen uns zurück, wie es aussieht! Doch wie lange dauert es noch, bis die CPs beschließen, selbst hinauszukommen? Oder konnte Timur sie mithilfe der anderen zurückdrängen? Es knallt. Zurück in der Realität. Mein Herz pocht, mein Blut rast mit höchster Geschwindigkeit durch meinen Körper, pausenlos. Auch meine Stimme ist heiser und rau vom vielen Schreien. Mehrere Dutzend verwirrte und panische Leute haben wir bereits weggeschickt, doch Melek bleibt verschwunden. Es knallt erneut, dieses Mal lauter.

„Lori", krächze ich, als plötzlich eine schlanke Frau aus der Tür tritt, das Gesicht besorgt, die Kleider durchlöcherter als je zuvor. Ihr folgt Timur, mit dem Rücken zu uns gedreht, noch immer Schüsse am Abfeuern. Hastig lasse ich meinen Blick über seinen Körper schweifen, als ich keine gröbere Verletzung ausmachen kann, atme ich erleichtert aus.

„Los, länger können wir nicht bleiben!", ruft Lori mir zu und zieht mich mit sich. Doch mein Blick ist auf die Tür gerichtet. Die Uniform an mehreren Stellen zerrissen, das Gesicht wutverzerrt, die Waffe geradeaus auf Timur gerichtet, der mit erleichtertem Blick, den Rücken nun zur Tür, meinen Arm drückt. Ich möchte schreien, doch kein Laut kommt heraus. Mit offenem Mund starre ich auf den CP, der uns hasserfüllt anstarrt. Es knallt. Der Schuss geht, die Kugel fliegt. Ich schlinge meine Arme um Timur und werfe mich mit ihm zu Boden. Hart pralle ich auf meine Schulter, ein stechender Schmerz durchzuckt mich. Ich habe zu spät gehandelt! Weshalb habe ich ihn erst nach dem Schuss umgeworfen?! Ich zittere, als ich mich hektisch aus Timurs Griff löse. Laut schluchze ich auf. Nicht Timur! Mit klammen Fingern untersuche ich ihn, taste ihn ab und halte mir meine Hände vors Gesicht. Kein Blut … Verwirrt suche ich Timurs Blick, seine dunklen Auge fixieren mich irritiert. Ein weiterer Schuss geht und wir ducken uns. Laut atme ich aus.

„Wie … weshalb?", stottere ich fassungslos. Ich schnappe panisch nach Luft.

„Wir können keine Zeit mehr verlieren!", schreit uns Lori an und unterbricht mein Gestotter. Hastig richtet Timur, der um einiges schneller als ich die Fassung wiedergefunden hat, mich auf und zieht mich auf die Füße. Ein Blick zurück. Vor uns, kaum einen Meter entfernt, liegt die Frau, mit welcher ich die letzte Stunde verbracht habe. Ich höre ihre Rufe, wie sie gemeinsam mit mir die Gruppen einteilt, wie sie mit mir zusammen für Ruhe und Ordnung zu sorgen probiert, wie sie mit gefasster Stimme versucht, die Leute zu beruhigen. Jetzt liegt sie vor unseren Füßen, den rechten Arm schmerzvoll verdreht, den Kopf leblos zur Seite gekippt. Keine Erleichterung übermannt mich, dass es sie und nicht Timur getroffen hat, nur Reue. Reue, dass ich nicht schnell genug gehandelt habe. Reue, dass sich eine Frau geopfert hat, die womöglich Familie und Freunde hat. Hatte und nicht hat.

Timur drückt kurz meinen Arm, die Augen traurig zusammengekniffen. Kurz noch suche ich den CP, schadenfroh blitzen meine Augen auf, als ich eine schwarze Gestalt am Boden liegen sehe. Ich erschrecke über meine Härte und Gefühllosigkeit.

Dann schließen wir uns der Gruppe an, die sich gesammelt hat, und rennen los.

Ohne zurückzublicken lasse ich mich von meinen Beinen davontragen, froh darüber, in Zyklonia meine Ausdauer trainiert zu haben, die mir nun zugutekommt.

Bald schon merke ich, wie die Gruppe stetig langsamer wird, was mich dazu bewegt, nun doch einen Blick über die Schulter zu werfen. Die Fabrik ist längst verschwunden, hinter uns erstreckt sich bloß Dunkelheit. Die endlose Nacht. Kurz denke ich, etwas Orangerotes aufleuchten zu sehen. Die Fabrik? Das Feuer? Womöglich habe ich es mir bloß eingebildet, aus Angst, Hoffnung oder Überforderung oder wer weiß, aus welchem Grund.

Weitere endlos lange Minuten vergehen. Das Einzige, was mich mittlerweile noch weitertreibt, ist der Gedanke an Melek. Er wird bereits dort sein, wenn wir angekommen. Er muss dort sein!

Schon längst habe ich das Zeitgefühl verloren. Ob wir seit zwanzig Minuten, einer Stunde oder sogar zwei unterwegs sind, weiß ich nicht. Alles, was in meinem Kopf zurückgeblieben ist, ist der Gedanke an das Ziel, wo Melek warten wird.

Mein Kopf dröhnt. Inzwischen bin ich froh darüber, dass sich das Tempo unserer Gruppe verlangsamt hat. Bald kann man es nicht mehr als Rennen bezeichnen. Mein Blick trifft auf Timur, der mühsam versucht, sich noch auf den Füßen zu halten. Für einen Moment möchte ich zu ihm aufschließen, doch merke zugleich, dass mir die Kraft dazu fehlt.

Meine Füße brennen. Noch immer fällt pausenlos Regen und Hagel. Immer häufiger stürzt jemand, wir halten an, helfen ihm auf und versuchen wieder unser Tempo aufzunehmen, doch jedes Mal verlieren wir noch ein Stück unserer Geschwindigkeit und zugleich schmilzt unser Vorsprung immer mehr. Ob die CPs uns wohl folgen?

Plötzlich tauchen mehr und mehr Bruchbuden und Ruinen neben uns auf. Ich blicke entlang eines der noch stehenden Häuser hoch, doch ich kann nicht erkennen, wo es zu Ende ist. Ob es wohl eines dieser Hochhäuser ist, die es in einer alten Stadt gibt und von welchen Alessandra erzählt hat?

Den einzigen Gedanken, den ich noch zu fassen kriege, bevor der Rest davon seine Fäden aus meinem Gehirn zurückzieht, ist, dass wir an unserem Ziel angekommen sein müssen.

Kapitel

Mein Körper folgt der Gruppe, hält an, als sie anhält, tritt ins Gebäude ein, als sie eintritt.

Augen erblicken den großen Saal, unsichere Blicke werden gewechselt. Sind alle diese Leute Geflüchtete? Weshalb wird man von ihnen so ehrfürchtig angestarrt? Weshalb wird eine Gasse in der Mitte gebildet? Für die neu eingetretene Gruppe?

Meine grünen, verlorenen und leeren Augen starren in den Saal, während in meinem Kopf fremde Gedanken rasen.

Mit der Wärme und dem Lärm kehrt langsam alles zurück. Die Farbe, das Licht, die Geräusche und die Gefühle.

Dunkle Kleidung, düstere Belichtung, blutige Stofffetzen, verzweifelte Gesichter, Waffen verstreut auf dem Boden, Schluchzer, Schmerzensschreie, das Quietschen nasser Stiefel, Unsicherheit und Angst. Ihr Leben wurde auf den Kopf gestellt, so wie es mit dem meinen nur kurz zuvor geschah. Habe ich ihr Leben auf den Kopf gestellt?

Angsterfüllte, traurige und geschockte Blicke begegnen mir, als wir in der Gruppe den Saal durchqueren. Ich weiche ihnen aus. Nur nach einem Paar Augen halte ich Ausschau. War mein Kopf vorhin wie leergefegt, unfähig, zu denken, zu erfassen, was geschieht, so ist er jetzt damit beschäftigt, die unerwünschten Gedanken draußen zu lassen, sie aufzuhalten, mich zum Sorgen zu bringen.

Meine Haare sind durch die Nässe beinahe schwarz geworden. Langsam lösen sich Wassertropfen von ihren Spitzen und fallen vor mir auf den Boden. Erneut beginne ich sie zu zählen, während ich mit langsamen Schritten weitergehe. Fünf, sechs, sieben. Beim achten stolpere ich. Bevor ich fallen kann, umfassen mich zwei Arme, richten mich auf und ziehen mich aus der Menge.

„Melek", hauche ich und mit einem Mal fallen alle Sorgen von mir ab, als hätte ich sie abgestreift, ausgezogen und weggeschmissen, wie den nassen Pullover vor unzähligen Stunden.

Ohne etwas zu erwidern, zieht er mich in eine Umarmung. Keine Träne löst sich von meinen Wimpern. Meine Sicht ist verschwommen, aber nichts fließt meine Wangen entlang hinunter. Nur Erleichterung durchströmt mich. Ich schlinge meine Arme um Meleks zitternden Körper und atme seinen in der Zwischenzeit vertrauten Duft tief ein. Mit der Erleichterung kehre ich in die Wirklichkeit zurück. Ich beginne vor Kälte zu zittern, die Schmerzen meines Körpers kehren zurück, der Impuls, Melek von meiner Erkenntnis zu erzählen. Merkt er, dass sich etwas verändert hat?

„Können wir rausgehen?", frage ich mit heiserer Stimme gegen seine Brust. Als Antwort nickt er bloß. Ahnt er es bereits?

Einige Minuten später stehen wir nebeneinander auf dem flachen Dach eines Hochhauses. Langsam hellt sich der Himmel wieder auf. Aus dem Schwarz wird Grau, aus dem Grau ein helles Gelb, Orange mischt sich hinein. Einige Stunden später wird dann der Himmel bereits blau sein und wir werden wieder zurück im Saal, neben Ivana, Timur und Tommy, auf einem der improvisierten Betten sein und die Augen werden uns zufallen.

In knappen Worten fasst Melek mir zusammen, was ihm passiert ist. Er erzählt mir, er sei draußen gewesen und als er zurückgekehrt sei, habe er das Chaos sofort bemerkt. Trotzdem ging er zurück in die Halle, machte sich auf die Suche nach mir, fand mich jedoch nicht und beschloss irgendwann, sich zurückzuziehen und einer Gruppe zu folgen, die soeben losgelaufen ist.

Mit halbem Ohr lausche ich seiner Geschichte, mit meinen Gedanken bin ich jedoch bereits beim Versuch, in Worte zu fassen, was Ivana herausgefunden hat. Doch zuerst möchte er hören, wo ich war. Vorerst lasse ich aus, worüber Ivana und ich gesprochen haben, als ich von der Ruine berichte. Doch wie es scheint, liegen meine Stärken anderswo, als beim Verheimlichen.

„Nita, erzähl mir, weswegen du hier hochkommen wolltest", meint Melek mit leiser, gebrochener Stimme, als hätte er Angst vor den Worten, die ich loswerden möchte. Von der Seite betrachte ich ihn, wie er über die zerstörte Stadt hinwegblickt, bis dorthin, wo der Nebel den Aufstieg der Sonne verschleiert, als möchte sie uns noch nicht ganz unseren Sieg zugestehen. Seine Haare hängen ihm wirr ins Gesicht, auf seinen Wangen erkenne ich blonde Bartstoppel, unter den Augen hat er tiefe Schatten und seiner Schläfe entlang bis ans Kinn zieht sich ein länglicher Schnitt. Geronnenes Blut füllt die Wunde.

„Als ich mit Ivana gesprochen habe, hat sie etwas herausgefunden", setze ich an, während ich mit aller Mühe versuche, das Zittern zu unterdrücken. „Als Domanski hingerichtet wurde, rief er mir etwas zu und ich glaube, ich verstehe jetzt, was er mir damit sagen wollte." Ich mache eine Pause, in der ich mir vorsichtig die nächsten Worte zurechtlege. „Weißt du noch, als ich dir erzählt habe, dass er herausgefunden hat, dass wir Zwillinge sind?" Meleks Blick verdüstert sich leicht, kaum bemerkbar in seinen Gesichtszügen, doch er kann seinen Unwillen nicht vor mir verstecken, als er mir in die Augen blickt. Knapp nickt er und beginnt damit, seine Finger zu knacksen.

„Domanski brach in die Zentrale ein, right", fahre ich mit hastiger Stimme fort, „dort fand er ein Mädchen und einen Jungen einprogrammiert als Zwillinge. Er muss aufgeflogen sein, denn er wollte die beiden aus dem System löschen, damit sie nicht mit seinem verräterischen Akt in Verbindung gebracht werden." Melek schaut mich misstrauisch an, als ich von ‚den beiden' rede. Weiß er bereits, worauf ich hinaus will? Nervös fasst er sich an die Schläfe, fährt den dunkelroten Strich entlang, versucht, das Rot zu entfernen. „Löschen gelang ihm nicht. In der Hektik und im Versuch sie zu löschen, vertauschte er die Identität des Jungen. Die Bokowskis entdeckten seinen Sucheintrag, stempelten Domanski als Rebell ab und wollte zur Sicherheit die Zwillinge auslöschen. Melek." Mit zittriger Hand drehe ich seinen Kopf in meine Richtung, sodass er mir erneut in die Augen sieht. Sie sind gerötet, die wirren Haare noch feucht, obwohl der Regen mittlerweile aufgehört hat. „Du bist der Junge, mit welchem Domanski meinen Zwilling vertauscht hat." Seine grauen Augen erwidern meinen Blick, suchen nach der Lüge in den grünen Augen, finden dort nur Erleichterung. Erleichterung und Glück. Mehrere Sekunden verstreichen, Melek öffnet den Mund, schließt ihn dann wieder, als falle ihm nichts Passendes ein, dabei soll er doch bloß irgendeine Regung zeigen, irgendwas, das zeigt, dass auch er glücklich ist.

„Dann haben wir das also der technischen Niete Domanski zu verdanken", sagt er und ein Grinsen macht sich auf seinem Gesicht breit. Grübchen bilden sich in seinen Wangen, immer tiefer, bis er laut auflacht. Im bläulichen Grau seiner Augen erscheint ein Funkeln. Eine Welle des Glücks erfasst mich, durchzieht meinen Körper von den Fingerspitzen bis zu den Zehenspitzen, bis hoch in meinen Kopf, und nistet sich dort ein, stur und gewappnet gegen jede Vertreibung. Meine kühle Hand streckt sich nach Meleks aus und ergreift sie. Rau und warm. Langsam kippe ich meinen Kopf zur Seite, bis er auf Meleks Schulter zu liegen kommt. An ihn gelehnt betrachte ich, wie der Nebel mehr und mehr verdrängt wird durch das helle Licht, bis er kaum mehr als ein weißlicher, beinahe durchsichtiger Schleier ist, der in der immer wärmer werdenden Luft verfließt und vom Wind davongetragen wird. Fortgetragen in alle Richtungen, zur Fabrik über die Häuserruine bis nach Zyklonia, wo mein Zwillingsbruder ist, unwissend, unbewusst darauf wartend, dass ihn jemand aus seiner Unmündigkeit befreit. Die identisch grünen Augen noch immer ahnungslos auf das innere der Kuppel gerichtet. Nun bleibt mir nur zu hoffen, dass seine Ahnungslosigkeit, so wie jene der Tyrants, noch lange andauert, die Stellung wahrt, bis wir einen Weg zurück gefunden haben. Einen Weg zu meinem Zwilling.

EIN HERZ FÜR AUTOREN A HEART FOR AUTHORS À L'ÉCOUTE DES AUTEURS MIA KARAIA ΓΙΑ ΣΥ
FÖRFATTARE UN CORAZON POR LOS AUTORES YAZARLARIMIZA GÖNÜL VERELİM
AUTORI ET HJERTE FOR FORFATTERE EEN HART VOOR SCHRIJVERS TEMOS OS AU
HERZE DLA AUTORÓW EIN HERZ FÜR AUTOREN A HEART FOR AUTHORS À L'EC
 СЕЙ ДУШОЙ К АВТОРАМ ETT HJÄRTA FOR FÖRFATTARE À LA ESCUCHA DE LOS AU
ΓΙΑ ΣΥΓΓΡΑΦΕΙΣ UN CUORE PER AUTORI ET HJERTE FOR FORFATTERE EE
ERZE DLA AUTORÓW EIN HERZ F
OINKERT SERCE DLA AUTORÓW EIN HERZ F
AO ВСЕЙ ДУШОЙ К АВТОРАМ ETT HJÄRTA

Die Autorin

Nathalie Hoffmann, geb. 2003, ist Jura-Studentin an
der Universität Zürich im dritten Semester.
Die junge Frau verspürt immer wieder ein Kribbeln,
ihre kreative Seite auszuleben.
Als sie es sich zur Aufgabe macht, für die Schul-
Abschlussarbeit einen Roman zu verfassen, ist die
Unsicherheit groß. Doch sie erreicht eine Bestnote
und wurde für die Ausstellung herausragender
Maturitätsarbeiten vorgeschlagen.
Der Drang zum Lesen und der Wille zum Schreiben
hat sich sehr früh gezeigt, als sich Nathalie im
Kindergartenalter das Lesen selbst beibrachte. Die
junge Autorin kommt vermehrt in Kontakt mit
Werken, welche eine Botschaft aussenden, indem
sie die bestehende Gesellschaft kritisieren. Sie wird
mit Weltgeschehnissen konfrontiert, v. a. mit der
Problematik des Klimawandels. Ein bedeutendes
Anliegen ist ihr die Nachhaltigkeit. Für ihren ersten
Roman entscheidet sie sich daher, eine Dystopie zu
schreiben.

Der Verlag

*Wer aufhört
besser zu werden,
hat aufgehört
gut zu sein!*

Basierend auf diesem Motto ist es dem novum Verlag
ein Anliegen, neue Manuskripte aufzuspüren, zu ver-
öffentlichen und deren Autoren langfristig zu fördern.
Mittlerweile gilt der 1997 gegründete und mehrfach
prämierte Verlag als Spezialist für Neuautoren in
Deutschland, Österreich und der Schweiz.

**Für jedes neue Manuskript wird innerhalb
weniger Wochen eine kostenfreie, unverbind-
liche Lektorats-Prüfung erstellt.**

Weitere Informationen zum Verlag und
seinen Büchern finden Sie im Internet unter:

w w w . n o v u m v e r l a g . c o m